Erster Teil

Geschwisterliebe

1

Er ging durch die Räume und stellte sich vor, wie es sein würde, wieder Stimmen zu hören. Von einer Frau und einem Kind. So wie früher ...

Vielleicht gehörte die unerträgliche Stille schon in wenigen Stunden der Vergangenheit an. Er hatte die Richtigen gefunden. Sie waren jung. Formbar. Dennoch hoffte er, dass sie sich seinen Wünschen anfangs widersetzen würden. Er liebte es, Widerstand zu brechen. Sie sollten aufsässig sein. Denn es bereitete ihm Spaß, Menschen seinen Willen aufzuzwingen. In jedem Zimmer hingen Kameras an der Decke und warteten auf die Dramen, die sich in den nächsten Monaten und Jahren hier abspielen würden. Selbst wenn er nicht anwesend wäre, könnte er die beiden jederzeit über sein Smartphone beobachten. Nun musste er sie bloß noch in seine Gewalt bringen.

***

Carla blickte aus dem breiten Wohnzimmerfenster in den Garten. Frühmorgens liefen manchmal Rehe, die sich aus dem Wald hierher verirrt hatten, über das Grundstück. Doch um diese Uhrzeit lag alles ruhig und verlassen da. Trotz des frühsommerlichen Wetters, das ihnen im April fast fünfundzwanzig Grad und einen strahlendblauen Himmel bescherte. Nachdenklich biss sie in das Schokocroissant, das ihr Vater beim Bäcker besorgt hatte. Wie sollte sie den dritten Tag ihrer Osterferien verbringen? Ob die Freibäder schon geöffnet hatten? Wahrscheinlich nicht, die machten eigentlich immer erst Anfang Mai auf, egal wie das Wetter war.

Ihr achtjähriger Bruder Simon kam gähnend zu ihr. Er trug noch seinen Schlafanzug und hielt einen gelben Plüsch-Minion im Arm.

»Guten Morgen, Schlafmütze«, begrüßte sie ihn lächelnd.

»Wo ist Mama?«, wollte er wissen.

»Mama und Papa sind vor einer halben Stunde ins Büro gefahren.«

»Menno«, brummte er. »Ich muss ihr was erzählen. Dann rufe ich sie eben an.«

»Das geht nicht«, widersprach Carla.

»Das geht wohl! Du bist nicht die Bestimmerin.« Er schaute sie mürrisch an.

Carla unterdrückte ein Grinsen. Sie liebte den neun Jahre jüngeren Nachzügler über alles – und seine Trotzreaktionen amüsierten sie.

»Du weißt, dass wir sie nur im Notfall bei der Arbeit stören dürfen.«

»Es ist ja ein Notfall.«

»Was ist denn passiert?«

»Sag ich dir nicht.«

»Kleiner, die beiden haben ein wichtiges Meeting mit einem Klienten.«

Simons verwirrter Gesichtsausdruck sah köstlich aus.

»Miet-was?«, fragte er.

»Ein reicher Mann kommt heute zu Mama und Papa, damit sie sich Werbung für ihn ausdenken. Die dann im Kino läuft. Vor dem nächsten Minions-Film.«

Simon blickte sie begeistert an. »Echt?«

Carla nickte mit ernster Miene.

»Cool.«

»Und deswegen dürfen wir sie nicht stören. Was gibt es denn für einen Notfall?«

»Weiß ich nicht mehr.« Er zuckte die Achseln und setzte sich zu ihr an den Esstisch.

»Papa hat dir zwei Hörnchen vom Bäcker mitgebracht.«

»Lecker!« Simon strahlte.

»Außerdem haben sie uns fünfzig Euro in die Schale gelegt, damit wir uns einen schönen Tag machen können.«

»Gehen wir in den Zirkus?«

»Welchen Zirkus?«

Theatralisch verdrehte Simon die Augen. »Am Schützenplatz natürlich. In der Schule wurden so bunte Zettel verteilt.«

»Vielleicht in deiner Babyschule«, neckte Carla ihn.

»Das ist keine Babyschule!« Beleidigt griff er in die Bäckertüte, zog ein Hörnchen heraus und drehte es hin und her.

»Soll ich's dir aufschneiden?«, fragte Carla.

»Mhm«, machte er. »Und Butter drauf.«

»Möchtest du einen Kakao?«

»Au ja!«

Carla stand auf und ging in die Küche. Zurück im Wohnzimmer stellte sie den halbvollen Kakaobecher vor ihn hin. Sie schmierte ihm das Hörnchen und blätterte danach in der Tageszeitung.

»Tatsächlich. Eine Zirkusvorstellung heute Nachmittag um drei.«

»Wusste ich«, erwiderte er mampfend.

»Und da möchtest du hin?«

»Jaaa!«

»Na gut.«

»Echt?«

Sie nickte, woraufhin Simon eine Faust ballte und »Banana« zitierte – seinen Lieblingsspruch aus den Minions-Filmen.

»Sollen wir gleich mal an den Fluss gehen? Du schmeißt Steine ins Wasser, und ich nehme meinen Zeichenblock mit?«

»Meinetwegen.«

Richtig begeistert klang er zwar nicht, doch immerhin kam auch kein Protestgeschrei.

***

Eine Stunde später holte Carla ihren Zeichenblock aus der Umhängetasche, in der sie außerdem zahlreiche Bleistifte, Radiergummis und Anspitzer aufbewahrte. Sie liebte die Flusslandschaft. Je nach Lichtverhältnissen boten sich immer neue Perspektiven, die sie mit schnellen Strichen skizzierte. Ihr Plan stand fest: Nach dem Abitur wollte sie sich an einer Hochschule bewerben, die als Studienschwerpunkt Malerei oder Zeichnen anbot.

»Kommst du mit zum Wasser?«, fragte Simon.

»Nein. Ich will ein bisschen zeichnen.«

»Langweilig.«

»Vielleicht male ich ja dich, wie du einen Stein sechsmal aufhüpfen lässt.«

»Das schaffe ich nicht«, murmelte er. »Das kann nur Papa.«

»Aber er hat dir bestimmt gezeigt, wie man das macht.«

Simon nickte.

»Probier's einfach mal. Und pass auf, dass du nicht nass wirst!«

Ohne auf die schwesterliche Ermahnung zu reagieren, rannte er ein paar Schritte, bis er abrupt stehenblieb und den Boden nach geeigneten Kieselsteinen absuchte.

Carla schlug das Deckblatt um und skizzierte mit groben Strichen das gegenüberliegende Ufer. Dann fügte sie Einzelheiten hinzu: einen Baum, die Gaststätte, die halb links lag, und einen Strommast.

»Hier liegen bloß blöde Steine«, jammerte Simon. »Die gehen sofort unter.«

»Such weiter!«, ermunterte Carla ihn.

Sie begann, die Rückansicht ihres sich bückenden Bruders festzuhalten. Doch bevor sie die obere Körperhälfte aufs Papier gebracht hatte, klingelte ihr Telefon.

Augenblicklich drehte sich Simon zu ihr um. »Ist das Mama?«

»Weiß ich nicht.« Sie zog ihr Handy aus der Hosentasche. »Nein, Marie.«

»Menno!«

»Hi, Süße«, begrüßte Carla ihre beste Freundin, bekam als Antwort aber nur ein herzzerreißendes Schluchzen zu hören.

»Marie?«

»Jonas hat Schluss gemacht!« Die Worte waren kaum zu verstehen.

»Oh nein! Wann?«

»Gerade eben.«

»War er bei dir?«

»Per WhatsApp«, heulte Marie.

»Was für ein Feigling.« Diese Entwicklung hatte sich in den letzten Wochen zwar angekündigt, dennoch schien ihre Freundin völlig erschüttert zu sein.

»Was soll ich nur ohne ihn tun?«, weinte sie.

»Erzähl mal, was er geschrieben hat.«

***

So machte es keinen Spaß! Die Steine glitten nicht über die Wasseroberfläche, sondern versanken immer sofort im Fluss. Papa hatte es ihm einfach nicht richtig gezeigt.

Simon hob einen flachen Kieselstein auf und probierte es erneut. Mit dem gleichen Ergebnis. Frustriert drehte er sich zu seiner großen Schwester um, doch die telefonierte noch. Sie konnte ganz schön sauer werden, wenn er sie dabei störte. Auch wenn sie sonst immer sehr lieb zu ihm war. Also ließ er sie in Ruhe und hielt nach Fundstücken Ausschau. Manchmal entdeckte man die tollsten Dinge, die der Fluss angespült hatte. Und tatsächlich bemerkte er nach einer Weile einen roten Gegenstand.

Als er näherkam, stellte Simon fest, dass es sich um einen Gummistiefel handelte. Er griff danach und sah plötzlich eine fette schwarze Spinne darunter hervorkriechen. Angeekelt ließ er den Stiefel los und sprang zurück. Vielleicht lauerte da drin ja eine ganze Spinnenfamilie.

Bestimmt entdeckte er irgendwo anders einen besseren Schatz. Oder wenigstens einen vernünftigen Stock, am besten in Form eines Lichtschwerts. Simon schaute über die Schulter zu seiner Schwester, die gar nicht mitbekommen hatte, dass er nicht mehr in ihrer Nähe war. Sie telefonierte immer noch.

Auf einmal drang freudiges Bellen an sein Ohr. Aufgeregt blickte er sich um. Er liebte Hunde. Früher hatten sie selbst einen gehabt, doch der war gestorben. Und Mama wollte keinen neuen, weil man den erst erziehen müsste, wofür sie keine Zeit hatte.

In einiger Entfernung spazierte ein Mann mit einem hellbraunen Hund am Fluss entlang. Vorsichtig ging Simon ihnen entgegen.

»Hallo«, begrüßte ihn der Mann freundlich. »Du brauchst keine Angst zu haben. Dobo beißt nicht.«

»Ich hab keine Angst vor Hunden«, entgegnete Simon.

»Dann bist du sehr mutig.«

»Stimmt.«

Der Hund blieb vor ihm stehen und schnüffelte neugierig.

»Wenn du magst, darfst du ihn streicheln«, forderte ihn der Besitzer auf und kam ebenfalls näher. »Dobo hat das gern.«

Simon legte seine Hand behutsam auf das weiche Fell. »Das fühlt sich toll an.«

»Dobo mag dich.«

Nun trennten sie bloß noch wenige Schritte.

***

»Du kannst mich jederzeit anrufen, das weißt du«, erklärte Carla.

»Danke. Jonas ist wirklich ein Arsch. Dem trauere ich nicht mehr nach! Soll er sich mit der blöden Kuh treffen, ist mir doch egal.«

Innerlich grinste Carla. Sie ahnte, dass Marie in den nächsten Wochen verschiedene emotionale Phasen durchlaufen würde. So war es bei der Trennung von Flo letztes Jahr jedenfalls gewesen.

»Falls dir die Decke auf den Kopf fällt oder dich deine Eltern nerven, komm einfach vorbei. Um drei gehe ich mit Simon in den Zirkus. Ich schätze, gegen sechs sind wir wieder zu Hause.«

»Okay.« Mit zwei Küsschen verabschiedeten sie sich voneinander.

Wo war eigentlich der Kleine? Während des Telefonats hatte Carla nicht auf ihn geachtet, und jetzt konnte sie ihn nirgends sehen. Langsam erhob sie sich aus ihrer hockenden Position und hielt nach ihm Ausschau. Er kam von rechts auf sie zugerannt.

»Hast du endlich genug gequatscht?«, rief er.

»Wo warst du?«, wollte sie wissen.

»Da hinten!« Er deutete mit dem Finger. »Ich hab mit einem Hund gespielt. Der hieß Dobo und war voll süß. Und sein Herrchen war auch nett.«

»Prima!«

»Aber jetzt will ich nach Hause.«

»So früh?«

»Ich hab Hunger.«

Carla schaute auf ihre Zeichnung, die sie noch nicht einmal ansatzweise fertiggestellt hatte. Doch nach dem anstrengenden Gespräch mit Marie hatte sie auch keine rechte Lust mehr, die Skizze zu vervollständigen. Also schlug sie das Deckblatt um und packte den Block in ihre Tasche.

»Meinetwegen, du Nervensäge.«

»Banana!«, jubelte Simon.

2

Lukas Sommer öffnete die Augen und blickte zum Radiowecker. Halb elf. Früh genug, um rechtzeitig im Präsidium zu erscheinen. Seitdem Jennifer ihn verlassen und Jeremias mitgenommen hatte, übernahm er gern die späteren Schichten, die bei den Kollegen im Kriminalkommissariat unbeliebt waren. Wenn er erst spätabends nach Hause kam, konnte er direkt ins Bett fallen, und manchmal gelang es ihm sogar, sich schnell in den Schlaf zu flüchten. Er wollte nicht daran denken, was er verloren hatte, und dass Jeremias seinetwegen beinahe gestorben wäre.

Sommer schwang die Beine von der Matratze, stand jedoch nicht sofort auf, sondern blieb auf der Bettkante sitzen. Genervt von seiner eigenen Unordnung schüttelte er den Kopf. In der großen Familienwohnung hatte es trotz Jeremias' überall verteiltem Spielzeug nie so chaotisch ausgesehen wie in dem kleinen Apartment, in dem er jetzt allein wohnte.

Schwere kroch in sein Herz. Er presste die Lippen zusammen und versuchte erfolglos, die Erinnerungen zu verscheuchen. Sein Sohn, der reglos am Boden lag, die Tüte mit dem Kokain neben sich. Jennifers entsetzter Schrei, als sie ihn entdeckte. Die Hilflosigkeit, bis der Arzt Entwarnung gab. Die berechtigten Vorwürfe. Das Schamgefühl, gepaart mit der Angst um seine Karriere. Ein koksender Bulle. Doch diesbezüglich hatte sich Jennifer loyal gezeigt. Sie arbeitete als Stationsleiterin in dem nahegelegenen Krankenhaus, in das Jeremias gebracht wurde. Dank ihrer Kontakte zu den behandelnden Ärzten hatte es keine rechtlichen Konsequenzen gegeben, nur private. Jennifer hatte ihn hinausgeworfen und die kriselnde Ehe für beendet erklärt. Vor zehn Monaten waren sie geschieden worden. Seinen Sohn hatte er zuletzt Weihnachten zu Gesicht bekommen.

Was für ein beschissenes Leben! Schwerfällig stand er auf, schlurfte ins Badezimmer und warf einen kurzen Blick in den Spiegel. Er konnte seinen eigenen Anblick kaum ertragen. Immerhin war er seit zwei Jahren clean. Die Tüte Koks, die Jeremias aus seiner Jackentasche gezogen und für Süßkram gehalten hatte, war die letzte gewesen, die er je erworben hatte.

Wenigstens etwas.

***

»Du siehst ja wieder großartig aus«, begrüßte ihn seine Partnerin Lisa Jung kopfschüttelnd.

»Freut mich auch, dich zu sehen«, erwiderte er sarkastisch.

Tatsächlich stimmte das sogar. Die vierunddreißigjährige Kriminaloberkommissarin gehörte zu den wenigen Menschen, die er gut in seiner Nähe aushielt. Sie hatten den gleichen derben Humor und konnten sich stundenlang über aktuelle Kinofilme und Fernsehserien unterhalten.

»Seit wann trägst du diese Klamotten?«

Er schaute an sich hinab. »Ist heute Mittwoch?«

»Blitzmerker!«

»Also seit drei Tagen. Sorry, in meine Wohnung passt keine Waschmaschine. Aber um dein Auge nicht länger zu beleidigen, gehe ich am Wochenende in einen Waschsalon.« Er stöhnte theatralisch.

»Ich würde dir ja anbieten, für dich zu waschen ...«

»Damit dein Macker Julian einen Grund mehr hat, mich nicht zu mögen? Danke, ich verzichte.«

»Julian ist nicht mein Macker. Ich bevorzuge die Bezeichnung Verlobter.«

Sommer setzte sich an seinen Schreibtisch und griff nach einer Akte, die darauf lag. »Was ist das?«

»Hat dein Freund Wilhelm vorbeigebracht.«

»Du weißt genau, dass Wilhelm Koch nicht mein Freund ist.«

Polizeirat Koch war ihr gemeinsamer Vorgesetzter, der aus unerfindlichen Gründen seit Sommers Scheidung bemüht war, den Oberkommissar auf den Beinen zu halten.

»Das empfinden einige Kollegen anders«, triezte Lisa ihn. »Vor allem, wenn wir in Besprechungen Lob ernten, obwohl unsere Aufklärungsquote immer weiter in den Keller rauscht.«

»Vielleicht mag er meinen Kleidungsstil«, konterte Sommer augenzwinkernd.

Er schlug die daumendicke Akte auf. »Organisierte Kriminalität?«, wunderte er sich, nachdem er ein paar Seiten überflogen hatte.

Lisa nickte. »Ein Rockerclub scheint am Stadtrand eine neue Niederlassung gegründet zu haben.«

»Was erwartet Wilhelm von uns?«

»*Polizeirat Koch* möchte, dass wir uns über den Sachstand informieren. Ich habe mir das Ganze bereits angesehen.«

»Und danach? Vorbeischauen und uns vorstellen?«

»Ich fürchte ja.«

»Ist nicht sein Ernst.« Sommer griff zum Telefonhörer, um Koch nach Einzelheiten zu fragen.

»Die Mühe kannst du dir sparen«, sagte Lisa.

»Ist er nicht da?«

»Ganztägige Besprechung im Präsidium Nord.«

»Super!«, seufzte Sommer. »Könnte jetzt nicht ein eifersüchtiger Kerl seine Alte und ihren Liebhaber abknallen und vom Tatort flüchten? Nach einem solchen Fall würde ich mir die Finger lecken.«

»Du bist ein wahrer Menschenfreund.«

»Ich weiß«, murmelte Sommer und betrachtete das Foto des örtlichen Rockeroberhaupts. »Sieht wirklich sympathisch aus, das Kerlchen.«

3

»Sollen wir hier eine Kleinigkeit essen oder beim Zirkus gucken, ob es da Hotdogs gibt?«, fragte Carla.

»Hotdogs!«, erklang die begeisterte Antwort.

»Na gut.« Sie schaute auf die Uhr. »Bus oder Rad?«

Simon verzog nachdenklich den Mund. »Wenn du nicht zu schnell fährst, dann Fahrrad.«

»Du kannst ja auch einfach doppelt so häufig in die Pedale treten.«

»Das ist unfair. Du hast viel ...«

»Ja, ja«, unterbrach sie ihn lächelnd. »Ich radle dir schon nicht davon.«

***

Eine Dreiviertelstunde später ketteten sie ihre Fahrräder aneinander.

»Ganz schön was los«, stellte Carla überrascht fest.

Die zum Schützenplatz gehörende Parkfläche war mehr als halb voll – ungewöhnlich für diese Uhrzeit. Am Fahrradständer war ebenfalls kaum noch Platz.

»Bestimmt, weil der Zirkus so toll ist.«

Carla hielt ihrem Bruder die Hand hin. »Pfötchen her!«

»Ich bin doch kein Baby«, protestierte er.

»Und ich habe keine Lust, dich im Gedränge zu verlieren.«

Simon schien einen Moment über ihre Antwort nachzudenken, ehe er nach ihrer Hand griff. Gemeinsam schlenderten sie zum Kassenhäuschen, vor dem sich eine kleine Schlange gebildet hatte.

»Worauf freust du dich am meisten?«, wollte Carla wissen.

»Die Clowns«, antwortete er wie aus der Pistole geschossen.

»Hat der Zirkus überhaupt Clowns?«

Entrüstet sah er sie an. »Jeder Zirkus hat Clowns!«

Langsam rückten sie in der Warteschlange nach vorn.

Mit den Eintrittskarten in der Hand gingen sie zum Eingang, wo eine junge Frau im Apfelkostüm stand.

Sie riss einen Teil der Tickets ab. »Viel Spaß«, sagte sie lächelnd,

»Gibt's hier Hotdogs?«, fragte Simon.

»Na klar.« Die Apfelfrau zeigte zu einem Bereich links neben dem Zirkuszelt. »Da bekommst du Hotdogs, Popcorn, Eis, Zuckerwatte und noch ein paar andere Leckereien.«

»Komm, Carla!« Er zog seine Schwester hinter sich her.

An dem Hotdog-Stand war nichts los. Der Verkäufer, ein Mann im fortgeschrittenen Rentenalter, lächelte ihnen entgegen.

»Sehe ich da ein hungriges Raubtier auf mich zustürmen?«, fragte er, als sie nur noch wenige Schritte entfernt waren.

»Ja«, erwiderte Simon und versuchte zu knurren.

»Wie hättest du deinen Hotdog denn gern?«, erkundigte sich der Mann.

Simon schaute fragend zu seiner Schwester.

»Nur Brötchen, Würstchen, Ketchup«, half sie ihm auf die Sprünge.

»Wunderbar. Und die junge Dame?«

»Ich nehme zusätzlich Röstzwiebeln und Gurken.«

»Kommt sofort! Macht sieben Euro.«

Carla bezahlte, und der Mann bereitete den ersten Hotdog zu.

Um ihr verspätetes Mittagessen in Ruhe zu genießen, stellten sie sich an den Rand des eingezäunten Platzes. Carla sah sich neugierig um, als sie in ihr Brötchen biss. Ob sie jemanden treffen würde, den sie kannte? Schulfreundinnen eher nicht, von denen hatte keine so kleine Geschwister. Aber vielleicht Nachbarn mit Kindern in Simons Alter? Während sie den

Blick schweifen ließ, bemerkte sie einen Mann, der zu ihnen herüberstarrte, sich jedoch plötzlich wie ertappt umdrehte.

Ein ungutes Gefühl beschlich sie. Der Typ kam ihr bekannt vor. Hatte sie ihn nicht in den letzten Tagen in ihrer Straße gesehen, als sie mit Simon Inlineskater gelaufen war? Oder täuschte sie ihre Erinnerung?

»Mist!«, fluchte ihr Bruder.

»Was ist?«

Simon deutete auf den Boden, wo ein kleines Stück von seiner Bockwurst lag. »Ist einfach rausgeflutscht. Ich kann nichts dafür.«

»Nicht schlimm«, sagte Carla. »Willst du einen Bissen von meinem haben?«

»Bäh!« Er schüttelte den Kopf. »Du hast so komisches Zeug drauf.«

Sie lachte über seinen angewiderten Gesichtsausdruck und hielt dann Ausschau nach dem heimlichen Beobachter, der allerdings nicht mehr zu sehen war. Ob sie sich das bloß eingebildet hatte? Vielleicht war er ein harmloser Zirkusbesucher, der mit seinem eigenen ...

Das Klingeln des Handys unterbrach ihre Gedanken. Abgelenkt holte sie es aus der Handtasche.

»Wer ist das?«, fragte Simon.

»Wieder Marie. Da muss ich kurz ran. Du bleibst in meiner Nähe.«

Simon nickte.

»Hi, Marie!«

»Carla, das tut so weh«, schluchzte ihre Freundin. »Kannst du zu mir kommen?«

»Ich bin doch mit Simon im Zirkus. Die Vorstellung fängt in einer Viertelstunde an.«

»Dein blöder Bruder! Das ist ein Freundinnennotfall.«

»Süße, was ist denn los?«

»Jonas und ich haben uns geschrieben ...« Die nächsten Worte waren wegen eines neuerlichen Weinkrampfs nicht zu verstehen. »Ich will ihn zurückhaben.«

»Er ist ein Idiot«, erinnerte Carla sie.

»Sag das nicht! Ich habe auch Fehler gemacht.«

»Hat er dir das eingeredet?«

»Nein! Könntest du ihn anrufen?«

»Ich?«, fragte Carla verwundert.

»Ihn um eine neue Chance für mich bitten.«

»Das bringt doch nichts.«

»Versuch's bitte, mir zuliebe!«

Carla seufzte. »Wann? Heute Abend?«

»Wieso nicht jetzt?«

»Die Zirkusvorstellung beginnt gleich.«

»Das schaffst du vorher. Bis nachher halte ich es nicht aus.«

Carla schaute zu ihrem Bruder, der seinerseits abgelenkt war, weil ein Clown auf Stelzen zwischen den wartenden Menschen umherlief.

»Meinetwegen. Aber ich habe höchstens fünf Minuten Zeit.«

»Danke! Und sag mir bitte sofort Bescheid, wie er reagiert hat. Hast du seine Nummer?«

»Ja. Bis gleich!« Carla beendete das Telefonat.

»Kaufst du mir Zuckerwatte?«, fragte Simon.

Sie sah sich nach dem Stand um, der nur wenige Meter entfernt war. Sechs Leute standen davor Schlange.

»Ich muss noch mal kurz telefonieren«, vertröstete sie ihn.

»Das nervt!«, meinte Simon.

»Wenn du nicht warten willst, gebe ich dir fünf Euro, und du holst dir die Zuckerwatte selbst, ja?«

»Okay.« Simon streckte seine Hand aus.

Sie gab ihm den Geldschein und sah zu, wie er zu dem Stand ging. Er stellte sich ans Ende der Warteschlange und winkte ihr zu. Sie winkte zurück, ehe sie in den Kontakten den Buchstaben »J« antippte. Jonas' Name war der Erste. Sie berührte das grüne Hörersymbol, und die Verbindung baute sich auf. Als das Freizeichen erklang, war Simon eine Position nach vorn gerutscht.

»Nicht dein Ernst!«, ertönte eine wütende Stimme, die sie zusammenzucken ließ.

»Jonas?«, vergewisserte sie sich.

»Wer soll es denn sonst sein, wenn du mich anrufst, Bitch?«

»Spinnst du?«

»Glaubst du, ich weiß nicht, was du über mich denkst?«

Oh Gott, dachte Carla genervt. *Hat Marie wieder nicht den Mund halten können.*

»Was willst du?«, fuhr er sie an.

»Marie hat mich gebeten, dich anzurufen.«

»Wieso?«

Das frage ich mich auch.

»Sie möchte ...«

Ein spitzer Schreckensschrei lenkte Carla ab. Instinktiv schaute sie in die Richtung, aus der das Geräusch gekommen war. Der Stelzenclown wankte bedenklich und drohte jeden Moment zu stürzen. Ob das ein Teil der Show war?

»Was will sie?«, fauchte Jonas.

»Aus mir unverständlichen Gründen soll ich dich um eine neue Chance bitten.«

»Du konntest mich nie leiden, oder?«

»Hat nichts mit dir zu tun!«, reagierte Carla gereizt. »Ich kann bloß keine vergebenen Typen leiden, die sich mit anderen Mädchen treffen und ihnen schöne Augen machen.«

Der Stelzenclown hatte sich wieder gefangen. Carlas Blick wanderte zurück zum Zuckerwattestand.

»Du stehst natürlich über den Dingen. Die heilige Carla.«

Wo war ihr Bruder? Er stand weder in der Schlange, noch kam er strahlend auf sie zugelaufen.

»Wahrscheinlich hast du ...«

»Ich hab keine Zeit mehr für dich«, unterbrach sie Jonas und beendete das Gespräch. »Simon?«, rief sie.

Niemand antwortete.

»Simon!«, wiederholte sie dringlicher und lief ein paar Schritte in Richtung des Verkaufsstandes.

Wo konnte er nur sein? Ob er plötzlich Lust auf andere Süßigkeiten bekommen hatte?

»Simon!«

Auch beim Popcorn und an der Eistheke fand sie ihn nicht. Ihr Telefon klingelte. Seit seinem letzten Geburtstag besaß Simon ein einfaches Handy. Doch ihre Hoffnung, dass er sie anrief, zerschlug sich beim Blick aufs Display. Schon wieder Marie. Carla wies den Anruf ab.

Meist überhörte Simon das Läuten seines Handys, selbst wenn es in seiner Hosentasche steckte. Trotzdem wählte sie seine Nummer. Während das Freizeichen ertönte, ruckte ihr Kopf hin und her. In ihrer Panik hätte sie am liebsten losgeschrien. Hoffentlich spielte er ihr nur einen Streich, weil sie sich nicht um ihn gekümmert hatte.

Nach dreißig Sekunden sagte eine weibliche Computerstimme, dass der gewünschte Gesprächspartner nicht erreichbar sei, aber über den verpassten Anruf informiert werde.

»Hilfe!«, brach es aus Carla heraus.

Mehrere Umstehende musterten sie – teils neugierig, teils verwundert. Eine ältere Dame, die ein kleines Mädchen an der Hand hielt, kam auf sie zu.

»Ist etwas passiert?«

»Mein Bru... Bruder«, stammelte Carla. »Er ist ... ich finde ihn nicht.«

»Bestimmt hat er sich bloß ein paar Meter entfernt«, beruhigte die Rentnerin sie. »Welche Farbe hat sein Oberteil?«

»Gelb«, antwortete Carla.

Ihr Handy klingelte und übertrug Simons Rufnummer. »Gott sei Dank. Das ist er.«

»Sehen Sie«, sagte die Frau lächelnd. »Schimpfen Sie nicht zu sehr mit ihm.«

»Simon, wo bist du?«, fragte Carla.

Statt seiner hellen Kinderstimme erklang eine dunkle Männerstimme. Ihr Herzschlag setzte aus.

»Du hast einhundertzwanzig Sekunden Zeit, deinen Bruder zu retten. Komm zum Parkplatz. Wir sitzen in einem schwarzen Kombi. Tick tack.«

Das Gespräch wurde abrupt beendet.

»Alles in Ordnung?«, erkundigte sich die aufmerksame alte Dame.

»Nein«, flüsterte Carla. Sie rannte los, zwängte sich zwischen den Menschen hindurch, bis sie den Zugang zum Zirkusgelände erreichte.

»Wo geht's denn hier raus?«, schrie sie.

Die als Apfel verkleidete Mitarbeiterin schaute sie überrascht an. »Kann ich Ihnen helfen?«

»Ich muss zum Parkplatz, sonst ...« Sie stoppte mitten im Satz. Der Mann hatte ihr zwar nicht verboten, jemanden einzuweihen, trotzdem war sie lieber vorsichtig.

»Sind Sie okay?«

»Schnell!«, flehte Carla. Der Countdown verstrich unerbittlich.

Da die Zirkusmitarbeiterin nicht schnell genug reagierte, quetschte sie sich einfach an jemandem vorbei, der gerade das Gelände betreten wollte.

»Hey!«, brüllte der hinter ihr her.

Carla sprintete in Richtung Parkplatz. Atemlos kam sie dort an und suchte nach dem dunklen Fahrzeug. Tatsächlich entdeckte sie es, abfahrbereit stand es in einer der Fahrgassen. Die Person am Steuer trug Schirmmütze und Sonnenbrille, sie konnte also nicht genau erkennen, ob es der Mann war, der sie beobachtet hatte. Doch eines sah sie auf den ersten Blick: Simon saß auf der Rückbank und starrte sie mit verweinten, schreckerfüllten Augen an. Wieder klingelte ihr Handy.

»Ja?«, meldete sie sich.

Nun sah Carla, dass der Fahrer ein knallrotes Telefon an sein Ohr hielt.

»Die erste Prüfung hast du bestanden. Gratuliere. Jetzt hast du die Möglichkeit, deinen Bruder zu retten. Wenn du bereit bist, einzusteigen und alle meine Forderungen zu erfüllen, wird er ein einigermaßen normales Leben führen, ohne Schmerzen zu erleiden. Das verspreche ich. Weigerst du dich, wird er qualvoll sterben. Deine Entscheidung.«

Der Mann beendete das Gespräch. Carla registrierte, wie er das Fenster herabließ und Simons Kinderhandy hinauswarf. Wie ein Roboter setzte sie sich in Bewegung. Der Entführer nickte ihr aufmunternd zu. Ohne zu zögern, öffnete sie die hintere Tür.

»Carla«, schluchzte ihr Bruder.

»Alles wird gut«, beruhigte sie ihn und setzte sich neben ihn.

»Gib mir dein Telefon«, forderte der Fahrer.

Sie reichte es ihm und sah zu, wie er es ebenfalls aus dem Seitenfenster warf. Dann fuhr der Mann los.

»Wer sind Sie?«, fragte Carla. »Was wollen Sie von uns?«

»Familie spielen«, antwortete er unheilvoll.

4

Lukas Sommer rieb sich die Augen. In den letzten Stunden hatte er intensiv die Akte durchgearbeitet und einen Eindruck davon bekommen, warum Polizeirat Koch die Ansiedlung des Rockerclubs in der Stadt verhindern wollte. Andere Orte, in denen die Gruppierung schon aktiv war, verzeichneten einen deutlichen Anstieg bei Gewaltdelikten sowie bei Waffenschmuggel, Schutzgelderpressung, Menschenhandel. Vor zehn Monaten hatte es eine bewaffnete Auseinandersetzung zwischen drei Gangmitgliedern und der Polizei gegeben, in deren Verlauf ein Streifenpolizist angeschossen worden war. Immer wieder landeten Mitglieder im Gefängnis, doch stets rückten sofort neue an ihre Stelle. Schlug man der Schlange den Kopf ab, wuchsen zwei Köpfe nach. Aus unerfindlichen Gründen gelang es dem Anführer der Gang jedoch stets, auf freiem Fuß zu bleiben. Von kleineren Geldstrafen abgesehen, war er gerichtlich nie belangt worden.

Außerdem gab es in der Stadt bereits Probleme mit einer russischen Rockerbande. Bestimmt fürchtete Koch einen blutigen Krieg zwischen den beiden Clubs.

Lukas schaute auf die Uhr. Wo blieb Lisa? Sie war vor einer Viertelstunde in die Kantine gegangen und sollte ihm etwas zu essen mitbringen. Da sein Magen hörbar knurrte, öffnete er die unterste Schreibtischschublade und holte einen seiner Notfall-Schokoriegel heraus. Doch noch bevor er ihn ausgepackt hatte, stürmte seine Kollegin ins Büro.

»Ist was passiert?«, fragte er alarmiert.

»Wenn wir Pech haben.«

Lukas legte den Riegel zurück und stand auf. Er kannte Lisas Mimik gut genug, um zu wissen, dass sie schwer besorgt war.

»Erzähl!«

Gemeinsam verließen sie den Raum und eilten Richtung Treppenhaus.

»Zeugen wollen gesehen haben, wie ein junges Mädchen und ein kleiner Junge unter merkwürdigen Umständen vom Schützenplatz verschwunden sind.«

»Gastiert da nicht gerade ein Zirkus?«, überlegte Lukas.

»Seit dem Wochenende«, bestätigte Lisa.

»Ich will Einzelheiten hören.«

»Die erfahren wir gleich von den Streifenbeamten vor Ort.«

***

Lukas Sommer betrachtete die beiden Handys, die eine Passantin vom Boden aufgehoben und den Polizisten übergeben hatte. Zwei Telefone, die von einem Mann aus einem wegfahrenden Auto geworfen worden waren. Eins davon definitiv für ein Kind gedacht. Lisa war offenbar zu Recht beunruhigt.

Gemessenen Schrittes ging der Kriminaloberkommissar zu einem Streifenwagen, an dem die einundsiebzigjährige Marlies Riedl zusammen mit einem kleinen Mädchen wartete.

»Guten Tag. Ich bin Oberkommissar Sommer«, stellte er sich vor. »Frau Riedl?«

»Ja«, bestätigte sie.

»Wer ist die bezaubernde junge Dame an Ihrer Seite?«

»Meine Urenkelin Sophia.«

»Urenkelin?«, zeigte sich Lukas erstaunt. »Sie nehmen mich auf den Arm.«

Frau Riedl lächelte, und schlagartig schien die Anspannung von ihr abzufallen.

»Danke, dass Sie den Notruf gewählt haben«, begann Lukas schließlich die Vernehmung.

»Nichts zu danken. Das ist meine Pflicht.«

»Können Sie mir detailliert berichten, was Ihnen aufgefallen ist?«

Die ältere Dame räusperte sich und dachte anscheinend angestrengt nach, um alles in die richtige Reihenfolge zu bringen.

Zunächst erfuhr Lukas, wieso das junge Mädchen Frau Riedl überhaupt aufgefallen war. »Dann klingelte ihr Handy, und sie dachte, es wäre ihr Bruder. Aber während des Telefonats wurde sie kreidebleich. Anschließend hat sie sich wortlos Richtung Ausgang gezwängt. Ich bin ihr instinktiv gefolgt. Natürlich ein bisschen langsamer, wegen meines Alters. Und weil ich Sophia an der Hand hatte.«

»Das versteht sich von selbst.«

»Als ich am Parkplatz ankam, sah ich noch, wie sie in einen Wagen stieg. Hinten. Wo schon ein Junge in einem gelben T-Shirt saß. Sie hatte erwähnt, dass ihr Bruder ein gelbes Oberteil trug. Deswegen vermute ich, dass er es war.«

»Konnten Sie den Fahrer erkennen?«

»Schlecht. Er hatte eine Schirmmütze und eine Sonnenbrille aufgesetzt. Ich habe aber gesehen, wie er plötzlich ein Telefon aus dem Fenster warf und losfuhr. Viel zu schnell, wie ich fand.«

»Die Kollegen meinten, Sie konnten Teile des Kennzeichens entziffern?«

Frau Riedl nannte die Buchstaben und Zahlen, an die sie sich erinnerte. Sie stimmten mit denen überein, die sie im Gespräch mit einem der Streifenbeamten genannt hatte.

»Und bei der Automarke sind Sie sicher, dass es ein Ford war?«

»Absolut. Mein verstorbener Mann hat vierzig Jahre für die Ford-Werke gearbeitet.«

»Wunderbar. Das hilft uns sehr. Danke!« Er reichte ihr die Hand und strich anschließend dem Mädchen über den Kopf. Dann drehte er sich um und hielt nach seiner Kollegin Ausschau. Lisa saß in ihrem zivilen Fahrzeug und winkte ihn herbei.

»Fortschritte?«, fragte er hoffnungsvoll.

»Ich habe herausgefunden, auf wen die Telefone zugelassen sind«, erklärte sie. »Frederik Holtzmann. Betreibt zusammen mit seiner Frau Sandra eine offenbar florierende Werbeagentur. Ihr Büro liegt in bester Citylage, und sie wohnen in einer der nobleren Wohngegenden in Flussnähe. Ungefähr zwei Kilometer von hier entfernt.«

»Hast du sie schon kontaktiert?«

»Zu Hause meldet sich niemand.«

Lukas schaute auf die Uhr. »Wahrscheinlich arbeiten sie noch. Wir sollten sie im Büro aufsuchen.«

»Einverstanden.«

»Ich muss nur noch kurz was erledigen.«

Der Oberkommissar näherte sich einem Streifenbeamten, der ihn aufmerksam musterte.

»Ich habe eine Bitte. Könnten Sie an der Hauptstraße Ausschau nach Überwachungskameras halten? Vielleicht haben wir ja Glück, und der schwarze Kombi wurde zufällig gefilmt, als er den Schützenplatz verließ.«

»Wird gemacht«, bestätigte der Beamte.

»Haben Sie einen Termin?«, erkundigte sich die attraktive Vorzimmerdame, die hinter einem weißen Schreibtisch an einem überdimensionalen Bildschirm ihrer Arbeit nachging.

»Das wird wohl nicht nötig sein.« Lukas zeigte ihr seinen Dienstausweis.

»Oh. Worum geht es?«

Stumm zog er seine Augenbrauen hoch. Die Angestellte hielt seinem Blick kurz stand, ehe sie den Kopf senkte, zum Telefon griff und eine Nummer eintippte.

»Ist es wichtig?«, hörte Lukas eine männliche Stimme. »Wir stecken gerade in der Nachbereitung des Meetings.«

»Ich fürchte ja«, antwortete sie verschüchtert. »Vor mir stehen zwei Beamte von der Kripo und verlangen, Sie und Ihre Frau zu sprechen.«

An den Wänden des Besprechungsraums hingen diverse Plakate, die Lukas früher schon begegnet waren. An Bushaltestellen, Litfaßsäulen und anderen öffentlichen Plätzen. Offenbar Werbekampagnen, die sich die *Holtzmann Creative Agency* ausgedacht hatte.

»Das kann einfach nicht sein«, flüsterte Sandra Holtzmann, die ein elegantes cremefarbenes Kostüm trug. Sie fingerte nervös an ihrem Handy herum. Lukas sah, dass sie einen WhatsApp-Chat aufrief. »Carla ist absolut zuverlässig. Wir brauchen kein Kindermädchen, weil sie die fürsorglichste große Schwester ist, die man sich wünschen kann.«

»Daher unsere Sorge ...«, begann Lisa.

»Sie verstehen nicht!«, schrie Frau Holtzmann. »Carla hätte ihn niemals aus den Augen gelassen!«

Ihr Mann legte ihr beruhigend eine Hand auf den Oberschenkel, die sie jedoch wegwischte. Sie tippte auf das Display ihres Smartphones. »Das muss ein Irrtum ein.«

Als wenige Sekunden später die Mailbox ansprang, stiegen ihr Tränen in die Augen.

»Fassen Sie Ihre Erkenntnisse zusammen«, bat Frederik Holtzmann.

»Zeugen haben beobachtet, wie Ihre Tochter auf dem Zirkusplatz panisch ihren Bruder gesucht hat. Kollegen rekonstruieren derzeit anhand von Befragungen, ob Simon weggelaufen ist, oder Carla ihn aus anderen Gründen ...«

»Niemals«, wisperte die Mutter schwach.

Lukas fuhr in seiner Schilderung der Ereignisse fort. »Zuletzt ist sie in einen schwarzen Kombi gestiegen, und bevor der Fahrer vom Parkplatz gerast ist, hat er Carlas Handy aus dem Auto geworfen. Ich vermute, dem Unbekannten ist es gelungen, Simon zu sich zu locken, und dann hat er Carla gezwungen, ebenfalls einzusteigen.«

»Haben Sie den Mistkerl schon identifiziert?«, wollte der Vater wissen.

»Wir arbeiten daran«, erwiderte Lisa.

»Was heißt das?«, regte Frederik Holtzmann sich auf. »Sie haben keinerlei Anhaltspunkte und vertrösten mich?«

»Nein, aber ...«

»Es wird wohl Videoaufzeichnungen des Zirkus geben. Haben Sie die überprüft?«

»Da es sich um einen kleinen Zirkus handelt, waren leider nirgendwo Überwachungskameras angebracht.«

Die Eltern stöhnten entsetzt auf.

»Wir sind allerdings optimistisch, den Wagen identifizieren zu können«, erklärte Lukas rasch. »Wir kennen den Fahrzeugtyp und zumindest einen Teil des Kennzeichens.«

»Wieso bloß einen Teil?«

»Laut der Zeugin, der wir diese Beobachtung zu verdanken haben, war es teilweise schlammverschmutzt.«

»Haben Sie in letzter Zeit Drohungen erhalten?«, fragte Lisa.

»Was für Drohungen?«, fragte Frederik Holtzmann verwundert zurück.

»Erpresserischer Art«, präzisierte Lukas. »Ihre Agentur scheint ja recht erfolgreich zu sein. Außerdem leben Sie in einer gehobenen Wohngegend. Nehmen Sie momentan an einer besonders lukrativen Ausschreibung teil? Oder haben Sie Ärger wegen nicht bezahlter Rechnungen?«

»Sie glauben, jemand will uns erpressen?«, schlussfolgerte Sandra Holtzmann.

Ich hoffe es, dachte Lukas. *Denn ansonsten schwinden unsere Chancen.*

Mit einem Nicken forderte er sie auf, diese Möglichkeit durchzuspielen.

»Natürlich bewerben wir uns immer wieder um attraktive Werbebudgets. Meistens erfährt man erst zu einem sehr späten Zeitpunkt, wer die Konkurrenten sind«, erklärte der Vater.

»Ist da derzeit etwas in Vorbereitung?«, erkundigte sich Lisa.

Fast synchron schüttelten sie die Köpfe.

»Gibt es unzufriedene ehemalige Angestellte? In der Agentur oder im privaten Haushalt?«

»Nein. Wir arbeiten seit Jahren mit demselben Stamm an Mitarbeitern. Nur die Freien wie Fotografen wechseln regelmäßig. Zu Hause beschäftigen wir lediglich dreimal die Woche eine Reinigungskraft.«

»Wir brauchen ihren Namen.«

Frederik Holtzmann wich Lukas' Blick aus.

»Ob Sie Ihre Putzhilfe ordentlich angemeldet haben oder nicht, spielt für uns keine Rolle«, meinte der Oberkommissar beruhigend.

»Lea hat damit sowieso nichts zu tun«, schränkte Sandra ein. »Sie hatte heute frei.«

»Trotzdem hätte ich gern die Kontaktdaten«, beharrte Lukas.

Der Vater griff zu einem Block und suchte anschließend die entsprechenden Daten aus seiner Kontaktliste im Handy heraus. Eher unwirsch riss er den Zettel ab und schob ihn über den Tisch.

»Ist sonst irgendetwas vorgefallen?«, hakte Lisa nach. »Anonyme Anrufe? Seltsame E-Mails? Briefe, in denen Ihnen gedroht wurde?«

Hilflos sah Frederik Holtzmann seine Ehefrau an. »Bei mir nicht. Bei dir?«

»Davon hätte ich dir erzählt.«

»Sicher?«

Überrascht registrierte der Oberkommissar den Wortwechsel.

»Klar«, zischte Sandra Holtzmann.

»Gibt es irgendetwas, das wir wissen sollten?«, fragte Lisa. »Wenn es in Ihrer Ehe Spannungen ...«

»Meine Frau hatte vorletztes Jahr eine kurze Affäre«, murmelte der Agenturinhaber.

»Vielen Dank«, erwiderte seine Partnerin gereizt. »Als hätte Rafael unsere Kinder entführt. Ich habe seit anderthalb Jahren keinen Kontakt mehr zu ihm.«

»Herr Holtzmann, würden Sie vorübergehend den Raum verlassen?«, bat Lukas.

Der Mann stand wortlos auf und marschierte wütend hinaus.

»Das hat keine sechs Wochen gedauert. Dann habe ich es Frederik gebeichtet und gleichzeitig einen Schlussstrich gezogen. Außerdem war das wahrscheinlich nur ... Rache«, behauptete die Ehefrau.

»Wofür?«, erkundigte sich Lisa.

Sandra drehte ihren weißgoldenen Ehering am Finger, während sie stockend antwortete. »Vor Simons Geburt, nein, eigentlich vor seiner Zeugung, steckte unsere Beziehung in einer tiefen Krise. Die Agentur warf kaum Gewinne ab, und mein Mann hatte eine Geliebte. Wir standen kurz davor, uns zu trennen. Besonders Carla litt unter dem Zustand. Sie weinte jeden Abend, weil sie unsere Streitigkeiten nicht mehr aushielt. Irgendwie haben wir es geschafft, aus diesem Tal herauszukommen. Frederik schoss die Geliebte in den Wind. Kurz darauf wurde ich schwanger. Ich glaube, Carla ist so übertrieben in Simon vernarrt, weil er für sie ein Sinnbild unserer Versöhnung ist. Sie war nie eifersüchtig auf ihn.«

»Und dieser Rafael?«

»Ich habe ihn auf einem Kongress kennengelernt. Ein Spanier, der eine Weile in Deutschland lebte. Wie schon gesagt, wir hatten ewig keinen Kontakt. Auf Instagram habe ich mal Fotos von ihm aus Barcelona gesehen. Ich schätze, er ist in seine Heimat zurückgegangen.«

»Notieren Sie uns seine Kontaktdaten«, verlangte Lukas.

»Inklusive aller Social-Media-Profile«, konkretisierte Lisa.

»Dazu muss ich an meinen Computer.«

»Wir warten hier«, meinte die Oberkommissarin.

Sandra Holtzmann verließ den Besprechungsraum.

»Hältst du diesen Rafael für verdächtig?«, fragte Lisa.

»Nicht, wenn er heute nachweislich außer Landes war«, erwiderte Lukas. Bevor er seine Gedanken ausführen konnte, klingelte sein Telefon. »Die Zentrale«, murmelte er. »Sommer!« Interessiert lauschte er den neuesten Erkenntnissen. »Das ist wunderbar! Wir sind in ungefähr zwanzig Minuten vor Ort.« Noch während er telefonierte, erhob er sich.

»Was ist los?«, erkundigte sich seine Partnerin.

»Die KFZ-Zulassungsstelle konnte das Fahrzeug eindeutig identifizieren. Wir haben die Adresse des Besitzers.«

»Perfekt!«

Frederik Holtzmann kam ihnen entgegen.

»Wir müssen uns vertagen und melden uns wieder bei Ihnen«, erklärte Lukas schwammig, um dem Vater nicht unnötig Hoffnung zu machen.

***

In einer Nebenstraße vierhundert Meter vom Haus des Autohalters entfernt, informierte das Einsatzteam die verantwortlichen Kriminalkommissare.

»Maximilian Beyer, vierunddreißig Jahre«, erklärte der Chef des mobilen Einsatzkommandos. »Lebt laut unseren Infos allein. Das Auto ist seit drei Jahren auf ihn zugelassen. Ich habe Beamte in Zivil vorbeigeschickt, die konnten den Wagen aber nicht finden. Allerdings gehört zu dem Einfamilienhaus eine Garage.«

»Wissen wir, als was Beyer arbeitet?«, fragte Lukas.

»Freier Fotograf.«

Lukas und Lisa sahen sich alarmiert an.

»Es könnte also eine berufliche Verbindung zu den Eltern geben«, meinte Lisa.

»Sollen wir das vorab überprüfen?«, fragte Lukas.

»Nein«, meinte der Kommandoleiter. »Wir haben vor zehn Minuten eine Bewegung hinter einem der Fenster bemerkt. Ich will nicht mehr warten. Es hat schon lange genug gedauert, bis Sie endlich hier waren.«

Lukas nickte widerstrebend.

***

Der Einsatzbus stoppte direkt vor der Haustür. Lukas und Lisa hielten mit ihrem Fahrzeug dahinter. Vier schwerbewaffnete Polizisten stürmten aus dem Bus, rannten zum Eingang und verschafften sich mit drei Schlägen einer Ramme Zugang zum Haus.

»Polizei!«, schrie der Erste.

Lukas folgte den Einsatzkräften. Sie durchquerten den Hausflur und gelangten in ein großes Wohnzimmer, von dem zwei Türen – beide verschlossen – abgingen. Plötzlich öffnete sich eine der Türen, und ein verwirrt dreinblickender Mittdreißiger in Jogginghose und Sportshirt tauchte auf. Er war sichtlich verschwitzt. Ein Kopfhörer steckt in einem Ohr, der andere baumelte lose am Hals.

»Was zum Teufel?«

»Polizei! Hände hoch!«

Der Mann schien wie paralysiert und reagierte nicht.

»Wird's endlich?«

Einer der mit automatischen Maschinenpistolen bewaffneten Männer fackelte nicht lange. Er trat vor, packte den Hausbewohner an der Schulter und warf ihn zu Boden. Im nächsten Moment waren seine Handgelenke bereits mit Kabelbindern gefesselt.

»Herr Beyer, wir nehmen Sie wegen des Verdachts der Entführung zweier Kinder vorläufig fest. Wo sind die beiden?«, fragte Lukas den liegenden Mann.

»Wovon reden Sie?«

»Tun Sie nicht so scheinheilig. Zeugen haben eindeutig Ihr Fahrzeug identifiziert. Wo sind Carla und Simon?«

»Ich verstehe nur Bahnhof«, jammerte der Festgenommene.

»Wo waren Sie zwischen dreizehn und fünfzehn Uhr?«, erkundigte sich Lisa.

»Hier zu Hause.«

»Und Ihr Auto?«, wollte Lukas wissen.

»In der Garage. Wo sonst?«

»Unfassbar!«, murmelte der Mann, während er sich seine Handgelenke rieb. »Wo ist mein Kombi? Ich habe ihn gestern Abend wie immer reingefahren.«

»Und nachts keine auffälligen Geräusche gehört?«, fragte Lukas.

»Nein. Ich habe einen tiefen Schlaf«, erwiderte Beyer. »Wer hat mein Auto gestohlen?«

Wenn ich das wüsste, dachte Lukas, *wären wir einen großen Schritt weiter.*

5

Lukas schaute geistesabwesend auf den kleinen Tischkalender. Doch das wäre gar nicht nötig gewesen, denn natürlich wusste er auch so, wie viel Zeit seit dem Verschwinden der Holtzmann-Kinder vergangen war. Eine Woche ohne Lebenszeichen und ohne Forderungen. Er ging abends mit Gedanken an die Geschwister ins Bett und wachte morgens damit auf. Die öffentliche Suche nach den beiden lief heiß, es gab zahlreiche Hinweise aus der Bevölkerung. Keine der teils anonym eingegangenen Nachrichten hatte sie jedoch weitergebracht. Hellseher vermuteten ihre Leichen am Flussgrund oder verscharrt im Wald. Optimistischere Scharlatane behaupteten, sie seien von Zirkusangehörigen entführt worden und würden bald – mit dämonischen Superkräften ausgerüstet – zurückkehren. Ernsthaftere Anrufer denunzierten in

Scharen ihre allein lebenden männlichen Nachbarn. Manche hatten den Wagen gen Osten fahren sehen, andere gen Süden. Aus der deutsch-polnischen sowie der deutsch-tschechischen Grenzregion waren Meldungen eingetroffen, denen zufolge die Kinder mittlerweile außer Landes gebracht worden waren. Nichts davon hatte Hand und Fuß. Und dann befanden sich noch Dutzende Hinweise in den Akten, die einer näheren Überprüfung harrten. Ein Berg Arbeit.

Er blickte auf die Uhr. Wo blieb Lisa? Ihr Verlobter Julian hatte gestern seinen fünfunddreißigsten Geburtstag gefeiert, aber hatte sie den Abend wirklich genießen können? Bestimmt erging es ihr wie ihm. Solange die Geschwister nicht wieder auftauchten, existierte kein Privatleben. Wobei das in seinem Fall keinen Unterschied zu vorher machte.

Sollte er sich etwas zu essen aus der Kantine holen? Oder abwarten, ob Lisa – wie versprochen – Roastbeefreste mitbrachte?

Lukas stand auf und ging zu ihrer gemeinschaftlich angeschafften Kapselkaffeemaschine, um sich einen Espresso zu machen. Er legte eine Kapsel ein, verriegelte das System und betätigte den Startknopf. Da es seine zweite Tasse an diesem Morgen war, versorgte ihn das Gerät ohne langes Vorheizen schnell mit dem Gewünschten. Noch bevor der letzte Tropfen in die Porzellantasse gelaufen war, öffnete sich allerdings die Bürotür.

»Wie überaus galant von dir. Du verfügst offenbar über telepathische Fähigkeiten«, begrüßte ihn Lisa.

»Hauptsache, du hast an mein Essen gedacht«, sagte er und entnahm dem bedrohlich schrumpfenden Kaffeevorrat die nächste Kapsel.

»Habe ich dich je enttäuscht?« Sie holte einen Plastikteller aus ihrem Rucksack, auf dem einige Scheiben Roastbeef lagen.

Bevor Lukas seiner Freude Ausdruck verleihen konnte, klingelte das Telefon.

»Die Kennung für die Anruferhotline«, stellte er überrascht fest. Für die Bedienung der Hotline waren rund um die Uhr drei Mitarbeiter eingesetzt. Die Gespräche wurden normalerweise nicht zu ihnen durchgestellt.

»Lukas Sommer«, meldete er sich.

»Retten Sie mich!«, flüsterte eine weibliche Stimme.

»Wer ist da?«

»Carla Holtzmann.«

Aufgeregt schnippte Lukas mit dem Finger, um Lisas Aufmerksamkeit zu erregen. Gleichzeitig drückte er die Lautsprechtaste.

»Bist du es wirklich, Carla? Oder soll das ein übler Scherz sein?«

»Ich bin es. Meine Mutter heißt mit Geburtsnamen Suffer. Glauben Sie mir bitte. Sie müssen uns retten. Er tut mir jeden Tag weh.«

»Lebt dein Bruder noch?«

»Ja. Ich kümmere mich um ihn.«

Lukas warf einen Blick auf das Display. Es zeigte nur die Kennung der Hotline an, nicht die des Anrufers.

»Kennst du seinen Namen? Bist du dem Entführer früher schon einmal begegnet?«

»Nein. Simon muss ihn Papa nennen. Von mir will er Meister genannt werden. Keine Ahnung, wie er heißt.«

»Wo hält er euch gefangen?«

»An verschiedenen Orten. In den letzten sieben Tagen haben wir zweimal den Ort gewechselt. Ich fürchte, es ist bald wieder so weit.«

»Was kannst du mir über eure momentane Umgebung sagen?«

»Scheint eine leere Fabrik oder so was Ähnliches zu sein.«

»Wirklich?«

»Vielleicht auch ein Verwaltungsgebäude. Ohne Leute. Keine Möbel, Schreibtische oder so. Ich schlafe auf einer Matratze am Boden. Wenn ich aus dem Fenster schaue, sehe ich einen hohen, schmalen Turm. Vielleicht ein Schornstein. Wie gesagt, er ist ziemlich schmal und weiß angestrichen. Oben sind ein paar blaue Streifen. Außerdem blinken am oberen Rand zwei Lichter.«

»Wie hoch ist der Turm?«

»Weiß ich nicht. Fünfzig Meter vielleicht.«

»Was siehst du sonst noch?«

»Warum tut er mir so weh?«, schluchzte sie verzweifelt. »Jeden Abend. Manchmal zweimal.«

Hilflos sah Lukas seine Partnerin Lisa an.

»Carla, hier ist Oberkommissarin Lisa Jung. Ich verspreche dir, das wird vorbeigehen. Wir werden euch finden. Aber dafür benötigen wir jeden Anhaltspunkt. Hörst du gelegentlich ungewohnte Geräusche? Eine Eisenbahn?«

»Eine Kirchenglocke«, flüsterte sie.

»Sehr gut«, lobte Lisa. »Versuch dich weiter zu erinnern.«

»Sie müssen schnell kommen. Bevor er uns wegbringt.«

»Woher hast du das Handy?«, fragte Lukas. »Ist das seins?«

»Ich glaub schon. Oh Gott. Ich höre ihn. Retten Sie uns!«

Die Verbindung brach ab.

»Carla!«, schrie Lukas, doch es war nur noch das Besetztzeichen zu hören.

***

Im Besprechungsraum drängten sich vierzehn Leute. Die Tür stand offen, damit sie einigermaßen Luft zum Atmen hatten. Seit dem Telefonat waren fünfunddreißig Minuten vergangen.

»Der Turm, den sie beschrieben hat, könnte der Schornstein eines Fernwärmekraftwerks sein«, erklärte Lukas. Sein Dienstlaptop war per WLAN an einen Projektor angeschlossen, und er warf ein Beispielbild an die Wand. »Wir haben das geprüft. Im

Stadtgebiet gibt es bloß ein einziges Kraftwerk, auf den die anderen Variablen zutreffen. Leeres Firmengelände, ein Kirchturm in Hörweite.« Er rief einen Stadtplan auf und markierte den entsprechenden Stadtteil.

»Wir wissen jedoch nicht, wie lange der Entführer sie dort noch festhalten wird«, fügte Lisa hinzu. »Je eher wir aufbrechen, desto besser.«

Kriminalhauptkommissar Kohler, der als ranghöchster Vertreter der Gruppe für mobile Einsätze an der Besprechung teilnahm, schüttelte unzufrieden den Kopf. »Das gefällt mir gar nicht.«

»Wieso nicht?«, hakte Polizeioberrat Schiefer nach.

»Jemand, der sich da verschanzt, sieht uns aus mindestens tausend Metern Entfernung.« Kohler projizierte ein Google-Earth-Bild an die weiße Wandfläche.

»Dann müssen wir uns unauffällig annähern«, sagte Lukas. »Zum Beispiel nur Lisa und ich in einem neutralen Wagen. Oder wir legen den letzten Kilometer zu Fuß zurück.«

Kohler seufzte.

»Ginge das?«, fragte Schiefer.

»Die beiden sind für solche Zugriffe nicht geschult.«

»Es ist nicht unser erster Einsatz dieser Art«, widersprach Lukas.

»Außerdem dürfen Sie einen wichtigen Punkt nicht vergessen«, ergänzte Lisa. »Carla ist traumatisiert.

Der Scheißkerl missbraucht sie täglich. Unsere Stimmen kennt sie bereits. Sie wird sich uns anvertrauen.«

»Hauptkommissar Kohler, was halten Sie davon, wenn wir die Oberkommissare Jung und Sommer verkabeln, sie das letzte Stück zu Fuß zurücklegen lassen und uns mit dem Einsatzteam zwei Kilometer entfernt postieren? Ihre Männer wären bei diesem Vorgehen innerhalb kürzester Zeit vor Ort. Ich halte den Einwand von OK Jung für überaus bedenkenswert. Wir dürfen bei der Rettungsmission auf keinen Fall Schwierigkeiten wegen eines hysterischen Teenagers riskieren.«

»Meinetwegen«, brummte Kohler.

Eine Streifenbeamtin betrat den ohnehin überfüllten Raum und klopfte an den Türrahmen.

»Wir wissen jetzt, von welcher Nummer Carla die Hotline erreicht hat. Ein Prepaid-Anschluss, der erst vor neun Tagen aktiviert wurde und nicht registriert ist. Morgen schaltet ihn der Mobilfunkanbieter ab, sofern bis dahin keine Personalien eingehen. Allerdings sind wir mit dem Anbieter in Kontakt, um das zu verhindern.«

»Der Entführer ist schlau«, stöhnte Lukas. »Je schneller wir dort sind, desto größer ist die Chance, ihn zu überrumpeln.« Aufmunternd klatschte er in die Hände.

6

»Wir haben jetzt Informationen über das Gebäude«, sagte eine Stimme in Lukas' Ohr.

Wird auch Zeit, dachte er. *Seit Carlas Anruf sind fast zwei Stunden vergangen!*

»Schieß los«, forderte Lisa, die über einen Ohrhörer ebenfalls zugeschaltet war.

»Es handelt sich um das ehemalige Bürogebäude eines Fernwärmeversorgers. Das zugehörige Kraftwerk ist weiter in Betrieb, wird aber mittlerweile von Norddeutschland aus gesteuert. Vor sechs Monaten hat der letzte Mitarbeiter sprichwörtlich das Licht ausgeschaltet. In acht Wochen wird das Ganze abgerissen. Anschließend erfolgt eine Sanierung des Bodens, und dann entstehen auf dem Gelände drei Mehrfamilienhäuser.«

»Trotz des in der Nähe befindlichen Kraftwerks?«, wunderte sich Lukas.

»Die Stadt ist für jede neu ausgewiesene Baufläche dankbar.«

»Sind die Pläne öffentlich?«, fragte Lisa. »Oder können wir den Täterkreis eingrenzen, weil das alles topsecret ist, und er folglich ein Insider sein muss?«

»Zählen Zeitungs- und Internetartikel?«, entgegnete der Kollege am anderen Ende.

»Witzig!«, brummte Lukas.

Sie näherten sich in gemächlichem Tempo dem Ort, an dem sie Carla und Simon vermuteten. Um einem eventuellen Beobachter nicht aufzufallen, liefen sie Hand in Hand scheinbar verliebt nebeneinander her.

»Wir sind jetzt da«, sagte Lukas schließlich. »Von der Straße aus deutet nichts auf die Anwesenheit von Personen hin.«

Die beiden Beamten lösten ihren Körperkontakt, um spontaner reagieren zu können.

»Vor uns ist eine Art Torbogen«, informierte Lisa das wartende Einsatzteam. »Wir gehen rein und schauen, wie wir am besten ins Gebäude kommen.«

»Verstanden«, meldete der Kontaktmann. »Wir erbitten weiterhin laufend Informationen. Sobald einer von euch das Codewort nennt, brechen wir auf. Wir brauchen allerdings mindestens einhundert Sekunden. Eher ein bisschen mehr.«

Der Zugang durch den Torbogen führte in einen Hinterhof. Nachdem sie ihn komplett durchquert hatten, entdeckten sie einen schwarzen Kombi.

»Zentrale, hier steht ein Fahrzeug, das ...« Lukas unterbrach seine Meldung und lief los. »Das Kennzeichen weicht von dem uns bekannten ab und sieht sehr neu aus. Ich schätze, es wurde ausgetauscht.«

»Sie haben keine eindeutige Identifizierung?«, vergewisserte sich der Kontaktmann.

»Selbe Marke, anderes Kennzeichen«, wiederholte Lisa.

Lukas registrierte ein Detail, das ihn nachdenklich stimmte. »Im Inneren befindet sich ein eingeschaltetes Navi.«

»Also ist jemand in der Nähe«, schlussfolgerte der Einsatzleiter.

»Und hat vor, irgendwohin zu fahren.«

»Kannst du erkennen, ob ein Ziel eingegeben ist?«

Lukas presste sein Gesicht gegen die Fensterscheibe. »Scheint so. Das System zeigt Fahranweisungen an. Wohin es gehen soll, ist aber nicht erkennbar.«

»Könnt ihr mit einem Hindernis den Fluchtweg abschneiden?«

Lisa sah sich um. »Negativ. Keine größeren Gegenstände vorhanden.«

»Okay. Wir beratschlagen uns, ob die Gegebenheiten eine Planänderung nötig machen.«

»Wieso das?«, fragte Lukas.

»Weil ein potenzielles Fluchtfahrzeug ein unkalkulierbares Risiko darstellt.«

»Wir könnten es ebenfalls zur Flucht nutzen. Falls das notwendig werden sollte. Ich bin gegen eine Änderung.«

»Zur Kenntnis genommen.«

In Lukas' Ohren klang das wie *Du Idiot hast gar nichts zu bestimmen.*

Lisa deutete auf einen Eingang, an dem die Tür abmontiert war. »Ich glaube, da können wir rein.«

Im Laufschritt näherten sie sich dem Gebäude.

»Die sollen sich gefälligst an die Absprachen halten«, brummte Lukas.

»*Die* hören dich«, erwiderte seine Partnerin.

»Das ist Absicht!«

Vor ihnen lag ein großer Raum. Die Tapeten an den Wänden waren teilweise abgerissen, der Fliesenboden schien noch einigermaßen intakt zu sein.

»Könnt ihr das Fahrzeug manipulieren?«, erkundigte sich der Einsatzleiter. »Etwas in den Auspuff stecken? Oder einen Reifen aufschlitzen?«

Lisa suchte in ihren Taschen, doch Lukas umklammerte ihren Arm.

»Hast du das gehört?«

»Was?«

»Ein Hilferuf. Zentrale, ich glaube, ich habe eine weibliche Stimme gehört.«

»Hilfe!«

Lisa sah ihn aufgeregt an. »Ich jetzt auch! Wir schauen nach!«

Sie rannten los.

»Sollen wir den Ruf erwidern?«, flüsterte Lukas.

»Besser nicht«, meinte seine Partnerin, blieb stehen und hielt ihn am Arm fest. »Da!«

Er stoppte abrupt. Sie waren an einem Raum vorbeigerannt, in dem Spielsachen auf dem Boden verstreut lagen.

»In einem der Zimmer ist Kinderspielzeug«, informierte Lukas das wartende Einsatzteam.

»Scheiße!«, fluchte Lisa. »Eine blutbefleckte Matratze!«

Lukas drehte sich um. Seine rechte Hand berührte das Holster seiner Dienstpistole.

»Hilfe!« Die Stimme klang jetzt näher. »Wer ist da? Können Sie mir helfen?«

Lisa deutete nach vorn.

»Wir stoßen zu euch«, teilte ihnen der Einsatzleiter mit.

»Unfug!«, widersprach Lukas. »Wir hören nur Carla. Von Simon oder dem Entführer keine Spur.«

»Unsere Analysten vermuten eine Falle. Die Entscheidung ist endgültig. Seid vorsichtig, bis wir eintreffen!«

Eine Falle?, dachte Lukas überrascht. *Wie kommen sie zu dem Ergebnis?*

»Carla!« Lisas Stimme riss ihn aus seinen Gedanken. »Oh Gott!«

Er folgte der Kollegin in den nächsten Raum. Seine Augen erfassten die Situation. Das entführte Mädchen kauerte auf einer Decke. Sie trug lediglich ein weißes Unterhemd und einen ebensolchen Slip, an dem ihm rote Verfärbungen auffielen. Ihre linke Hand war mit einem Kabelbinder an einen Heizkörper gefesselt, die Rechte steckte in einem komischen Winkel unter ihrem Oberschenkel. Lukas bemerkte kein Handy in ihrer Nähe. Verbarg sie es unter ihrem Körper?

Falle, Falle, Falle, hämmerte es unaufhörlich in seinem Kopf.

Irgendetwas stimmte hier nicht. Wie hatte sie aus dieser Position den Schornstein bemerken können? Er sah ihn durch das Fenster über ihrem Kopf jedenfalls nicht.

»Jetzt wird alles gut«, flüsterte Lisa. »Wir befreien dich!« Sie hockte sich zu dem Mädchen. »Wo ist dein Bruder?«

»Lisa!«, stieß Lukas warnend aus. »Komm zu mir! Wir warten besser auf die Verstärkung.«

Verwundert blickte sie über ihre Schulter. »Wieso? Hilf mir gefälligst, Carla loszumachen! Beeil dich!«

»Das Setting passt nicht!«

»Was?«

In diesem Moment lenkte ihn eine Bewegung ab. Das Mädchen zog die rechte Hand unter ihrem Bein hervor.

»Fuck!«, fluchte Lukas.

Carla hielt eine Pistole in den Fingern, die sie auf Lisa richtete.

»Mach das ...«

Ein Schuss ertönte. Lisa wurde zurückgeschleudert, und in grausamer Klarheit sah Lukas das Loch in ihrer Stirn, aus dem augenblicklich Blut floss.

Nun bewegte sich Carlas Arm in seine Richtung. Der Anblick seiner toten Partnerin lähmte ihn.

»Warum?«, stieß er hervor.

»Er zwingt mich dazu«, schluchzte das Mädchen. Tränen liefen ihr über die Wangen. »Es tut mir leid. Ich will das nicht tun.«

»Dann lass mich leben!«, flehte er und wich ein Stück zur Seite aus.

Sie richtete den Lauf der Waffe ein bisschen tiefer. Lukas registrierte ein Detail, das er bislang übersehen hatte. Am schwarzen Griff der Pistole befand sich ein eingravierter Totenkopf, der höhnisch grinste. Der Oberkommissar trat einen Schritt zurück. Hilflos bemerkte er, wie sich ihr Finger krümmte.

»Nein!«

Hörte er zuerst den Schuss, oder spürte er zuerst den Schmerz, der sich in seine Bauchgegend grub und ihm die Innereien herauszureißen schien? Lukas taumelte nach hinten und stürzte zu Boden. Das Feuer in seinem Inneren verbrannte ihn und raubte ihm die Besinnung. Das Letzte, was er sah, war seine tote Kollegin, die er nicht hatte retten können. Dann verlor er das Bewusstsein.

7

Nach dem ersten Schuss unterdrückte Einsatzleiter Eric Fiedler den Impuls, den verdammten Ohrstecker zu entfernen.

»Schneller!«, trieb er den Fahrer an, der auf der schmalen Straße jedoch bereits am Limit angekommen war.

»Warum?«, erklang Sommers Stimme.

»Er zwingt mich dazu. Es tut mir leid. Ich will das nicht tun.«

Nein, dachte Fiedler. *Tu's nicht!*

»Dann lass mich leben!«, flehte unterdessen Sommer. Kurz darauf keuchte er ein verzweifeltes *›Nein‹*, bevor der nächste Schuss alles andere übertönte.

Der Fahrer bremste ab und lenkte den Mannschaftsbus durch den Torbogen.

»Blockieren Sie die Zufahrt! Aber lassen Sie Platz für den Notarzt«, befahl Fiedler.

Sobald das Fahrzeug stand, öffnete einer der Männer die Tür und sprang hinaus.

»Verschafft euch Zugang zu dem Kombi! Ich will wissen, welche Adresse in das Navi einprogrammiert ist. Zwei Männer! Die anderen folgen mir.« Fiedler trat ins Freie. »Schickt zwei Krankenwagen, ich fürchte, wir haben verletzte Polizisten«, informierte er die Zentrale.

Im Lauftempo betraten sie das Gebäude und stießen rasch auf einen Raum mit Kinderspielzeug am Boden.

»Ich bin hier! Helfen Sie mir!«, rief eine Frauenstimme.

Fiedler ging voran und blieb an der Türschwelle stehen. Er richtete seine Maschinenpistole auf das entführte Mädchen und registrierte die Waffe neben ihren Beinen. Seinen Augen bot sich ein Bild des Grauens. Die beiden Oberkommissare lagen regungslos am Boden. Sommers Oberhemd war im Bauchbereich blutdurchtränkt, Jungs Stirn und Augen waren ebenfalls blutverschmiert.

»Was hast du getan?«, fragte er flüsternd.

»Ich konnte nicht anders! Sonst tötet er Simon!«

»Was hast du getan?«, schrie Fiedler.

»Sie verstehen das nicht!«, kreischte Carla.

Einer seiner Männer zwängte sich an Fiedler vorbei und hockte sich neben die Oberkommissarin. Er zog seinen Handschuh aus und tastete nach ihrem Puls.

»Kein Lebenszeichen«, murmelte er, ehe er sich Sommer zuwandte und die Prozedur wiederholte. »Er lebt noch!«, brüllte er plötzlich. »Wo bleibt der gottverdammte Arzt?«

Fiedler bemerkte, dass Carla in Richtung der Waffe schielte. »Keine Bewegung!« Er trat vor und schob die Pistole mit einem Fuß außerhalb ihrer Reichweite.

Das Mädchen weinte. »Ich konnte nicht anders«, schluchzte sie wieder. »Sie müssen mir glauben!«

Der Mann am Boden begann mit einer Herzdruckmassage bei Lukas Sommer.

»Halt ihn um Gottes Willen am Leben!«

Der Einsatzleiter löste ein Schneidwerkzeug von seiner Gürtellasche und zerschnitt den Kabelbinder um Carlas Handgelenk. Ihm erschien es falsch, sie im selben Raum mit ihren Opfern zu lassen. Grob zog er sie hoch und zerrte sie in den angrenzenden Raum.

»Erklär es mir!«

Carla schaute zu Boden. »Sie müssen mich freilassen. Ich muss zurück zu ihm.« Die Worte waren kaum zu verstehen, so undeutlich sprach sie.

»Du hast zwei Polizisten niedergeschossen. Die Kollegin ist tot.«

»Er hat das verlangt!«

»Wer?«

»Der Entführer.« Nun blickte sie Fiedler ins Gesicht und wischte sich entschlossen die Tränen weg. »Heute Morgen hat er mich im Kofferraum des Kombis hierhergebracht.«

»Er versteckt euch also woanders?«

Carla nickte.

»Wie lange seid ihr gefahren?«

»Weiß nicht. Zwanzig Minuten?«

»Du klingst unsicher. Kann es kürzer oder länger gewesen sein?«

»Eher länger. Er hat mich hierhergeschleppt und an die Heizung gefesselt. Danach war er mehrmals weg. Als er wiederkam, wirkte er verschwitzt. Er gab mir ein Handy und diktierte mir, was ich sagen sollte. Ich habe mit einem Polizisten telefoniert. Nach dem Gespräch hat der Mann mir wehgetan und Blut an mir verschmiert. Dann hat er mir die Pistole gegeben.«

»Wieso hast du sie nicht benutzt, um ihn in Schach zu halten?«

»Habe ich versucht«, flüsterte sie. »Er hat mich ausgelacht. Mich gefragt, was wohl mit Simon passiert, wenn ich ihn erschieße. Wie viele Tage ein Kind ohne Trinken überleben kann. Also hab ich mir angehört, was er verlangt. Er befahl mir, die ersten beiden Polizisten zu töten, die zu meiner Rettung herbeieilen. Danach sollte ich ins Auto steigen und den Anweisungen des Navis folgen, um zu ihm zurückzukehren.«

»Wenn die Adresse im Navi gespeichert ist, hättest du Simon doch finden können«, meinte Fiedler.

Verzweifelt schloss sie die Augen. »Daran habe ich nicht gedacht.«

»Hast du überhaupt einen Führerschein?«

»Seit vier Monaten. Begleitetes Fahren. Ich kriege das hin!«

»Wir können dich nicht laufen lassen.«

»Sie müssen!«, flehte Carla.
»Ausgeschlossen!«
»Er hat mich gewarnt. Wenn ich nicht zurückkomme, macht er mit Simon die Sachen, die ich bislang ertragen musste. Das verkraftet mein Bruder nicht!« Nun weinte sie heftig.
»Trotzdem, es geht nicht!«
»Ich ertrage es. Simon zuliebe«, schluchzte sie. »All die ekligen Dinge, die er mit mir anstellt. Simon könnte das nicht. Bitte!«
Endlich liefen zwei Sanitäter mit einer Notfallausrüstung an ihrem Raum vorbei.
»Du hast zwei Polizisten erschossen!«, brüllte Fiedler.
»Weil ich es musste«, wisperte Carla.
Der Einsatzleiter spürte unbändigen Zorn. »Alpha drei zu mir«, sprach er ins Mikrofon, ehe er eine Dummheit begehen konnte.
Sekunden später kam ein Polizist ins Zimmer.
»Pass auf sie auf!«
Fiedler stürmte aus dem Gebäude. Am Kombi angekommen, winkte er einen der dort wartenden Kollegen zu sich.
»Habt ihr die einprogrammierte Adresse gefunden?«
»Ja«, erwiderte der Mann. »Ein Wohngebiet am Stadtrand.«
»Fahrtzeit?«
»Laut Navi siebenundzwanzig Minuten.«

»Okay.« Fiedler griff zum Telefon. »Ist der Hubschrauber einsatzbereit?«, fragte er seine Kontaktperson in der Zentrale.

»Befindet sich bereits in der Luft. Gut vier Kilometer von Ihrem aktuellen Standort entfernt.«

»Er müsste einen schwarzen Kombi verfolgen. Wir kennen die Zieladresse, dennoch wäre es wichtig, ihn nicht aus den Augen zu verlieren.«

»Darin sind die Kollegen geübt. Sobald Sie uns das Startsignal geben, starten wir die Luftüberwachung.«

»Ich melde mich.« Fiedler schob das Handy in die Jackentasche und ging zu dem Beamten zurück, der ihm die Informationen über das Navi gegeben hatte. »Filzen Sie das Fahrzeug gründlich. Halten Sie nach Peilsendern oder einem Handy Ausschau. Sie haben maximal fünf Minuten.«

Als Fiedler das Gebäude wieder betrat, kamen ihm die Sanitäter entgegen, zwischen ihnen eine Bahre, auf der der schwerverletzte Lukas Sommer lag.

»Wie ist die Prognose?«

»Schlecht! Aber er lebt noch.«

Wütend ballte der Einsatzleiter die Fäuste. Langsam näherte er sich dem Raum, in dem Carla bewacht wurde.

»Lassen Sie mich gehen?«, erkundigte sie sich hoffnungsvoll.

»Was kannst du mir über euren Entführer erzählen? Kennst du seinen Namen?«

»Nein. Einmal habe ich gehört, wie er sich am Telefon mit *›Hier ist Nico‹* gemeldet hat.«

»Nico?«, wiederholte Fiedler.

Sie nickte.

»Wie alt ist er? Wie sieht er aus?«

»Etwas jünger als mein Vater, schätze ich. Ende dreißig? Ungefähr einen Meter fünfundachtzig groß. Blondes, nicht besonders dichtes Haar. Kein Bart. Schlank, nicht muskulös.«

»An welchen Schauspieler erinnert er dich am ehesten?«

Carla schaute ihn verwundert an und zuckte die Achseln. »Er erinnert mich an niemanden.«

»Und du hast ihn nie vorher gesehen?«

»Nein!«

»Ich habe beschlossen, deine Forderung zu erfüllen. Um das Leben deines Bruders zu retten.«

»Danke!«, stieß sie hervor.

Fiedler sah deutlich, wie die Anspannung von ihr abfiel.

»Er hat gesagt, dass mir niemand folgen darf, sonst tötet er Simon.«

»Was für eine Überraschung.«

»Halten Sie sich daran?«, fragte sie ängstlich.

»Ja.«

»Tun Sie mir noch einen anderen Gefallen?«, flehte sie.

»Welchen?«

»Sagen Sie meinen Eltern, dass ich sie lieb habe.« Plötzlich weinte sie wieder. »Und sagen Sie ihnen, dass es Simon gut geht. Er hat ihm bislang nichts angetan.«

Fiedler spürte einen Kloß im Hals. Er konnte nur auf den Erfolg der Überwachungsaktion hoffen. Das Mädchen war zu jung, um so etwas zu erleiden. Egal, wessen Tod sie verursacht hatte. »Und was soll ich ihnen ausrichten, wenn sie mich nach dir fragen?«

Carla zögerte. »Sagen Sie ihnen, ich ertrage es und kümmere mich um Simon.«

Vorsichtig legte ihr Fiedler eine Hand auf die Schulter. Bei der Berührung zuckte sie zusammen.

»Komm«, sagte er. »Es wird Zeit.«

8

Als er das erste Mal aufwachte, hörte Lukas ein monotones Piepen und ein seltsames Rauschen. Doch ihm fehlte die Kraft, die Augen länger als ein paar Sekunden offenzuhalten. Beim zweiten Mal gelang es ihm wenigstens, sich umzusehen. Er war an Apparate angeschlossen und wurde künstlich beatmet. Von seinem Bauch strahlte ein dumpfer Schmerz in den Rest des Körpers aus. Die Erinnerungen kehrten langsam zurück. Das entführte Mädchen ... die Waffe in ihrer Hand ... zwei Schüsse. Vor seinem inneren Auge sah er Lisa. Die tote Lisa. Um das Bild zu verscheuchen, flüchtete er sich erneut in den Schlaf.

Ein Mann saß an seinem Bett. Irgendetwas hatte sich verändert. Es dauerte eine Weile, bis Lukas realisierte, was es genau war. Sie hatten das Beatmungsgerät abgeschaltet. Er musterte den Mann, der ihn stumm beobachtete.

»Wilhelm«, krächzte Lukas.

Polizeirat Koch lächelte ihn müde an. »Willkommen im Land der Lebenden«, sagte er leise.

»Lisa?«, fragte Lukas in der irrationalen Hoffnung auf ein Wunder.

Koch schüttelte den Kopf. »Sie hat es nicht geschafft.«

»Ich will alles wissen«, flüsterte Lukas. »Aber nicht heute. Komm bitte bald wieder.«

Eine Träne lief über seine Wange. Lisa war tot! Es gab nichts mehr, was er für sie tun konnte. Er hatte versagt, weil er die Falle nicht rechtzeitig erkannt hatte. Er war schuld an ihrem Tod.

Am nächsten Tag fühlte er sich etwas kräftiger und befragte zunächst eine Krankenschwester und danach einen Arzt. Die Schwester verriet ihm lediglich den Namen des Krankenhauses, in dem er lag. Glücklicherweise war es nicht das, in dem seine Exfrau arbeitete. Der Arzt erwies sich als auskunftsfreudiger. Lukas hatte nach der mehrere Stunden dauernden Notoperation drei Tage zwischen Leben und Tod geschwebt. Inzwischen standen seine Chancen gut, vollständig zu genesen. Über die Ermittlungen konnte der Arzt keine Auskunft geben. Also wartete Lukas auf Kochs Rückkehr.

Während er die weiße Krankenhausdecke anstarrte, kroch allmählich eine Idee in seinen Kopf. Zuerst vertrieb er sie erfolgreich, sie kehrte allerdings in jeder wachen Phase zurück und wurde zunehmend größer. Erschien ihm immer logischer. Was hatte er schon zu verlieren?

Es klopfte.

»Herein«, versuchte er zu rufen. Heraus kam jedoch bloß ein raues Krächzen.

Trotzdem wurde die Tür geöffnet, und Wilhelm Koch trat ein.

»Hallo, Lukas.« Der Polizeirat stellte sich ans Bett und begutachtete den Patienten. »Langsam hoffe ich wirklich, du schaffst es. Sehr gut! Eine wahre Kämpfernatur! So lobe ich mir meine Mitarbeiter.«

»Der Oberarzt ist optimistisch. Obwohl sich mein Bauch anfühlt, als könnte er jeden Augenblick zerreißen.«

»Das wird vergehen.«

»Habt ihr die Kinder gefunden?«

Koch seufzte und zog einen Stuhl heran. Ehe er sich setzte, schälte er sich aus seinem Trenchcoat, der an einigen Stellen feucht war.

»Fiedler hat es versaut.«

»Wieso?«

»Er hat die falschen Entscheidungen getroffen. Dumme Entscheidungen. Ein Beamter in seiner Position hätte es besser wissen müssen.«

»Erzähl mir alles«, bat Lukas.

In den nächsten Minuten erfuhr der Oberkommissar, was nach Eintreffen des Einsatzkommandos geschehen war.

»Angeblich hat Fiedler sogar in Betracht gezogen, dass die im Navi eingegebene Adresse ein Ablenkungsmanöver sein könnte. Wegen der Luftunterstützung fühlte er sich dennoch sicher. Er brachte Carla zum Auto, versicherte ihr, dass kein Fahrzeug folgen würde, und sah zu, wie sie vom Gelände rollte. Nach ungefähr fünf Kilometern führte die Strecke durch einen sechshundert Meter langen Tunnel. Die Hubschrauberbesatzung meldete das und schwebte oberhalb des Bauwerks, um den Moment nicht zu verpassen, wenn der schwarze Kombi mit Carla wieder herauskam. Er kam aber nicht heraus. Zur Unterstützung herbeigerufene Streifenwagen entdeckten ihn später verlassen auf dem Standstreifen. Im Tunnel selbst gibt es keine Überwachungskameras. Wir vermuten, der Entführer hat dort auf sie gewartet und sie in seinen Wagen umsteigen lassen. Wir haben keine Spur von ihr und ihrem Bruder.«

»Dann war das alles umsonst?«

»Laut Carlas Aussage heißt der Mistkerl Nico und ist Mitte dreißig. Ein paar Anhaltspunkte konnte sie uns geben.«

»Und wenn der Entführer sie gezwungen hat, ihn so zu beschreiben?«

Koch verzog die Lippen. »Mal den Teufel nicht an die Wand. Es ist unsere einzige Hoffnung.«

»Wir haben versagt.«

»Nicht wir. Fiedler. Sie werden ihn wohl degradieren. Oder zumindest wegloben. Du weißt ja, wie so was geht.«

»Lisa und ich hatten Dutzende Hinweise auf unseren Schreibtischen. Hat sich jemand darum gekümmert?«

»Ich persönlich«, erwiderte Koch. »Habe sie gecheckt und verteilt.«

»Wer bearbeitet das jetzt?«

»Jahnke und Witschorki.«

Zwei sehr fähige Kriminalkommissare. Lukas hielt große Stücke auf sie. »Sie haben noch nichts gefunden?«

»Nein«, bedauerte der Polizeirat.

»Sobald ich wieder gesund bin ...«

Koch unterbrach ihn, indem er eine Hand auf seine Schulter legte. »Du musst dich jetzt um wichtigere Dinge kümmern. Der Job ist nebensächlich. Werde erst mal vollständig ...«

»Was weiß die Öffentlichkeit über meinen Zustand?«, unterbrach Lukas ihn.

»Nicht viel. Wir mussten Lisas Tod bekanntgeben und haben im Rahmen einer Pressekonferenz ansonsten lediglich verlautbaren lassen, dass ein weiterer Beamter beim Versuch, die entführten Kinder zu befreien, lebensgefährlich verletzt wurde.«

»Also könntet ihr sagen, ich wäre gestorben, und niemand wäre überrascht.«

»Hast du Fieber?«, entgegnete Koch. »Es besteht keine Gefahr mehr, dass du stirbst.«

»Aber wir könnten es behaupten und meinen angeblichen Tod als Vorteil nutzen.«

»Was geht dir da durch den Kopf?«

»Ich will untertauchen. Undercover ermitteln.«

»Spinnst du? Du bist aktuell nicht in der Lage, eine solche Entscheidung zu treffen.«

»Du weißt von meiner Scheidung. Natürlich. Was du nicht weißt: Meine Ex verbietet mir inzwischen jeden Kontakt zu meinem Sohn. Und zwar zu Recht.«

»Wieso?«

Stockend berichtete Lukas von dem schrecklichen Vorfall mit Jeremias, der zur Trennung geführt hatte. »Außer meinem Beruf habe ich ohnehin nichts mehr. Dann kann ich mein Leben auch gleich ganz in den Dienst der Polizei stellen. Für Lisas Tod verantwortlich zu sein, ist der Tropfen, der das Fass ...«

»Du bist nicht verantwortlich für Lisas Tod.«

»Ich hätte auf sie aufpassen müssen. Auf beide.«

»Wen meinst du?«

»Lisa. Jeremias.«

»Das mit Jeremias war ein Unfall. Hat nichts hiermit zu tun. Deine Frau hat zu heftig reagiert. Irgendwann sieht sie das ein. Sobald sie erfährt, wie nah du dem Tod warst ... «

»Nein«, widersprach der Oberkommissar. »Jennifer hat recht. Ich hätte nie Vater werden dürfen.«

»Und deswegen sollen wir deinen Tod bekanntgeben? Überleg doch mal, was du deinem Sohn damit antun würdest.«

»Der Schmerz vergeht. Er ist jung. Außerdem unterbindet Jennifer ohnehin jeden Kontakt. Momentan ist es so, als hätte er keinen Vater.«

»Spielen wir es durch. Du bist offiziell gestorben und ermittelst unerkannt. Irgendwie gelingt es dir, Simon und Carla zu retten und den Schuldigen zu verhaften. Was dann? Geben wir in einer Pressekonferenz bekannt, dass dein angeblicher Tod nur ein taktisches Manöver war? Und entschuldigen uns für eventuell entstandene Unannehmlichkeiten?«

»Ich bleibe undercover.«

»Das ist verrückt. Ein solches Leben würde ich meinem ärgsten Feind nicht wünschen.«

»Du könntest mich zum Beispiel in die Rockergang einschleusen, deren Akte du mir anvertraut hast.«

Kochs Gesichtszüge veränderten sich. Statt Ablehnung las Lukas in den Augen seines Vorgesetzten plötzlich einen Hauch von Interesse.

»Ich glaube, ich gehe jetzt mal«, sagte Koch. »Morgen früh wirst du von dieser spinnerten Idee nichts mehr wissen wollen. Vertrau mir.«

»Ich habe lediglich zwei Bedingungen«, fügte Lukas hinzu, der keinerlei Zweifel spürte.

»Welche? Eine Million in bar und einen Ferrari?«

»Du bist mein Ansprechpartner. Meine Kontaktperson. Niemand sonst. Ich berichte nur an dich.«

»Danke für die Blumen.«

»Außerdem soll Jeremias Halbwaisenrente bekommen. So, als wäre ich tatsächlich gestorben.«

»Dein Ernst?«

»Das sind meine Forderungen.«

Koch schüttelte den Kopf. »Nehmen wir mal an, ich könnte beide Bedingungen erfüllen. Du würdest deinen Sohn nie wiedersehen. Das kannst du nicht wollen. Momentan besteht wenigstens noch die Hoffnung, dass Jeremias eines Tages einfordert, dich regelmäßig besuchen zu dürfen. Und dass sich deine Ex dem Wunsch nicht widersetzen kann.«

»Ich bin nicht gut für ihn. Irgendwann wird Jennifer einen neuen Mann nach Hause schleppen. Das ist eine Frage der Zeit. Sie ist eine attraktive Frau. Wenn Jeremias mich für tot hält, wird es ihm leichter fallen, einen Stiefvater zu akzeptieren.«

Koch erhob sich und schlüpfte in seinen Trenchcoat. »Ich komme morgen wieder. Bis dahin hast du die Idee wahrscheinlich vergessen. Das hoffe ich zumindest.«

»Du wirst dich wundern«, entgegnete Lukas.

Er sah zu, wie Koch das Krankenzimmer verließ. Tief in seinem Inneren wusste er, dass sein Vorgesetzter dem Charme seines Vorschlags erliegen würde. Zufrieden schloss er die Augen.

Zweiter Teil

Drei Jahre später

9

Lukas Sommer führte die Maus über das Desktopsymbol des Laptops, den er ausschließlich für dienstliche Zwecke nutzte. Bevor er das verschlüsselte Chatprogramm öffnete, blickte er auf die Uhr. Er war fünf Minuten zu früh dran. Da Polizeirat Wilhelm Koch großen Wert auf Pünktlichkeit legte, stand Lukas noch einmal auf und ging in die Küche seiner vom Staat bezahlten Zwei-Zimmer-Wohnung. Er mixte sich den täglichen Proteinshake, der das Muskelwachstum unterstützte, und trank ihn ohne Genuss aus. Seit fast zweieinhalb Jahren trainierte er fünfmal die Woche. Manchmal in einem Fitnessstudio, lieber jedoch zu Hause unter Ausnutzung seines Körpergewichts. Die Ernährungsumstellung hatte ebenfalls Wirkung gezeigt. Nach dem Krankenhausaufenthalt war er abgemagert und geschwächt unter falschem Namen von

Koch zur Reha gebracht worden. Die Therapeuten, die ihn damals behandelt hatten, würden ihn heute nicht wiedererkennen. Er hatte über fünfzehn Kilo Muskelmasse aufgebaut, wobei er von Anfang an auf ein ausgewogenes Trainingsprogramm geachtet hatte. Statt wie ein typischer Bodybuilder, der besonders Wert auf Brust- und Bizepsumfang legt, hatte er seinen gesamten Körper beansprucht. Mit Erfolg, wie ihm der Spiegel bewies. Lukas hatte den Höhepunkt seiner körperlichen Leistungsfähigkeit erreicht. Für einen Siebenunddreißigjährigen keine Selbstverständlichkeit.

Er kehrte zurück an den Arbeitsplatz, den er sich im Schlafzimmer eingerichtet hatte, und loggte sich mit einem Passwort in das Programm ein. Sekunden später signalisierte der Computer, dass *WK* auch online war.

WK: Hallo, Lukas. Wie stehen die Aktien?

LS: Bin heute Abend wieder als Türsteher eingeteilt.

WK: Im üblichen Club?

LS: Ja.

WK: Du hast letztens von vermehrter Aktivität der Führungsebene gesprochen. Hat sich dieser Eindruck verfestigt?

LS: Definitiv. Die Gang plant etwas Größeres. Wir erwarten eine umfangreiche Waffenlieferung, und ich habe Gerüchte vernommen, die ich als glaubwürdig einschätze.

WK: Inhalt und Ursprung der Gerüchte?

LS: Zwei der langjährigen Mitglieder, die sich hauptsächlich um Schutzgelder kümmern, haben davon geredet, dass demnächst Zahltage anstehen. Banküberfälle.

WK: Wirklich? Das wäre ungewöhnlich. Seit einigen Jahren sprengen die Banden doch lieber Automaten in die Luft. Ist ungefährlicher und meist mindestens genauso ertragreich.

LS: Vielleicht planen sie ja gerade deshalb die Überfälle. Wenn Banken bei Sicherheitsmaßnahmen sparen, ergeben sich schließlich neue Möglichkeiten.

WK: Konkrete Ziele kennst du nicht? Welche Filiale, welcher Tag?

LS: Nein.

Es dauerte eine ganze Weile, bis die nächste Frage kam. Lukas ahnte, woran das lag. Seit anderthalb Jahren war er Mitglied der Bikergang *Hell Demons*. Mittlerweile trug er wie alle Gangmitglieder das Tattoo eines geflügelten Dämons am rechten Oberarm, das die Zugehörigkeit auswies. Manchmal fragte er sich jedoch, ob das alles war, was ihm die Ermittlung eingebracht hatte. Zwar hatte er ein paar interessante Einblicke gewonnen, dem Polizeiapparat jedoch nicht genug Futter gegeben, um die Gruppierung komplett ausheben oder den Anführer ins Gefängnis bringen zu können.

WK: Ob sie dir jemals genug vertrauen?

LS: Ich bin überzeugt, kurz vor einer »Beförderung« zu stehen. Es war garantiert kein Versehen, dass ich das Gespräch der beiden Männer mitgehört habe.

WK: Hoffentlich! Deine Tätigkeit kostet eine Menge Geld und bringt bisher wenig Ertrag.

LS: Hattest du mich nicht genau davor gewarnt? Dass man bei Undercover-Einsätzen viel Geduld braucht?

WK: Du weißt ja, wie es in Wahljahren aussieht. Die Politiker schauen auf die Kosten und vergleichen sie mit den Erfolgen. Na ja, ist nicht dein Problem. Du bist ja nur einer der Posten in der Kostenstelle »verdeckte Ermittlungen«. Eigentlich sogar der anonymste aller Einzelposten.

LS: Wart's ab. Bald wird unsere Ausdauer belohnt.

WK: Dein Wort in Gottes Ohr. Vor einer Sache muss ich dich allerdings warnen. Als verdeckter Ermittler hast du keinen Freifahrtschein. Die Teilnahme an einem Banküberfall hätte für dich zwar keine juristischen Konsequenzen. Wird im Laufe des Überfalls allerdings jemand getötet, ändert sich die Lage. Dann könnte ein Staatsanwalt dir einen Strick daraus drehen, dass du es nicht verhindert hast.

LS: Wie beruhigend.

WK: Sag nicht, du hättest nicht Bescheid gewusst. Okay. Wenn nichts Außergewöhnliches passiert, treffen wir uns in einer Woche wieder hier. Falls du mich vorher kontaktieren musst, kennst du ja die Möglichkeiten.

LS: Bis zum nächsten Mal!

Lukas loggte sich aus. Danach schob er das einen Meter breite Metallbett ein Stück zur Seite, um den Laptop in einen Safe zu packen, der im Boden eingelassen war. Mit einem kleinen Messer, das zu diesem Zweck auf dem Nachttisch lag, hob er eine lockere Laminatplanke an und legte sie beiseite. Flink tippte er die sechsstellige Kombination ein. Jeremias' Geburtstag. Der schmale Safe piepte und summte. Sekunden später verstaute Lukas den Computer darin und beseitigte anschließend die Spuren seiner geheimen Tätigkeit. Eigentlich hielt er die Vorsichtsmaßnahmen für übertrieben, doch der Polizeirat hatte ihn gewarnt, dass er jederzeit mit einem Überraschungsbesuch seiner neuen Freunde rechnen müsse, sobald er in den inneren Kreis vorstoße. Also beherzigte er den Ratschlag.

Ein Blick auf die Uhr verriet ihm, dass er noch über drei Stunden hatte, ehe seine Schicht im Club begann. Er würde die Zeit nutzen, um ein wenig zu schlafen. Zuvor schlurfte er jedoch ins Badezimmer und betrachtete sich im Spiegel über dem Waschbecken. Der dichte Vollbart veränderte sein Gesicht stärker als der dunklere Farbton seiner Haare, die er seit zwei Jahren regelmäßig nachtönte. Lukas griff zu einer Flasche Bartöl, gab ein paar Tropfen in beide Handflächen und verteilte sie im Bart. Vor seiner Zeit als Undercover-Ermittler hatte er die Hipster mit ihrer Gesichtsbehaarung belächelt. Mehr als ein Dreitagebart wäre für ihn nie infrage gekommen. Inzwischen jedoch gefiel ihm sein neuer Anblick, und er achtete sorgsam darauf, dass sein Bart immer gepflegt wirkte.

***

Kurz nach Mitternacht nahm das Gedränge vor dem Eingang des Clubs zu. Lukas Sommer, der für alle bloß Lucky hieß, hatte zusammen mit seinem Kollegen Rick Dienst. Sie suchten an vorderster Front die Leute aus, die reindurften. Damir Jolic – der Präsident des Bikerclubs ¬– hatte den Nachtclub vor knapp zwei Jahren legal erworben. Das Etablissement diente als Einnahmequelle für den Club, und Lukas hatte Hinweise gefunden, dass die Gang in dem Betrieb Drogengelder wusch. Polizeirat Koch hatte die Erkenntnis allerdings als wenig spektakulär eingestuft, zumal Jolic nicht der offizielle Geschäftsführer war. Dafür hatte er den Vizepräsidenten Samuel Dragic ernannt.

Lukas' Blick schweifte über die Wartenden. Die Einlasskriterien des Clubs waren eindeutig. Attraktive Frauen im Einzel- oder Doppelpack kamen umsonst rein; Frauen in Männerbegleitung mussten wie ihre Typen das üppige Eintrittsgeld entrichten. Singlemänner hatten grundsätzlich keine Chance. Ebenso erging es Gruppen von mehr als drei Männern. Ausländern gegenüber zeigte der Club eine gewisse Toleranz – was wohl an Jolics kroatischer Herkunft lag.

Plötzlich setzte Lukas' Herz einen Schlag aus. Er musterte die etwa zwanzigjährige Frau, die gemeinsam mit einer Freundin an ungefähr zehnter Stelle in der Schlange stand.

Konnte das sein? Die Ähnlichkeit war frappierend. Er schluckte schwer und versuchte, sie möglichst unauffällig zu mustern.

Die beiden rückten in der Warteschlange vor. Rick wies vier Leute ab, die ihr Schicksal ohne zu murren akzeptierten. Lukas hatte die Arme verschränkt und schaute mit steinerner Miene nach vorn.

Die jungen Frauen erreichten den ersten Kontrollposten. Bevor Rick sie hineinwinken konnte, baute sich Lukas vor ihnen auf.

»Ich will eure Ausweise sehen!«, befahl er.

Sie öffneten ihre Handtaschen. Auf den Personalausweis der Person, die ihn nicht interessierte, warf er bloß einen kurzen Blick. Den anderen nahm er genauer in Augenschein.

»Wie heißt du?«, fragte er.

Die junge Frau wirkte überrascht. »Konstanze Segebrecht.«

»Dein Alter?«

»Steht doch da!«, erwiderte sie genervt.

»Wenn du hier reingelassen werden willst, sagst du mir besser dein Geburtsdatum.«

»Siebzehnter April siebenundneunzig.«

»Sicher?«

Ratlos hob sie die Hände. »Nein. Ich bin eine Passfälscherin. Die ganze Mühe habe ich mir nur gemacht, um in den einzigen coolen Club der Stadt reinzukommen.«

Lukas bemerkte Ricks verstohlenes Grinsen.

»Werd nicht frech!«, warnte er sie und scannte sie demonstrativ von oben bis unten. Die Ähnlichkeit mit Carla Holtzmann bildete er sich definitiv nicht ein. Trotzdem war es anscheinend eine zufällige Doppelgängerin, die ihm gegenüberstand.

»Viel Spaß!«, brummte er und reichte ihr den Ausweis.

Sie nickte höhnisch, ehe sie giggelnd mit ihrer Freundin den Kassenbereich betrat.

»Die beiden zahlen!«, rief Lukas der Kassiererin zu.

»Lucky, was ist los?«, erkundigte sich Rick. »Fandest du die Kleine geil? Sie ist ein bisschen jung für dich.«

»Die hat mich an jemanden erinnert, der mächtig Ärger produziert hat.« Lukas unterdrückte den Drang, über die Narbe an seinem Bauch zu streichen.

»Hier im Club?«, hakte Rick besorgt nach.

»Nein, ist ne Weile her. Fast wie in einem anderen Leben.« Um keine weiteren Nachfragen zu provozieren, winkte er ein Paar heran. »Seid ihr nüchtern?«

Es funktionierte. Rick verlor das Interesse an der Geschichte und knöpfte sich die nächsten Besucher vor.

Anderthalb Stunden später schloss sich Lukas in einer der Toilettenkabinen ein. Auf dem Weg dorthin hatte er erfolglos Ausschau nach der jungen Frau gehalten. Nun setzte er sich auf den Deckel und stützte zitternd das Kinn in seine Handflächen.

Bei der Arbeit gelang es ihm normalerweise, Gedanken an Carla und Simon zu verdrängen. Ganz im Gegensatz zu den einsamen Nächten, in denen ihn Albträume quälten. Unzählige Male war Lisa in seinen Träumen gestorben, weil er versagt hatte. Manchmal erschoss Carla ihn statt Lisa. Und manchmal sogar ihren kleinen Bruder.

Lukas' vollständige Genesung hatte acht Wochen gedauert. Eine heiße Spur zu den Geschwistern gab es währenddessen nicht. Koch hatte alle eingegangenen Hinweise kopiert und aus dem Präsidium geschmuggelt. Lukas war ihnen in mühevoller Kleinarbeit nachgegangen. Selbst die wenigen verheißungsvolleren Anhaltspunkte stellten sich allesamt als Fehlschläge heraus. Nach einem Dreivierteljahr hatte er aufgegeben. Da der Entführer die Eltern nie kontaktiert hatte, fürchteten die Ermittler, die Kinder seien getötet und verscharrt worden. Lukas hatte sich länger als jeder andere an die Hoffnung geklammert, sie könnten noch leben. Er wollte die Hintergründe für Carlas Tat aufklären. Fragte sich, wieso sie nicht zuerst auf ihn geschossen hatte. Doch irgendwann hatte er losgelassen. Umso mehr erschütterte ihn das Aufeinandertreffen mit einer jungen Frau, die Carlas Zwilling hätte sein können.

Das Hämmern an der Kabinentür riss ihn aus seinen Gedanken.

»Alter, was machst du da drin?«, erklang eine genervte Stimme. »Andere wollen auch kacken!«

»Kack woanders, wenn du keinen Ärger willst«, rief Lukas unwirsch zurück.

»Samuel will dich sprechen«, informierte Rick ihn eine halbe Stunde, bevor sie die Türen des Clubs schlossen.

»In seinem Büro?«, fragte Lukas.

Rick nickte.

»Schaffst du den Rest allein?«

»Geh schon! Du weißt, wie ungern der Boss wartet.«

Durch einen Nebeneingang, den er mittels Eingabe eines vierstelligen Codes öffnete, gelangte er in einen separaten Trakt des Gebäudes. Die beiden Aufpasser, die vor Samuel Dragics Büro Stellung bezogen hatten, musterten ihn kühl. Einer von ihnen öffnete die Tür.

Der Geschäftsführer des Clubs und Vizepräsident der Bikergang saß hinter seinem aufgeräumten Schreibtisch. Sein Blick war auf vier Bildschirme gerichtet, mit deren Hilfe er die Clubräume überwachte. Lukas starrte ein wenig neidisch auf den langen, schwarzen Bart, der bis zu Samuels Kehlkopf reichte. Ein beeindruckendes Exemplar.

»Hallo, Lucky! Ruhige Schicht heute?«

»Nichts Ungewöhnliches vorgefallen«, bestätigte Lukas.

»Morgen bist du wieder am Eingang eingesetzt, richtig?«

»Ja.«

»Lust auf Abwechslung?«

»Immer.«

»Habe ich mir gedacht. Damir schlägt vor, dass du morgen Abend als Begleitschutz bei einem Termin dabei bist. Treffpunkt zwanzig Uhr hier im Club.«

»Alles klar.«

Samuel wandte sich den Monitoren zu. Ohne weitere Nachfragen verließ Lukas den Raum.

10

Zwei Minuten vor der vereinbarten Uhrzeit tippte Lukas den Zugangscode ein. Was würde heute Abend passieren? Hatte der Termin etwas mit dem Gerede über die geplanten Banküberfälle zu tun? Ein Summen ertönte. Er zog die Brandschutztür auf und lief in dem halbdunklen Treppenhaus eine Etage nach oben.

Diesmal bewachten nicht zwei Gorillas das Büro des Geschäftsführers, sondern vier. Sie lieferten sich einen Wettbewerb, wer am grimmigsten guckte. Einer von ihnen öffnete Lukas die Bürotür – allerdings erst, nachdem er ihn mehrere Sekunden lang stumm taxiert hatte.

Im Büro erkannte Lukas sofort, was hinter den verschärften Sicherheitsmaßnahmen steckte. Damir und Samuel befanden sich beide im Raum. Auf dem

Schreibtisch lag ein großer Haufen Bargeld, den Samuel gerade in einen Koffer packte.

»Hallo, Lucky«, begrüßte ihn Damir.

In den vergangenen Monaten waren sie sich selten begegnet, denn der Boss achtete darauf, nicht zu häufig im Club aufzutauchen.

»Hallo, Chef«, sagte Lukas.

»Als mir Samuel berichtet hat, dass du zur Truppe stößt, war ich erfreut. Hast dir also die notwendigen Sporen verdient.«

Lukas zuckte die Achseln und schaute beinahe unterwürfig zu Boden. »Ich tue mein Bestes.«

»Deine Einstellung gefällt mir. Ich hatte von Anfang an das Gefühl, dass aus dir etwas werden kann«, lobte Damir ihn. Dann wandte er sich an Samuel. »Wie ist der Kleine an der Tür?«

»Wenn er Schicht hat, gibt es fast nie Probleme«, antwortete Samuel, während er weiter Geld in den Koffer stapelte. »Er schüchtert die Betrunkenen durch seine schiere Präsenz ein. Warst du überhaupt schon mal in eine Schlägerei verwickelt?«

»Nein«, erklärte Lukas. »Bislang hatte ich Glück.«

Damir lachte. »Da passt dein Name ja perfekt. Wobei das mit Glück nichts zu tun hat. Je seltener die Bullen auftauchen müssen, weil ein Gast Stunk macht, umso besser. Aber heute steht dir eine wahre Feuerprobe bevor.«

»Erfahre ich Einzelheiten? Oder ist das überflüssig?«, erkundigte sich Lukas.

»Ein paar Details kannst du hören«, meinte Samuel. »Wir treffen uns in knapp zwei Stunden auf einer Industriebrache außerhalb der Stadt mit Russen. Sie liefern uns Waffen, wir zahlen bar. Wofür wir die Waffen brauchen, ist für dich erst einmal uninteressant.«

»Alles klar.«

»Wir brechen zu sechst auf. Die vier Jungs vor der Tür, du und ich.«

»Danke für dein Vertrauen«, murmelte Lukas.

»Das hast du dir erarbeitet.«

Nach einer halbstündigen Fahrt in insgesamt drei SUV erreichten sie das Industriegelände. Noch vor zehn Jahren war hier Stahl gekocht worden, doch irgendwann waren die deutschen Preise am Weltmarkt nicht mehr wettbewerbsfähig, und über fünfhundert Arbeiter verloren ihren Job. Seither versuchte die örtliche Wirtschaftsförderung erfolglos, Käufer für das Areal zu finden. Wohnbebauung kam aufgrund einiger Besonderheiten nicht infrage, interessierte Industriebetriebe schreckten die notwendigen Sanierungsarbeiten ab. So lag das Gelände brach. Nutten vom zwei Kilometer entfernten Straßenstrich dirigierten ihre Kunden gern hierher, da Streifenwagen den Bereich fast nie kontrollierten.

»Wir sind die Ersten«, stellte Lukas fest.

Der Mann am Steuer, der die typische schwarze Gangweste trug, obwohl er nicht Motorrad fuhr, brummte zustimmend. »Wir sind absichtlich so früh aufgebrochen, damit wir das Areal checken können.«

»Rechnet ihr mit Schwierigkeiten?«

»*Ich* rechne immer mit Schwierigkeiten. Solltest du dir auch angewöhnen. Dann lebst du länger.«

»Ich bin unbewaffnet «, sagte Lukas.

Der Mann nickte. »Ist mir bewusst.«

Die beiden Fahrzeuge vor ihnen hielten auf einer offenen Fläche. Ein Hinterhalt an dieser Stelle war ausgeschlossen, denn alle Zufahrtswege waren selbst bei Dunkelheit mühelos kontrollierbar. Die beiden Gangmitglieder im ersten Auto stiegen aus. Einer von ihnen öffnete Samuel die Beifahrertür des mittleren Geländewagens.

»Jetzt dürfen wir«, erklärte Lukas' Fahrer. »Solche Details sind dem Boss wichtig. Das solltest du dir merken.«

Zeitgleich öffneten sie die Türen und verließen den Wagen.

»Unser Küken hat keine Waffe«, informierte Lukas' Fahrer Samuel mit lauter Stimme.

Einer der Männer grinste verächtlich, die anderen verzogen keine Miene.

»Hast du Erfahrung mit Schusswaffen?«, fragte Samuel.

»Wenig«, behauptete Lukas. »Als Türsteher darf ich keine tragen.«

»Schon mal geschossen?«

»Jahre her, auf einem Schießstand.«

Samuel blickte nachdenklich in den dämmernden Himmel und seufzte schließlich. »Anfängern drücke ich ungern eine Schusswaffe in die Hand. Andererseits wärst du unbewaffnet keine Hilfe, falls sich die Russen nicht an unsere Abmachung halten.« Er griff hinter seinen Rücken und zog eine Pistole aus seinem Hosenbund. »Da werde ich dir wohl einen Crashkurs geben müssen, solange wir allein sind. Das Licht der Autos reicht, um genug zu sehen. Aber wehe, du ballerst. Das hört man kilometerweit und könnte Bullen anlocken.«

»Sie kommen!«, rief einer der Aufpasser zwanzig Minuten später.

Tatsächlich näherten sich drei schwarze SUV. *Offenbar die übliche Fahrzeugwahl für geheime Waffengeschäfte,* dachte Lukas sarkastisch.

Die Wagen stoppten gut hundert Meter von ihnen entfernt. Eine Weile blieben die Insassen sitzen und betrachteten die Umgebung. Sekunden verstrichen, bis endlich die erste Person ausstieg.

Samuel winkte Lukas zu sich.

»Du begleitest mich gleich ein paar Meter nach vorn«, erklärte er flüsternd. »Allerdings musst du mindestens einen Schritt hinter mir bleiben.«

»Okay«, antwortete Lukas verwundert.

»Dich kennen sie nicht. Und du siehst dank deiner Statur weniger gefährlich aus, was du als Kompliment verstehen darfst. Die Russen halten bloß wandelnde Kleiderschränke für eine Bedrohung. Keine Athleten wie dich.«

»Samuel, schön euch zu sehen.«

»Igor, die Freude ist ganz auf meiner Seite.«

Der Geschäftsführer des Clubs ging auf den Waffenhändler zu. Die russische Gang hatte sich im Gegensatz zu den *Hell Demons* auf Waffengeschäfte spezialisiert, weswegen die beiden Banden diesmal kooperierten. Auch die Russen hatten optische Erkennungszeichen, unter anderem hatten Mitglieder der oberen Führungsebene kyrillische Buchstaben auf ihren Fingerknöcheln tätowiert.

Lukas folgte wie besprochen. Den Russen begleitete ein Mann, der Lukas unangenehm durchdringend musterte. Die beiden Verhandlungsführer gaben sich derweil die Hand.

»Wir haben zwei Männer etwas außerhalb postiert«, sagte der Russe. »Und hören den Polizeifunk ab. Damit wir nicht überrascht werden.«

»Ganz in unserem Interesse.«

»Habt ihr das Geld dabei?«

»Und ihr die Ware?«

Der Leibwächter des Russen starrte ihn noch immer an. Möglichst unauffällig scannte Lukas den Mann. Plötzlich erkannte er ihn. Ungefähr fünf Jahre zuvor hatte er ihn mal verhaftet. Oder sah er dem Kerl von damals bloß ähnlich?

»Wer ist der Typ? Ich kenne ihn«, erklang die knurrende Stimme seines Gegenübers.

Samuels Blick wanderte zu dem Begleiter des Russen. »Wen meinst du?«

»Ihn!«

Jetzt besaß Lukas die volle Aufmerksamkeit aller Anwesenden. »Du kommst mir aber nicht bekannt vor«, entgegnete er.

»Mir fällt's gleich ein!«

»Lucky?«, fragte Samuel.

Um unschuldig zu wirken, hob der verdeckte Ermittler beide Hände. »Ich habe keine Ahnung. Wahrscheinlich eine Verwechslung.«

»Du stehst normalerweise an der Tür von Samuels Club«, bewies Igor überraschendes Detailwissen.

»Einer meiner besten und zuverlässigsten Mitarbeiter«, bestätigte Samuel.

»Können wir fortfahren?«, wollte Igor von seinem Bodyguard wissen.

Der nickte zögerlich.

»Zeig mir die Kohle!«

Samuel winkte einen seiner Begleiter herbei, der die Sporttasche daraufhin neben ihm abstellte.

»Zweihunderttausend Euro?«, vergewisserte sich der Russe.

»Wie gewünscht in Zwanzig- und Fünfzig-Euro-Scheinen«, erklärte Samuel. Er hob die Tasche hoch und öffnete den Reißverschluss, sodass Igor einen Blick hineinwerfen konnte.

»Über Falschgeld wäre ich nicht erfreut.«

»Und mich stimmt deine Unterstellung traurig«, meinte der Vizepräsident der *Hell Demons*.

»Nichts für ungut, alter Freund. Ich wollte es bloß erwähnt haben. Bringt den Koffer!«, rief er dann. »Wie vereinbart habe ich euch fünfzehn Pistolen, vierzehn Pumpguns, acht Maschinenpistolen und drei Maschinengewehre besorgt. Ich hoffe, ihr wollt nicht gegen mein geliebtes Väterchen Russland in den Krieg ziehen.«

Einer von Igors Männern knallte einen großen Hartschalenkoffer auf den Boden.

»Alle Seriennummern sind entfernt«, fuhr der Waffenhändler fort. »Polizeilich sind sie nicht zurückzuverfolgen. Im Koffer befindet sich ausreichend Munition. Damit könntet ihr eine Kleinstadt auslöschen.«

Er schnippte mit Daumen und Zeigefinger der rechten Hand. Im nächsten Moment öffnete der bullige Kerl, der den Koffer gebracht hatte, die obere Hälfte.

»Sieht gut aus«, sagte Samuel. »Lucky, gib ihnen das Geld.«

Lukas nahm die Tasche und drückte sie Igors Begleiter in die Arme.

»Woher kenne ich dich?«, zischte der.

»Wenn du mir weiter auf den Sack gehst, wirst du mir demnächst in deinen Albträumen begegnen«, reagierte Lukas genervt.

Igor lachte laut. »Dein Junge gefällt mir, Samuel.« An Lukas gewandt, fügte er hinzu: »Nimm die Waffen, dir kann man sie anvertrauen.«

Lukas warf Samuel einen fragenden Blick zu, woraufhin der zustimmend nickte. Also verschloss er den Hartschalenkoffer.

»Bring ihn direkt zu den Autos.«

Während er langsam in Richtung der Fahrzeuge ging, hörte Lukas, wie sich Igor und Samuel voneinander verabschiedeten. Sollte der russische Bodyguard nicht noch einen plötzlichen Geistesblitz haben, wäre er der brenzligen Situation heil entkommen. Trotzdem spürte er immer noch dessen stechenden Blick im Nacken.

***

»Was war das vorhin?«, wollte Samuel eine Stunde später von Lukas wissen.

Von der Industriebrache waren sie auf direktem Weg zu einem der geheim gehaltenen Lagerorte gefahren, wo die Gang hauptsächlich Drogen versteckte. In der komplett von der Gang dank Mittelsmänner angemieteten Lagerhalle rekapitulierten sie in einem kleinen Büro das Treffen.

»Du meinst Igors Leibwächter?«, versuchte Lukas Zeit zu gewinnen.

»Natürlich! Hat er dich verwechselt?«

»Nein«, gestand Lukas und grinste breit. »Allerdings hatten wir Glück, dass er sich nicht richtig erinnern konnte. Das hätte ernsthafte Probleme gegeben.«

»Erklär es uns«, forderte einer der anderen Anwesenden.

»Ist so ungefähr sechs Jahre her, da habe ich seine Frau gefickt.«

»Was?«, entfuhr es Samuel.

»Ivanka. Ich kann mich gut an sie erinnern. Sie hat in einem Internetportal ihre Dienste für bezahlte Seitensprünge angeboten. Offenbar ohne ihren Mann zu informieren. Er heißt Vladimir, oder?«

»Ja«, bestätigte jemand.

»Ihre Blowjob-Künste waren unbeschreiblich. Na ja, eines Tages hat er sie bei ihrer lukrativen Nebentätigkeit erwischt. Soweit ich weiß, hat er den unglücklichen Freier krankenhausreif geschlagen. Und danach erfahren, dass es weitere Liebhaber gab. Ich hatte mit Ivanka über das Seitensprungportal gechattet. Da war ich mit einem Profilbild angemeldet. Vermutlich hat er sich deshalb dunkel an mein Gesicht erinnert. Damals schickte er mir eine Nachricht mit der Drohung, er werde mir die Beine brechen und mir meinen eigenen Schwanz in den Mund stopfen. Daraufhin habe ich mich vorsichtshalber abgemeldet. Trotzdem hat er irgendwie meine Nummer rausgekriegt und mich angerufen. Nach dem ersten Telefonat war allerdings Ruhe.«

»Du Bastard!«, lachte Samuel und klopfte Lukas anerkennend auf die Schulter.

»Hat ihm seine Alte Hörner aufgesetzt«, amüsierte sich eins der beiden Gangmitglieder. »Das geschieht dem arroganten Sack recht.«

»Und dafür noch Kohle kassiert, die sie ihm wahrscheinlich vorenthalten hat«, ergänzte Samuel.

Lukas schmunzelte erleichtert. Anscheinend nahmen sie ihm die Geschichte ab. Tatsächlich hatte die Frau des Typen gegen Bezahlung Treffen im Internet offeriert und war von ihrem Mann ertappt worden. Woraufhin der völlig ausgerastet war. Er hatte einen der Kunden beinahe zu Tode geprügelt und auch Ivanka übel misshandelt. Nachbarn bekamen das mit, riefen die Polizei, und wegen Vladimirs polizeibekannter Nähe zur russischen Kriminalitätsszene war das Ganze auf Lisas und seinem Schreibtisch gelandet. Die folgenden Ermittlungen hatten jedoch keinen Bezug zur russischen Bande ergeben. Vladimir hatte auf eigene Faust rasend vor Eifersucht gehandelt. Wegen der schweren Körperverletzung musste er drei Jahre in den Knast.

»Vielleicht hätte er dich direkt abgeknallt, wenn sein Erinnerungsvermögen besser gewesen wäre«, spekulierte Samuel. »Du hast Glück gehabt.«

»Wir alle. Sonst hättet ihr mich verteidigen müssen, ohne zu wissen, weshalb.«

»Trotz des Schrecks habe ich eine letzte Aufgabe für dich«, erklärte der Boss.

»Welche?«

»Überprüf alle Waffen daraufhin, ob sie die Seriennummern wie versprochen weggefeilt haben. Danach schließt du den Koffer in den Safe ein.« Er deutete auf die Wand. »Hinter dem Bild. Die Kombination lautet siebenundvierzig, dreizehn, achtzehn. Der Koffer müsste reinpassen. Wenn du das erledigt hast, kannst du meinetwegen nach Hause. Ich fahre jetzt in den Club, um nach dem Rechten zu sehen.«

»Alles klar!«

Ob es in dem Raum versteckte Kameras gab und irgendjemand ihn gerade beobachtete, um zu prüfen, wie gewissenhaft er arbeitete? Obwohl die Versuchung groß war, sah er sich nicht gezielt um. Stattdessen wuchtete er den schwarzen Koffer auf einen Tisch und öffnete ihn. Die schiere Anzahl der Waffen war überwältigend. Wofür brauchten sie die? Die Sache mit den geplanten Raubüberfällen schien sich zu bestätigen. Doch was steckte dahinter? Soweit er es einschätzen konnte, florierten die Geschäfte der Rockergang. Der Nachtclub warf ebenso regelmäßig Gewinn ab wie die im Auftrag der Gang tätigen Drogendealer und die Nutten, die einen Teil ihrer Einnahmen als Schutzgeld abdrückten. Wieso ging Damir Jolic also ein derartiges Risiko ein?

Lukas griff zur ersten Pumpgun und überprüfte sie. Wie von den Russen zugesagt, war die Seriennummer weggefräst. Er legte die Waffe beiseite und holte die nächste heraus.

»Scheiße!«, flüsterte er Minuten später.

Er steckte die Pistole zurück in den Koffer und verließ beinahe panisch den Raum. Sollten sie ihn auf sein sonderbares Verhalten ansprechen, würde er sich mit einem dringend notwendigen Toilettengang herausreden.

Im WC-Raum schaute er zur Decke, entdeckte aber keine Kamera.

Wie konnte das sein? Täuschte ihn seine Erinnerung? Er hatte gerade eine Pistole in der Hand gehalten, in deren Griff ein höhnisch grinsender Totenkopf geritzt war. Bilder der drei Jahre zurückliegenden

Ereignisse stürmten auf ihn ein. Kalter Schweiß trat auf seine Stirn.

Trog ihn sein Gedächtnis, oder hatte er gerade die Waffe in den Fingern gehabt, mit der Lisa erschossen worden war? Die auch ihm fast den Tod gebracht hätte?

Fieberhaft überlegte er, wie er herausfinden konnte, ob es sich um ein und dieselbe Waffe handelte. Zum Glück fiel ihm schnell etwas ein. Er drückte die Toilettenspülung und wusch sich die Hände.

Bevor er die Pistole erneut anfasste, entschied er sich für ein anderes Modell, kontrollierte es und packte es zu den bereits gecheckten Schusswaffen. Dann nahm er die Totenkopfwaffe aus dem mittlerweile annähernd leeren Koffer. Er grinste beim Anblick des Schädels, sah nach der – ebenfalls weggefrästen – Seriennummer, und nickte. Wie beiläufig legte er sie beiseite.

Der Tresor sprang mit einem Klick auf. Lukas wuchtete den Koffer hinein, verschloss den Stahlschrank wieder und verstellte den Code. Langsam ging er zur Tür und öffnete sie.

»Oh Gott«, stieß er hervor. »Damir! Willst du, dass ich einen Herzinfarkt kriege?«

Der Präsident hatte offenbar im Gang gewartet und lachte schadenfroh. »Schlechtes Gewissen?«

»Nein! Weshalb sollte ich? Aber ich dachte, ich wäre allein hier.«

»Ich wollte bloß nachsehen, ob du Hilfe brauchst.«

»Bin eben fertig geworden.«
»Und du hast die Waffen eingeschlossen?«
»Ja.«
»Soll ich dich nach Hause bringen?«
»Wenn es keine Umstände macht.«
»Ganz im Gegenteil. Komm! Mein Wagen steht vor dem Gebäude. Wir müssen eh miteinander reden.«

11

Nervös stieg Lukas in den dunklen Sportwagen. Das Leder im Innenraum roch neu – anscheinend hatte der Boss den Schlitten erst kürzlich gekauft. Er drückte den Startknopf, der Motor sprang an, und im nächsten Moment gab Damir dröhnend Gas. Lukas wurde in den Sitz gepresst.

»Samuel hat mir von eurem Treffen berichtet.«

»Du meinst die Sache mit Vladimir?«

»Unter anderem«, erwiderte Damir vielsagend.

»Sorry, falls es deswegen Ärger gibt. Ich hoffe, er erinnert sich nicht noch irgendwann genauer.«

»Musst du dir keinen Kopf drüber machen. Meine Männer stehen unter meinem Schutz, solange sie loyal sind. Igor weiß das. Außerdem hätte ich an Vladimirs Stelle die Alte kaltgemacht. Verrat ist eine Todsünde. Seine Schuld, wenn er so inkonsequent ist.«

Schweigend fuhren sie den nächsten halben Kilometer. Obwohl ein Tempolimit von siebzig Stundenkilometern galt, zeigte der Tacho mittlerweile deutlich über hundert an. Doch das interessierte Lukas nur am Rande. Was bedeuteten Damirs Andeutungen? Zufall? Oder hatte er etwas herausgefunden?

»Eheliche Treue finde ich auch nicht schlecht«, murmelte er schließlich.

Der Fahrer lachte lauthals. »Allerdings! Zumindest von Seiten des Weibs. Warst du schon mal verheiratet?«

»Noch nicht mal kurz davor«, behauptete er. »Ich bin nicht der Typ für Heim und Kind. Ich schätze, nach spätestens zwei Jahren würde ich einen Koller kriegen und mich aus dem Staub machen.«

»Deine Einstellung gefällt mir, Lucky. Verheirateten Männern fehlen die Eier in der Hose. Sie werden erpressbar.«

Überrascht schaute Lukas seinen Boss an. »Ähm, aber du hast eine Ehefrau, oder?«

»Das gilt natürlich nicht für mich«, antwortete Damir schmunzelnd.

»Ich Depp! Mein Irrtum!«

Die beiden Männer lachten.

»Ganz ehrlich, manchmal würde ich mir wünschen, die Alte verduftet. Jedenfalls fühle ich mich ihretwegen kein bisschen verweichlicht. Für Kerle wie uns gibt's immer geile Weiber, die die Beine breitmachen.«

»Ich favorisiere die Unverbindlichkeit von Nutten«, sagte Lukas. »Da kann es mir völlig egal sein, ob sie Spaß hat oder nicht, Hauptsache, ich komme.«

»Keine Details, bitte!«

Wie verrückt normal das hier klang, wunderte sich Lukas. Fast so, als wäre er mit einem Kumpel, den er seit Schulzeiten kannte, auf der Piste. Dabei saß neben ihm ein hochgefährlicher Mann, der in den Knast gehörte.

»Samuel hat noch was anderes erzählt. Du bist kein geübter Schütze?«

»Leider nicht.«

»Das ist schlecht. Du willst wahrscheinlich nicht ständig Dienst an der Tür schieben.«

»Nein«, bestätigte Lukas. »Die Abwechslung heute hat mir gefallen. Wobei ich den Job im Club gern mache.«

»Dann müssen wir dein Erfahrungsspektrum schnellstmöglich erweitern.«

»Genug Waffen haben wir ja jetzt«, sagte Lukas.

»Und wir werden sie alle brauchen.«

Gespannt wartete der verdeckte Ermittler darauf, dass Damir weitere Informationen preisgab. Doch der Kroate fuhr schweigend durch die nächsten Straßen. Zielsicher näherte er sich Lukas' Adresse. Dort angekommen, parkte er das Fahrzeug direkt vor einer Einfahrt.

»Um diese Uhrzeit will bestimmt niemand raus. Ich gehe nur kurz bei dir aufs Klo.«

In der Wohnung deutete Lukas auf die Badezimmertür. »Da!«

»Gleich! Machst du mir vorher einen Kaffee?«

Lukas führte Damir, der sich interessiert umsah, in die Küche.

»Was willst du? Espresso? Cappu...«

»Espresso.«

Lukas startete den Vollautomaten, stellte zwei Tassen unter den Auslauf und drückte die Starttaste.

»Mir kommt die Bude ziemlich klein vor«, sagte Damir. »Fühlst du dich hier zu Hause?«

»Klar. Hab schließlich keinen Bock, ein Vermögen in Miete zu stecken.«

»Ich schau mich mal um.«

Lukas sah zu, wie sein Boss Richtung Wohnzimmer ging. Das war garantiert kein Höflichkeitsbesuch. Weil er jedoch eine solche Möglichkeit immer in Betracht gezogen hatte, geriet Lukas nicht in Panik. Er wartete, bis der Kaffee fertig war, und folgte Damir. Der stand in der Mitte des Zimmers und inspizierte es.

»Ich hoffe, er schmeckt dir.« Lukas reichte seinem Boss eine Tasse und nippte dann an seinem eigenen Kaffee.

Wortlos kippte Damir den Espresso in einem Schluck herunter, gab Lukas die kleine Tasse zurück und betrat das angrenzende Schlafzimmer, wo er ebenfalls alles in Augenschein nahm.

»Liegt das Schälmesser zu deiner Verteidigung da?«, fragte er nach einer Weile und deutete auf den Nachttisch.

»Nein, ich esse manchmal im Bett Äpfel«, erwiderte Lukas. Er bemühte sich, genervt zu klingen, doch Damir reagierte nicht darauf.

Nach ein paar Sekunden des Schweigens klopfte er Lukas auf die Schulter. »Komm zur Mittagszeit ins Hauptquartier. Dann überlegen wir, wie wir deine fehlende Erfahrung ausgleichen können. Bis dahin!«

Ohne die Toilette zu benutzen, verließ er die Wohnung.

***

Hinderte ihn das Koffein am Einschlafen, oder waren es die Ereignisse des Tages?

Lukas wälzte sich unruhig im Bett und grübelte über die Waffe mit dem Totenkopf. War es dieselbe, mit der Lisa erschossen worden war, oder spielte ihm seine Erinnerung einen Streich?

Und wenn es dieselbe war, wie war sie dann in die Hände der Russen gelangt? Steckte der osteuropäische Rockerclub hinter Simons und Carlas Verschwinden? Oder hatten sie die Pistole erst später von dem Entführer gekauft? Konnte das nach drei Jahren endlich eine Spur sein? Er musste dringend mit Wilhelm Koch über das geheime Kommunikationshandy telefonieren, denn diese Angelegenheit ließ sich schlecht in einem Chat klären. Aber um diese Uhrzeit würde er ihn nicht erreichen. Es musste bis zum Morgen warten.

»Bist du sicher?«, fragte Koch ungläubig.

»Natürlich nicht«, erwiderte Lukas. »Wie könnte ich? Das ist so lange her und hat mich ...«

»Traumatisiert«, beendete der Polizeirat den Satz. »Scheiße!«

»Die Waffe ist nie aufgetaucht, oder?«

»Nein. Bis gerade eben hätte ich vermutet, dass sie noch im Besitz des Entführers ist.«

»Vielleicht stimmt das sogar.«

»Du hältst es für möglich, dass russische Bikergangmitglieder an der Entführung beteiligt waren?«, staunte Koch. »Es gab nicht einen Hinweis, der in diese Richtung gedeutet hätte.«

»Keine Ahnung. Mir schwirrt der Kopf. Könnte der ursprüngliche Täter irgendwann das Interesse an den Holtzmann-Kindern verloren und sie mitsamt der Pistole weiterverkauft haben?«

»Oh Gott, ich hoffe nicht«, brummte Koch. »Ehrlich gesagt wünsche ich ihnen, dass sie tot sind. Ein jahrelanges Martyrium in Gefangenschaft mag ich mir für die beiden gar nicht vorstellen.«

»Wir müssen herausfinden, ob es wirklich dieselbe Waffe ist«, sagte Lukas entschlossen. »Was wäre dafür nötig? Reicht eine abgefeuerte Kugel?«

»Wahrscheinlich«, spekulierte sein Vorgesetzter. »Wir haben aus dir und Lisa Projektile herausoperiert, die wir für Vergleichszwecke heranziehen könnten.«

»Also muss es mir irgendwie gelingen, eine Patrone aus der Waffe mit dem Totenkopf abzufeuern und sie heimlich einzustecken.«

»Klingt nach einem erheblichen Risiko«, warnte ihn Koch. »Gefährde nicht deine Mission!«

»Und wenn wir sie retten könnten? Weil wir endlich eine Spur hätten?«

Koch seufzte. »Scheiße, du hast recht. Puh. So lange her und jetzt das! Okay! Falls du es schaffst, mir ein Vergleichsprojektil zur Verfügung zu stellen, setze ich alle Hebel in Bewegung. Aber wie gesagt: Riskier nicht deine Tarnung! Sonst bist du auf dich allein gestellt und schwebst in höchster Lebensgefahr!«

Nach dem Telefonat schaute sich Lukas in seinem Zuhause um. Bevor er zu Damir ins Quartier aufbrach, musste er noch etwas erledigen. Er schob das Bett beiseite und hob die Laminatplanke an.

***

»Ich habe nachgedacht«, begrüßte Damir ihn und stand von seinem Schreibtisch auf. »Du solltest tatsächlich schnellstmöglich ein paar Schüsse abfeuern. Ich will dich nämlich dabeihaben.«

»Wobei?«, fragte Lukas.

»Lass die Schauspielerei, Lucky. Das machst du eh nicht überzeugend. Oder glaubst du, du kriegst in meiner Organisation zufällig ein Gespräch über

Banküberfälle mit, wenn ich das nicht zuvor abgesegnet hätte?«

Um einen möglichst ertappten Eindruck zu machen, grinste Lukas und führte gleichzeitig eine Hand an den Mund.

»Sorry«, kicherte er. »Ich wusste nicht, ob sie Ärger gekriegt hätten, wenn ich das erwähnt hätte.«

»Alles gut«, beruhigte Damir ihn. »Du scheinst schweigen zu können. Das ist in unseren Kreisen eine geschätzte Eigenschaft.« Er trat an den Safe, öffnete ihn und wuchtete den Koffer heraus. »Du kannst dir eine von den Pistolen aussuchen. Die anderen machen zu viel Krach.«

»Fahren wir zu einem Schießstand?«

»Zu viele potenzielle Zeugen. Mir schwebt ein Waldgebiet vor. Da haben wir unsere Ruhe. Soll ich ein für Anfänger geeignetes Modell empfehlen?«

Lukas ahnte, dass er seinem Glück nachhelfen musste. »Mir ist gestern bei der Überprüfung eine Waffe aufgefallen. Klingt wahrscheinlich kindisch, aber mir gefiel der Griff. Da war ...«

»Meinst du die hier?«, fragte Damir und hielt die Pistole mit dem eingravierten Totenkopf hoch.

Hatte er sich das Überwachungsvideo angesehen?

»Genau. Keine Ahnung, warum. Irgendwie spricht mich der Totenkopf an. Sei ehrlich, du findest das seltsam. Ich nehme auch ...«

»Beruhige dich! Die Knarre ist nicht schlecht für einen Anfänger. Kinderleicht zu bedienen. Kein nennenswerter Rückstoß. Zielgenauigkeit dürfte auf kurze Entfernungen gegeben sein. Ich schätze, sie streut erst ab zwanzig oder dreißig Metern Distanz.« Er warf sie Lukas zu.

Der fing die Pistole auf und musterte sie von allen Seiten. »Ist das Motiv nachträglich eingeritzt?«

»Ja. Waren bestimmt die Russen. Die mögen solche Mätzchen.«

»Vielleicht ist an mir ja ein Russe verloren gegangen«, lachte Lukas. Aus dem Augenwinkel sah er, wie Damir in der Munition kramte.

12

Diesmal fuhren sie mit Damirs SUV in eine Gegend außerhalb der Stadt. Je einsamer es wurde, desto unwohler fühlte sich Lukas. Die Sorge vor Enttarnung machte ihn nervös. Bis zur Entdeckung der Pistole hatte er bei seinem Undercover-Einsatz keinerlei Angst verspürt. Er hatte ohnehin nichts zu verlieren. Sein Leben bestand aus einer Aneinanderreihung sinnloser Tagesabläufe. Doch seitdem er eine mögliche Spur zu Simons und Carlas Entführer gefunden hatte, stand plötzlich etwas auf dem Spiel. Während sie sich durch ein kurviges Waldgebiet schlängelten, dachte Lukas, dass zum ersten Mal seit Langem wieder ein Feuer in ihm brannte. Er wollte die Hintergründe aufklären. Die verdeckte Ermittlung gegen die Rockerbande war lediglich ein Job; die Entführung aufzuklären hingegen ein leidenschaftliches Anliegen, für das er schon einmal fast gestorben wäre.

»Wohin bringst du mich eigentlich?«, fragte er, nachdem das nächste kleine Dorf hinter ihnen lag.

»Wir sind gleich da«, wich Damir aus.

»Echt abgelegen.«

»Klar! Wir können schließlich nicht einfach zu einem Schießstand fahren und dort wild rumballern. Nachher erinnert sich noch jemand an uns.«

Ein paar Kilometer weiter bog Damir in einen Feldweg ein.

»Gibt's hier keinen Förster, der uns überraschen könnte?«, erkundigte sich Lukas.

»Wie es der Zufall will, ist der Förster Samuels Cousin. Du kannst ganz entspannt sein, Lucky. Uns wird niemand stören.«

Lukas dachte an die Gerüchte über spurlos verschwundene ehemalige Gangmitglieder. Waren sie in diesem Wald verscharrt worden und verrotteten in der Erde?

Nach einem letzten holprigen Wegstück bremste Damir vor einer Lichtung ab. »Wir sind da!«

»Hier kann ich ungestört schießen üben?«, vergewisserte sich Lukas.

»Keine Sorge, Samuels Cousin weiß Bescheid, und Spaziergänger verirren sich nicht hierher. Es fehlen die ausgewiesenen Wanderwege. Außerdem wimmelt es nur so von Wildschweinen. Falls du eins von den Viechern siehst, darfst du es bedenkenlos abknallen. Die sind scheißgefährlich!«

Sie stiegen aus. Damir trat an den Kofferraum und öffnete ihn, indem er sich mit der Hand einem Sensor näherte. Die Klappe schwang auf, und er entfernte die graue Abdeckung, unter der sich die Pistole samt ausreichend Munition befand.

»Was ist mit den Kugeln?«, fragte Lukas. »Müssen wir die hinterher aufsammeln, oder ist es egal, wenn die hier liegen bleiben?«

»Falls du einen der Stämme triffst, lohnt es sich, sie rauszupulen. Aber ich werde dich nachher nicht stundenlang über den Boden kriechen lassen, damit du deine Fehltreffer zusammensuchst.«

»Tröstlich.«

Damir drückte den Magazinschlitten in die Waffe und reichte sie Lukas. »Noch ist sie gesichert. Legen wir los! Zeig mir, was du draufhast.«

Sie gingen bis zur Mitte der Lichtung.

»Wohin soll ich zielen?«

»Nimm den fetten Stamm da drüben.« Damir deutete auf einen Baum in etwa zwanzig Schritten Entfernung.

Wie sollte Lukas glaubhaft spielen, keine Erfahrung im Umgang mit Waffen zu haben? Den Stamm zu treffen, wäre ein Kinderspiel für ihn. Während seiner Polizeilaufbahn hatte er auf Schießständen weiter entfernte Zielscheiben problemlos durchlöchert. Er umklammerte den Griff mit beiden Händen und streckte die Arme aus. Damir beobachtete ihn stumm. Lukas kniff ein Auge zu, legte den Sicherheitshebel um und feuerte. Ohne die Reaktion vortäuschen zu müssen, zuckte er zusammen.

»Daneben«, sagte Damir. »Wusste gar nicht, wie sensibel du auf Lärm reagierst.« Er lachte schadenfroh.

»Sehr witzig«, brummte Lukas. Diesmal nahm er die Pistole in die rechte Hand und stützte sie mit der linken ab. Er visierte den Baum so an, dass die Kugel den Stamm streifen würde, und schoss. Holz splitterte.

»Nicht schlecht«, lobte ihn Damir. »Jetzt hättest du einem Gegner eine Fleischwunde verpasst, und er würde dich wahrscheinlich im nächsten Moment abknallen.«

»Hast du auch mal einen sinnvollen Tipp für mich?«, erwiderte Lukas genervt.

»Ich finde deine Schusshaltung nicht schlecht. Allerdings solltest du auf deine Beine achten. Die wackeln wie Pudding. Drück die Füße in den Boden. Geh ganz leicht in die Knie.«

Dank seiner Ausbildung an der Polizeiwaffe konnte Lukas die Qualität des Hinweises einschätzen. Auch wenn er in alltäglichen Situationen unangebracht war. Denn bei einem Schusswechsel mit einem Verdächtigen hatte man keine Zeit, an seine Körperhaltung zu denken.

Lukas lockerte die Schultern und stellte sich in Position. Er zielte genau in die Mitte des Stamms und drückte den Abzug.

»Hey, ich bin begeistert«, rief Damir. »Volltreffer. Versuch's gleich noch mal. Einmal ist Zufall, zweimal ist Können.«

Während der folgenden Viertelstunde verballerte Lukas mehrere Magazine und visierte dabei immer weiter entfernte Ziele an. Manchmal betätigte er den Abzug dreimal schnell hintereinander. Damir war angetan von seinen Schießkünsten. Als die Waffe wieder einmal leer klickte, legte er ihm eine Hand auf den Arm.

»Ich glaube, das reicht.«

»Meinetwegen«, sagte Lukas. »Ich muss eh pinkeln.«

»Vorher guckst du, wie viele Projektile du einsammeln kannst.«

»Alles klar. Ich geh im Wald pinkeln. Dann bin ich ungestört.«

»Memme!«

Er hatte sechzig Schuss abgegeben und meistens getroffen. Doch viele Kugeln waren nicht steckengeblieben, sondern hatten die Stämme durchschlagen. Nachdem er insgesamt neunundzwanzig Projektile mit einem spitzen Messer aus Bäumen gepult hatte, steckte er alle bis auf eins, das sich kaum verformt hatte, in die Hosentasche. Dann stellte er sich vor einen Baum, öffnete seine Hose und nestelte am Slip herum. Als er fertig war, ging er zurück zu Damir.

»Achtundzwanzig«, verkündete er und klopfte auf seine Tasche. »Mehr finde ich nicht.«

»Gib her!«, sagte Damir.

Lukas übergab die Projektile seinem Boss. In diesem Moment hörte er Motorgeräusche.

»Kriegen wir Besuch?«

»Keine Panik! Ich habe noch jemanden zu unserer Party eingeladen.«

Ein schwarzer Geländewagen stoppte wenige Meter hinter Damirs Fahrzeug. Zwei Männer, die zur persönlichen Leibwache des Bosses gehörten, stiegen aus und musterten Lukas kritisch.

»Was macht ihr denn hier?«, fragte der Polizist möglichst gelassen.

»Ich habe sie herbestellt.«

»Sollen sie bei der Projektilsuche helfen?«

»Lucky, beleidige nicht meine Intelligenz. Es ist scheißegal, ob die Kugeln hierbleiben oder nicht. Wie gesagt, der Förster ist Samuels Cousin. Er steht auf unserer Gehaltsliste.«

»Wieso habe ich mir dann die Arbeit gemacht?«

»Ich habe es zugelassen, damit du beschäftigt bist. Und nun streck die Arme zur Seite aus.«

»Warum?«

»Mach schon!«

Die beiden Kleiderschränke kamen näher. Lukas verdrehte die Augen, folgte jedoch dem Befehl. Einer der Männer tastete ihn ausführlich ab.

»Ey, achte auf deine Flossen!«, schimpfte Lukas, als der Kerl seinen Genitalbereich abtastete. »Damir, ist der schwul?«

»Schnauze!«, brummte der Typ und machte an Lukas' Hosenbeinen weiter.

Der Boss beobachtete das alles, ohne ein Wort zu sagen.

»Ich finde nichts«, meinte der Gorilla kurze Zeit später.

»Worauf hast du gehofft?«, erkundigte sich Lukas.

»Zieh dich aus«, befahl Damir.

»Nicht dein Ernst!«

»Sehe ich so aus, als würde ich scherzen?«

»Fuck!«, fluchte Lukas und streifte zuerst die Schuhe ab. »Erklär's mir wenigstens, wenn ich mich schon zum Vollidioten mache.« Als Nächstes zog er das T-Shirt über den Kopf und schleuderte es wütend zu Boden.

»Ganz einfach«, sagte Damir. »Nachdem du dich auch beim Schießen nicht schlecht angestellt hast, bist du eine Stufe höher gestiegen.«

Lukas öffnete den Knopf seiner Jeans. »Klingt ja schön und gut, was du von dir gibst. Aber irgendwie fühle ich mich gerade alles andere als geschmeichelt.« Die Hose landete auf dem Waldboden.

»Das ist sozusagen deine Sicherheitsüberprüfung.«

»Ernsthaft? Was erwartest du, zu finden?« Mittlerweile stand er in Unterhose und Socken vor den Männern.

»Im schlimmsten Fall eine Wanze oder etwas ähnlich Verräterisches.«

»Wo denn?«, brüllte Lukas und klopfte gegen seine Brust. »Darf ich mich komplett zum Affen machen? Wollt ihr mich splitterfasernackt sehen? Verstecke ich die Wanze unter meinen Fußsohlen oder im Arsch?

Wäre bestimmt eine tolle Aufnahme, wenn ich furze.« Er hob einen Fuß, um die erste Socke auszuziehen.

»Lass gut sein«, stoppte ihn Damir. »Ganz nackt, das will ich mir nicht antun. Das Bild kriege ich ja nie wieder aus dem Kopf. Bringt mir seine Sachen.«

Einer der Leibwächter raffte Lukas' Kleidung zusammen. Damir überprüfte jedes Stück und nickte schließlich zufrieden.

»Ich bin froh, dass wir kein Loch ausgraben müssen. Langsam gewöhne ich mich an dich.«

Er warf ihm den Haufen zu, wobei die Hälfte vorzeitig zu Boden segelte. Lediglich die Schuhe landeten vor Lukas' Füßen.

»Zieh dich an! Danach geht's ins Hauptquartier.«

»Informierst du mich vorab, oder muss ich warten, bis wir da sind?«, fragte Lukas auf der Rückfahrt.

»Was willst du wissen?«

»So viel, wie du mir sagen kannst. Ich wäre nachher ungern der Einzige, der keine Ahnung hat.«

»Wir rauben im großen Stil Banken aus. Fünf Filialen in drei Tagen. Ich schätze, am Ende der Aktion sind wir um mindestens vier Millionen reicher.«

»Wow«, flüsterte Lukas. »Aber kann man wirklich so viel erbeuten? Sind die Geldbestände nicht zeitschlossgesichert oder wie das heißt? Sodass es ewig dauert, bis man an den Zaster rankommt?«

»Nicht bei den Banken, die wir mit purer Waffengewalt überrennen. Wir kennen die Abläufe und wissen, wie die Zeitschlösser umgangen werden können.«

»Hast du Insiderinformationen?«

»Sonst würde ich das Risiko nicht eingehen.«

»Und wenn uns die Bullen auf die Schliche kommen? Gefährdet das nicht alle anderen Geschäftsfelder?«

Sie erreichten den Rand des Waldgebiets. Damir nahm einem Kleinwagen die Vorfahrt, woraufhin der Fahrer die Lichthupe betätigte.

»Idiot«, lachte Damir. »Sei froh, dass ich es eilig habe.« Er gab Gas.

Lukas wartete, dass der Boss auf seine Frage einging. Tatsächlich räusperte er sich nach einer Weile.

»Mir reicht das alles nicht mehr. Drogenhandel, Prostitution, der Club zum Geldwaschen. Schön und gut. Aber leider zu langsam. Ich brauche Geld, um zu expandieren. Die richtig dicke Kohle wird momentan in anderen Ländern gemacht, nicht hier bei uns.«

»Wo denn?«

»Gibraltar vergibt gerade Glücksspiellizenzen. Das ist eine legale Goldgrube.«

»Da willst du investieren?«

»Über Mittelsmänner.«

»Und die vier Millionen sind dein Spielgeld?«

»Lucky, du bist zu neugierig.«

»Entschuldige.«

»Mach deinen Job exzellent, und dir steht eine große Zukunft in meiner Hierarchie bevor. Bist du gern im warmen Süden? Du wirkst intelligenter als viele meiner anderen Untergebenen. Vielleicht schicke ich dich da runter, wenn es so weit ist.«

»Hätte ich nichts gegen. Welchen Job hast du für mich vorgesehen?«

»Das erfährst du früh genug. Ich verteile nachher die Aufgaben.«

»Okay.«

Schweigend fuhren sie ein paar Minuten.

»Du solltest dir übrigens neue Klamotten kaufen. Einfache Jeans. Schuhe ohne Profil. Ein T-Shirt, das massenhaft verkauft wird.«

»Für die Überfälle?«

»Wofür sonst? Am Ende werden wir eure benutzten Kleidungsstücke auf einen Haufen legen und verbrennen.«

»Wo haben die anderen ihre Sachen besorgt?«

»Frag sie!«

13

Auf dem Nachhauseweg achtete Lukas sehr genau darauf, ob ihm jemand folgte. Er fuhr ein Stück mit der Straßenbahn, stieg um in eine andere Linie und lief dann mehrere hundert Meter zu einer Bushaltestelle. Dort erreichte er im letzten Moment einen Bus und setzte sich in die hinterste Reihe. Während der zehnminütigen Fahrt fiel ihm niemand auf, der auf einem Motorrad oder in einem Pkw dieselbe Route wählte. Also stieg er zwei Stationen vor seiner eigentlichen Haltestelle aus, denn jetzt fühlte er sich sicher genug, um zu erledigen, was erledigt werden musste.

In seiner Wohnung ging Lukas als Erstes ins Badezimmer. Er dachte an die Szene im Wald. Hätte Damir darauf bestanden, jedes Kleidungsstück zu überprüfen, wäre die Patrone wahrscheinlich aufgefallen. Lukas hatte morgens an seiner Unterhose die Naht hinter dem Markenschild aufgetrennt und so eine kleine Tasche für das Projektil geschaffen. Beim Pinkeln hatte er es dort hineingeschoben. Der Gorilla hatte den metallenen Gegenstand bei der Durchsuchung glücklicherweise nicht bemerkt – wahrscheinlich wegen Lukas' Protest, als seine Finger in der Nähe der Patrone herumtasteten.

Vorsichtig holte Lukas das abgefeuerte Geschoss heraus. Er hielt es zwischen Daumen und Zeigefinger gegen die Spiegellampe. Hatten sie drei Jahre zuvor ein identisches Exemplar aus ihm herausoperiert? Das müsste Polizeirat Koch in Erfahrung bringen.

***

»Vier Millionen Euro? Das kann nicht sein Ernst sein«, sagte Koch.

»Das ist sein voller Ernst.« Lukas tigerte in seiner Wohnung auf und ab. Allerdings trat er nicht zu nah ans Fenster. Sollte ihn eins der Gangmitglieder beobachten, wollte er nicht beim Telefonieren erwischt werden.

»Der erste Überfall bereits übermorgen? Das ist verdammt knapp, um entsprechende Gegenmaßnahmen einzuleiten.«

»Ich bin der Meinung, wir sollten nicht direkt eingreifen.«

»Ausgeschlossen. Das ist ein Kapitalverbrechen. Wir müssen es verhindern!«

»Wilhelm, der Gruppe geht es ausschließlich um

die Kohle. Jolic braucht das Geld, um Glückspiellizenzen zu erwerben. Die Banken sind gegen den finanziellen Verlust versichert. Solange niemand zu Schaden kommt, wäre es sinnvoller, sie in Ruhe zu lassen. Eventuell gelingt uns sogar ein Schlag gegen die Glücksspielmafia.«

»Ich habe vor Kurzem einen Bericht darüber gelesen. In Gibraltar werden demnächst neue Lizenzen versteigert.«

»Das passt zu dem, was Jolic mir erzählt hat. Stell dir vor, wir könnten beweisen, dass da mafiöse Strukturen legale Wege nutzen, um Einnahmen zu generieren. Das könnte für Europol interessant sein. Und für die Steuerbehörden.«

»Trotzdem können wir nicht tatenlos ...«

»Außerdem schrecken wir im schlimmsten Fall die Hintermänner der Entführung auf, wenn wir Jolics Bande hochnehmen. Ich habe heute Morgen übrigens ein abgefeuertes Projektil heimlich eingesteckt.«

»Oh«, meinte der Polizeirat überrascht. »Von der Waffe, die ...«

»Ja. Wir müssen bloß eine Möglichkeit finden, wie ich sie dir unauffällig übergeben kann.«

»Eins nach dem anderen«, bremste Koch ihn aus. »Deine aktuellen Ermittlungen sind deutlich wichtiger als eine drei Jahre zurückliegende Entführung.«

»Wilhelm ...«

»Herrje, Lukas! Wahrscheinlich sind die Kinder längst tot.«

»Und wenn du dich irrst?«

»Reden wir gleich drüber. Kommen wir zu den geplanten Überfällen zurück. Jolic spricht also von massiver Waffengewalt, die er einsetzen will?«

»Ja«, bekannte Lukas leise.

»Dennoch willst du ihn gewähren lassen?«

»Er hat ja nicht angekündigt, reihenweise Kunden oder Angestellte niederzuschießen. Die Waffenstärke soll vor allem der Abschreckung dienen.«

»Hat er während der Besprechung gefordert, rücksichtslos vorzugehen?«

»Nicht direkt.«

»Sondern?«

»Er sagte, niemand dürfe uns aufhalten, und potenzielle Gefahren müssten eliminiert werden.«

»Das war seine Wortwahl? Eliminiert?«

»Er ist der Anführer. Er muss so brachial reden.«

»Mir gefällt deine Argumentation nicht. Hast du dich gedanklich mit ihnen verbrüdert?«

»Schwachsinn!«, entfuhr es Lukas. Er schnaubte einmal, um seine Gefühle in den Griff zu bekommen. »Entschuldige.«

»Das wäre ganz normal. Nach so langer Zeit.«

»Mach dir keine Sorgen, sondern vertrau lieber auf meinen Instinkt. Ich sage dir, Jolic will kein Blutbad anrichten. Er ist nicht dumm. Gibt es Tote, erhöht sich schlagartig der Fahndungsdruck. Das riskiert er nicht fahrlässig.«

»Hoffentlich hast du recht.«

»Also sind wir uns einig, dass du nicht eingreifst.«

»Ich gebe dir keinen Freibrief, Lukas. Sobald ein

Angestellter den Alarmknopf drückt oder ein Passant zufällig Zeuge wird und den Notruf wählt, wird die Maschinerie in Gang gesetzt. Das werde ich nicht stoppen.«

»Erwarte ich auch gar nicht. Aber es dürfen keine Einsatzkräfte in der Bank warten. Frühestens beim zweiten Überfall.«

»Versprochen. Jetzt berichte mir von dem Projektil.«

Lukas erzählte, was im Wald geschehen war. Bei der Beschreibung der Leibesvisitation stöhnte Koch auf.

»Verdammt! Du wärst fast aufgeflogen.«

»Ist ja nichts passiert!«

»Irgendwann wird dich dein Glück verlassen«, sagte der Polizeirat.

»Das hat es bereits vor drei Jahren getan.«

»Spinnst du? Lisa ist tot. Du lebst! Bist du überhaupt nicht dankbar?«

Dankbar?, dachte Lukas. *Wofür?* »Manchmal ja, manchmal nein«, sagte er.

»Ich hatte dich im Krankenhaus gewarnt«, erinnerte ihn Koch. »Verdeckte Ermittlungen ...«

»Wenn wir endlich die Hintergründe kennen würden«, seufzte Lukas. »Wieso Carla Lisa kaltblütig erschossen hat. Wer der Entführer ist. Dann hätten sich die letzten drei Jahre gelohnt.«

»Du bist undercover ins Innerste einer Rockerbande eingedrungen. Aus meiner Sicht ist dein Einsatz bislang sehr lohnenswert.«

»Die Diskussion ist überflüssig. Lassen wir es bleiben. Wie kann ich dir das Projektil aushändigen?«

»Schlag du etwas vor.«

Lukas überlegte kurz. »Ich kaufe morgen bei einem H&M in der Innenstadt Kleidung für den Überfall. Schuhe, Jeans, T-Shirt. Dort ließe sich es am unauffälligsten bewerkstelligen. Entweder an einem der Tische, wo die Ware ausliegt, oder ...«

»In einer Umkleidekabine«, führte Koch den Gedanken zu Ende.

***

Nach ungefähr zweihundert Metern war er absolut sicher: Jemand beschattete ihn.

Lukas beschleunigte seine Schritte. Sein Verfolger durfte ihn auf keinen Fall zusammen mit Koch sehen. Je größer sein Vorsprung war, desto eher konnte er seinen Vorgesetzten warnen.

Er betrat das Shopping-Center und eilte zielstrebig in Richtung Rolltreppe. Die H&M-Filiale befand sich im obersten Stockwerk. Vom Zwischengeschoss aus sah er, wie sein Verfolger das Gebäude betrat. Der kahl rasierte Mann trug ein Rockeroutfit. Lederhose, schwarzes Hemd, Lederweste. Da er wusste, wohin Lukas wollte, machte er sich direkt auf den Weg nach oben.

Lukas lief die Rolltreppe hoch. So würde er ein paar Sekunden gewinnen. Hoffentlich war Koch bereits vor Ort.

Das Geschäft befand sich in unmittelbarer Nähe der Rolltreppen. Hastig ging er hinein und blickte sich um. Der Polizeirat stand an einem Tisch und begutachtete Chinohosen.

»Ich werde beobachtet«, zischte Lukas. »Übergabe in der Kabine.«

Koch nickte leicht.

Erst jetzt betrachtete Lukas das Angebot. Als sein Schatten im Laden ankam, hatte der Polizist schon ein dunkles T-Shirt ausgesucht und wandte sich gerade den Hosen zu. Nach kurzer Suche nahm er zwei dunkelblaue Jeans unterschiedlicher Größe mit. Auf dem Weg zu den Umkleidekabinen fand er rasch dazu passende Stoffschuhe. Zwei der Kabinen waren unbesetzt. Er zog seine Hose aus und schlüpfte in die erste Jeans, die jedoch deutlich zu eng war. Also hängte er sie an einen Haken, entnahm seiner Hemdtasche das Projektil und steckte es in eine der hinteren Hosentaschen.

»Ich bin nebenan«, flüsterte Koch plötzlich aus der Nachbarkabine.

»Ich lasse eine Jeans hier. Die Patrone steckt drin.«

»Okay.«

Lukas probierte die Schuhe an und stellte fest, dass sie wie angegossen passten. Als er die Umkleidekabine mit seinen Einkäufen verließ, bemerkte er Damirs Handlanger, der auffällig unauffällig in seine Richtung linste. Für einen Moment spielte er mit dem Gedanken, ihn anzusprechen, um ihn abzulenken. Doch wahrscheinlich würde der Rocker die Umkleiden nicht länger im Auge behalten, wenn sich seine Zielperson den Kassen näherte.

14

»Es gibt eine Planänderung«, zischte Damir wütend.

In dem als Büro genutzten Raum des Hauptquartiers hielten sich fünf Leute auf. Auf dem Gelände war früher ein Tennisverein ansässig gewesen. Bis ein neuer Nachbar eine Klage wegen Lärmbelästigung eingereicht und vor Gericht wegen Fehlern im Genehmigungsverfahren für den Tennisclub sogar gewonnen hatte. Ob dem Kläger die neuen Nachbarn besser gefielen? Die Ascheplätze waren längst dem Erdboden gleichgemacht, lediglich die früheren Gebäude waren stehengeblieben und umgestaltet worden. Nun gab es einen großen Wirtsraum, den die Gang genau zu diesem Zweck nutzte, und verschiedene kleinere Büros. Außerdem im Untergeschoss die Umkleidekabinen, aus denen Spinde und Bänke entfernt worden waren. Dort, wo früher mehr oder weniger begabte Sportler auf insgesamt vier Feldern geschwitzt hatten, parkten nun meistens Dutzende Motorräder und Autos. Ähnlich wie die Lagerhalle hatte auch dieses Anwesen ein Mittelsmann für die Gang angemietet.

Fünf Leute waren einer zu wenig, wie Lukas dank der Besprechung vor zwei Tagen wusste.

»Sven?«, fragte einer der Anwesenden.

»Ja. Hängt überm Klo und kotzt sich die Seele aus dem Leib. Hat gestern Sushi gegessen, der Penner.«

»Hat er angerufen?«, wollte Marko wissen.

»Vor einer Stunde«, bestätigte Damir.

»Mist«, entgegnete Dario. »Sven ist unser bester Fahrer.«

Damir sah ihn finster an. »Meinst du, ich weiß das nicht selbst? Hast du vielleicht auch kreative Vorschläge?«

»Entschul...«

Lukas hob den Arm. »Ich könnte fahren.«

Der Boss musterte ihn skeptisch. »Du?«

»Ich bin gut am Steuer.«

»Ist mir neu.«

»Du hast mich nie danach gefragt.«

»Du kommst doch immer ohne Auto hierher. Hast du überhaupt eins?«

»Ich fahre alles: Pkw, Lkw, Motorrad. Was du willst. Mir hat damals niemand gesagt, dass man eine dicke Karre haben muss, um hier mitzumachen.«

»Wie hast du dir denn deine Fahrkünste erworben?«

»Ich bin früher illegale Autorennen gefahren. Bis mich die Bullen geschnappt haben. Anschließend war mein Lappen weg. Ich hätte einen Idiotentest machen müssen, um ihn zurückzukriegen. Also habe ich mir ...« Lukas holte sein Portemonnaie heraus und hielt den Führerschein in die Höhe. »... anderweitig einen besorgt. Ich fahre nur deshalb nicht so regelmäßig Auto, um das Risiko zu minimieren, dass ich in eine Verkehrskontrolle gerate. Man weiß ja nie, wie genau sie die Ausweisdaten prüfen.«

Lukas warf Damir den auf den Namen Luke Hertz ausgestellten Ausweis zu. Der Bandenchef fing ihn auf und betrachtete ihn eingehend.

»Ich sehe keinen Unterschied.«

»Qualitätsarbeit. Der war richtig teuer. Ich habe übrigens fünfundneunzig Prozent meiner Rennen gewonnen.«

Damir gab den Führerschein zurück. »Hätte jemand was dagegen, wenn Lucky fährt?«

»Wer ersetzt ihn dann in der Bank?«, erkundigte sich Marko.

»Ich kann so kurzfristig keinen Ersatz besorgen. Drei schwer bewaffnete Leute im Schalterraum müssen reichen.«

»Ich könnte auch mit reingehen«, schlug Lukas vor.

»Bullshit! Der Sinn eines Fluchtfahrzeugs besteht darin, dass es eine schnelle Flucht ermöglicht«, belehrte Damir ihn.

Wunderbar, dachte Lukas. *Wilhelm wird sich freuen zu hören, dass ich lediglich draußen gewartet habe.*

»Jeder von euch schnappt sich jetzt zwei Waffen, ein Gewehr und eine Pistole, und dann brecht ihr auf. Wir sollten den Zeitplan einhalten. Lucky, du nimmst nur die Waffe, mit der du vorgestern geübt hast.«

»Alles klar.«

***

Der unauffällige weiße Lieferwagen beschleunigte auf der Landstraße problemlos auf hundertzwanzig. Lukas merkte, dass der Motor noch deutlich mehr hergab. Als sie sich der Innenstadt näherten, hielt er sich allerdings penibel an die Geschwindigkeitsbegrenzungen. Mittlerweile sprach im Fahrzeug niemand mehr, alle Insassen waren angespannt. Lukas beobachtete im Innenspiegel, wie zwei der Männer ihre Rucksäcke mit den Masken und Waffen prüften.

»Ich fahre erst mal um den Block«, informierte er sie. »Um nach Bullen Ausschau zu halten.«

»Okay«, murmelte Marko.

Die Bank war strategisch gut gewählt. Das Gebäude befand sich in einer Seitenstraße, war jedoch nur etwa hundert Meter von einer Hauptverkehrsstraße entfernt. Bis zur nächsten Polizeistation waren es hingegen fast fünf Kilometer.

Lukas bog von der Zufahrtsstraße ab. In der Nähe des Haupteingangs gab es einen freien Parkplatz, der groß genug war für einen Lieferwagen.

»Nimmst du den?«, fragte Marko.

»Wenn er gleich noch da ist. Aber zuerst müssen wir gucken, ob ...«

»Scheiß drauf. Die Stelle ist ideal.«

»Du hast drinnen das Sagen«, stellte Lukas klar. »Hier draußen bin ich der Anführer.« Langsam rollte er an dem Parkplatz vorbei.

Marko stöhnte genervt auf, erwiderte jedoch nichts.

In den rechtwinklig angeordneten Nebenstraßen fiel Lukas nichts auf, was ihm merkwürdig erschienen wäre. Als sie wieder vor der Bank ankamen, war der Parkplatz noch frei. Lukas verkniff sich einen Kommentar dazu.

»Ich behalte die Umgebung im Auge. Sobald ich irgendwas Auffälliges bemerke, informiere ich Marko per Handy. Je schneller ihr euren Job erledigt, desto früher sind wir raus aus der heißen Zone. Viel Erfolg!«

Dario öffnete die Schiebetür und stieg als Erster aus. Lukas sah den Jungs hinterher. Zunächst liefen sie wie normale Passanten in Richtung der gläsernen Eingangstüren. Ungefähr fünfzehn Schritte vor ihrem Ziel holten sie Masken und Gewehre aus den Rucksäcken und beschleunigten ihre Schritte. Lukas ließ das Beifahrerfenster herunter, um auch akustisch alles mitzubekommen. Bisher kamen weder Kunden hektisch aus dem Gebäude gerannt, noch ertönte ein Alarm – allerdings wusste er aus seiner Polizeiarbeit, dass die meisten Bankfilialen mit sogenannten stillen Alarmsystemen ausgestattet waren.

Ungeduldig trommelte er gegen das Lenkrad. Sie waren erst seit einer halben Minute drin, doch es fühlte sich an wie eine halbe Ewigkeit. Svens vermeintliche oder echte Lebensmittelvergiftung spielte ihm jedenfalls ordentlich in die Karten. Normalerweise wäre er jetzt in der Bank einer deutlich größeren Gefahr ausgesetzt gewesen als im Fluchtfahrzeug. Sollte ihnen die Polizei einen Strich durch die Rechnung machen, hätte er von allen die geringste Straftat begangen.

Im linken Außenspiegel bemerkte er einen schwarzen Kombi, in dem vier Personen saßen. Das Fahrzeug näherte sich übertrieben langsam.

Was hatte das zu bedeuten?

Der Wagen hielt in der zweiten Reihe gegenüber der Bank, doch niemand stieg aus. Hatte Koch sein Versprechen gebrochen? Waren das zivile Polizisten? Eher nicht. Die Kollegen würden keine vier Mann in einem einzigen Auto heranschaffen.

Lukas griff zum Handy und wählte Damirs Nummer. Der ging sofort dran.

»Seid ihr draußen?«

»Ich glaube, es gibt Ärger.«

»Wieso?«

»Hier ist plötzlich ein Kombi vorgefahren. Auswärtiges Nummernschild. Vier Insassen. Soweit ich das erkennen kann, starren die in Richtung Bank.«

»Bullen?«, fragte Damir.

»Nein.«

»Woher weißt du das?«

»So arbeiten Bullen nicht, schätze ich. Die würden nicht im Auto sitzen bleiben, sondern sich irgendwo am Eingang positionieren.«

»Wer soll es dann sein?«

»Könnte uns jemand verraten haben?«

»Meinst du Sven?«

»Kannst du jemanden bei ihm vorbeischicken, um zu gucken, ob er wirklich krank ist?«

»Wo bleiben die Jungs?«

»Die sind noch nicht lange drin«, erwiderte Lukas.

»Lucky, ich habe ein mieses Gefühl.«

»Geht mir genauso.«

An dem Kombi öffnete sich die rechte hintere Tür.

»Da tut sich was«, informierte Lukas den Boss.

»Was siehst du?«

»Oh Scheiße! Einer von den Typen hat eine Waffe im Hosenbund. Das sind definitiv keine Bullen.«

»Mach ein Foto von ihm«, befahl Damir.

»Okay.«

Lukas trennte die Verbindung. Er aktivierte die Kamera, hielt das Handy quer und berührte die Aufnahmefläche. Per Chatnachricht leitete er das Bild an Damir weiter.

Unterdessen stieg der zweite Mann aus und beorderte den ersten zurück ins Fahrzeug. Beide wirkten grobschlächtig. Sie kamen ihm zwar nicht bekannt vor, aber Lukas glaubte, an einem von ihnen kyrillische Buchstaben auf den Fingerknöcheln entdeckt zu haben. Gehörten sie also zu der russischen Gang?

Je länger er darüber nachdachte, desto stärker hatte er den Verdacht, dass sie hergekommen sein mussten, um sich die Beute unter den Nagel zu reißen.

Hatte Sven geplaudert? Der Gedanke lag nahe. Oder gab es in der Gang noch einen anderen Maulwurf?

Was sollte er tun? Die Unbekannten rechneten kaum damit, dass man ihnen die Beute widerstandslos überlassen würde.

Sollte er Marko informieren? Oder verkomplizierte das die Situation nur noch?

Sein Handy empfing eine Nachricht.

Das ist ein Hinterhalt. Der Mistkerl gehört zu Igor.

Verdammt!

Ich lasse mir was einfallen, tippte er hastig.

Du musst sie warnen, lautete Damirs Befehl.

Okay!

Lukas wählte Markos Nummer. Es dauerte einen Augenblick, ehe der sich meldete.

»Sind die Bullenschweine unterwegs?«

»Schlimmer! Vor der Bank warten bewaffnete Russen in einem Auto. Ein Hinterhalt! Wie lange braucht ihr noch?«

»Und jetzt?«, erwiderte Marko panisch.

»Wie lange?«, wiederholte Lukas.

»Höchstens fünfundvierzig Sekunden. Wir packen gerade die Beute zusammen. Wieso?«

»Ich erledige sie!«

»Du allein?«

»Vertrau mir! Kommt in genau vierzig Sekunden raus. Ende.«

Lukas beendete das Gespräch, klickte in den Apps bis zur Stoppuhr und betätigte den Startbutton. Nach fünfundzwanzig Sekunden ließ er den Motor an.

»Fünf, vier, drei, zwei, eins«, flüsterte er. Dann gab er Gas. Sein Plan würde nur aufgehen, wenn das Timing der anderen perfekt wäre. Er lenkte den Lieferwagen auf die Straße und beschleunigte. In dem Moment öffneten sich die Eingangstüren der Bank, fast zeitgleich stieg eine maskierte Person aus dem Kombi. Ohne die Geschwindigkeit zu reduzieren, hielt Lukas auf den Wagen der Russen zu. Der Maskierte sprang beiseite, doch mit der Front des Transporters erwischte Lukas ihn an den Beinen, bevor sein Wagen gegen den Kombi prallte und ihn ein Stück beiseiteschob. Das schwarze Auto knallte gegen ein parkendes Fahrzeug. Eine Autosirene ging los. Hektisch legte Lukas den Rückwärtsgang ein und setzte ein paar Meter zurück. Er konnte keinerlei Bewegung bei den Feinden ausmachen.

Die Schiebetür an seinem Transporter wurde geöffnet.

»Springt rein!«, schrie Lukas.

»Was hat das zu bedeuten?«, wollte Dario wissen.

»Wahrscheinlich die Russen. Rein mit euch!«

»Die machen wir platt«, fluchte Marko.

»Bist du wahnsinnig? Bestimmt sind gleich die Bullen hier und kümmern sich darum. Wir verschwinden, und zwar sofort. Ich fahre auch ohne dich!«

Die Drohung reichte, um Marko zum Einsteigen zu bewegen. Nachdem alle drin waren, drückte Lukas aufs Gaspedal. Der Lieferwagen schoss nach vorn. Lukas' Kopf ruckte nach links.

»Vorsicht!«, brüllte er. »Duckt euch!«

Einer der Russen im Kombi zielte liegend auf sie und gab einen unkontrollierten Schuss ab, der sie jedoch verfehlte.

Lukas erreichte die Zufahrt zur Hauptstraße und fädelte sich in den fließenden Verkehr ein.

»Jemand muss Damir Bescheid geben«, sagte er. »Er soll den Polizeifunk abhören!«

»Das mache ich«, meinte Marko.

Lukas behielt den Rückspiegel im Auge. In einiger Entfernung entdeckte er Blaulicht. Folgten die Bullen ihm, oder würden sie zur Bank abbiegen?

»Wir sind's«, meldete sich Marko.

»Seid ihr draußen?«

Marko hatte den Lautsprecher aktiviert.

»Ja.«

»Und die Russen?«

»Lucky ist ihnen frontal reingefahren. Die sind platt.« In seinen Worten schwang Bewunderung mit.

»Da bin ich nicht so sicher«, widersprach Lukas. »Damir, kannst du den Polizeifunk einschalten? Vielleicht kommen wir so an Informationen.«

»Bleibt dran!«

Das Blaulicht war verschwunden. Hatten sie wirklich so viel Glück, dass ihnen niemand folgte?

Plötzlich brach Damir in Lachen aus.

»Was ist los?«, fragte Nico, der vierte Mann im Wagen.

»Die Bullen melden eine Schießerei bei der Bank. Sie fordern Verstärkung an. Perfekt! Ihr kommt da raus. Beeilt ...«

Mitten im Satz brach er ab.

»Damir?«, fragte Lukas.

»Oh mein Gott«, entfuhr es dem Boss.

Was war passiert? Hatte der Verräter das Quartier gestürmt und Damir ausgeschaltet?

»Alles in Ordnung?«, rief Marko.

»Die haben eine Granate gezündet«, murmelte Damir. Dann lachte er schallend. »Die haben sich mit einer Granate in die Luft gejagt. Die Bullen sind in heller Aufregung. Ich erwarte euch! Lucky, halt dich an die vorgeschriebene Geschwindigkeit. Ihr habt nichts zu befürchten!«

15

Zügig schleppten die drei Männer ihre Taschen und Rucksäcke ins Gebäude. Lukas' Blick wanderte zwischen ihnen und der Zufahrt hin und her. Tatsächlich war ihm auf dem ganzen Weg hierher kein Verfolger aufgefallen.

Damir kam ihnen entgegen. Er nickte den anderen zu, steuerte jedoch eindeutig Lukas an.

»Neuigkeiten?«, fragte der.

»So einige! Komm mit, ich will nicht alles doppelt erzählen. Außerdem verlange ich einen Bericht.«

»Wow!«, flüsterte Nico, während Marko die letzte Sporttasche ausschüttete.

Die Beute lag auf einem großen Haufen.

»Wie viel ist das wohl?«, fragte Dario. »Eine halbe Million?«

»Ich hoffe, mehr«, antwortete Damir. »Und nun will ich Einzelheiten wissen.«

»Lucky hat uns den Arsch gerettet«, begann Marko. »Ich war ja unsicher, ob er für den Job geeignet ist, aber der Kerl hat wirklich Eier in der Hose.«

»Hey, ihr hättet genauso reagiert«, wehrte Lukas das Lob ab.

»Nicht so bescheiden«, meinte Nico. »Auf die Idee muss man erst mal kommen. Die Wichser einfach zu rammen.«

»Hast du dir das vorher überlegt?«, erkundigte sich Dario.

»Vorher?«

»Du hast dir bestimmt Szenarien ...«

»Wie hätte ich mir so was ausdenken sollen?«

»Also spontan?«

»Klar.«

»Damit hast du deine Feuertaufe bestanden«, meinte Dario bewundernd.

»Wir hatten auch Glück. Vor allem hinterher«, meinte Lukas. »Wenn bei dem Aufprall unser Wagen beschädigt worden wäre, würden wir jetzt in einer Zelle hocken. Oder tot sein. Bin gar nicht mehr sicher, ob das wirklich so eine brillante Idee war.«

»Wir sind heil rausgekommen«, sagte Marko. »Nur das zählt.«

»Im Gegensatz zu den miesen Russen«, ergänzte Damir.

»Was ist mit denen? Haben die sich selbst in die Luft gesprengt?«

»Aus dem Polizeifunk ist nicht hervorgegangen, ob sie es absichtlich gemacht haben, oder ob es versehentlich passiert ist«, erläuterte Damir. »Ihr Fahrzeug war umstellt. Es hatte einen Schusswechsel gegeben. Einer von ihnen lag am Boden.«

»Der, den Lucky erwischt hat.«

»Wahrscheinlich. Ich schätze, sie wollten nicht aufgeben«, fuhr Damir fort. »Loyalität ist den Russen heilig. Sie opfern sich eher, als dass sie jemanden verraten. Verräter unterzeichnen ihr eigenes Todesurteil. Wobei das bei uns natürlich nicht anders ist.« Er musterte Lukas eindringlich, bevor er sich wieder den anderen zuwandte. »Der Tresor steht offen. Packt das Geld da rein. Lucky und ich haben noch was zu klären. Komm!«

Damir zeigte auf den Ausgang und schritt voran. Lukas folgte ihm unbehaglich. Was hatte das zu bedeuten?

Der Boss wartete am Treppenabsatz. »Da runter. Du gehst vor.«

»Was willst du mir denn zeigen?«

»Siehst du dann.«

Hektisch rekapitulierte Lukas die letzten Stunden. Hatte er sich versehentlich enttarnt? Während er die Treppe zu dem ehemaligen Umkleidebereich hinunterstieg, hatte er die ganze Zeit im Hinterkopf, wie schutzlos er Damir in diesem Moment ausgeliefert war. Ihm fiel nichts ein, wodurch er sich verraten hatte.

Unten angekommen, drehte er sich um. Wenigstens hatte Damir keine Waffe in der Hand.

»Fühlst du dich wohl bei uns?«, fragte der Boss. »Oder stört dich irgendwas an der Gemeinschaft?«

»Ich bin sehr zufrieden«, antwortete Lukas.

Damir öffnete eine Metalltür und lief zielstrebig auf die nächste Tür zu.

»Die lange Zeit als Türsteher? Habe ich dir zu wenig Verantwortung übertragen?«

»Wieso willst du das alles wissen?«

»Ich frage mich bloß, warum mich jemand hintergeht.«

Lukas beschloss, die einzig andere denkbare Alternative anzusprechen. »Sven?«

Wortlos betrat Damir einen großen Raum. In der Mitte des gefliesten Raums saß ein nackter, geknebelter Mann. Er hatte blutige Wunden im Gesicht, seine Hände waren hinter dem Rücken zusammengebunden und seine Füße an die Stuhlbeine gefesselt.

»Er ist also gar nicht krank«, sagte Lukas.

»Für jemanden mit einer Lebensmittelvergiftung hat er ziemlich vollgestopfte Taschen in sein Auto getragen. Aber vielleicht wollte er sich nur selbst ins Krankenhaus einweisen. Wären meine Jungs fünf Minuten später bei ihm aufgetaucht, hätten sie ihn nicht mehr erwischt.«

»Du blödes Arschloch!«, brüllte Lukas, trat vor und verpasste Sven eine schallende Ohrfeige. »Deinetwegen wären wir fast krepiert!«

Der junge Mann sah ihn flehend an. Lukas stieß einen Schrei aus, setzte zu einem zweiten Schlag an, stoppte seine Faust jedoch kurz vor Svens Kinn.

»Hat er den Verrat zugegeben?«, keuchte er.

»Noch nicht.«

»Und wenn wir uns irren?« Lukas trat einen Schritt zurück.

»Ausgeschlossen. Die Frage ist nur, wie schnell er es zugibt.«

Erst jetzt bemerkte Lukas einen Koffer, der auf der Fensterbank lag. Damir folgte seinem Blick und nickte.

»Er *wird* es zugeben.« Der Boss ging zum Fenster und öffnete den Koffer, in dem sich ein Taser, einige Messer, ein Totschläger und ein Schlagring befanden.

Sven schüttelte panisch den Kopf.

»Nimm ihm den Knebel ab. Ich will seine Ausreden hören.«

Lukas lockerte das Tuch in Svens Mund, das am Hinterkopf zusammengeknotet war.

»Damir, ich schwöre, du irrst dich«, flehte der Gefesselte, nachdem er den Stoff ausgespuckt hatte.

»Ach so? Du bist also wie durch ein Wunder spontan von deiner Lebensmittelvergiftung genesen?«

»Nein«, gab Sven unumwunden zu. »Ich hab Angst gekriegt. Tut mir leid, aber du musst ...«

»Psst«, zischte Damir. »Sei vorsichtig, ich *muss* nämlich gar nichts.« Er zog seine vier Ringe von den Fingern und griff nach dem Schlagring.

»Boss! Bitte!«

»Du hast zwei Möglichkeiten. Wir bringen das zügig hinter uns, oder es wird sehr schmerzhaft. Ich bin sicher, das Ergebnis wird dasselbe sein.«

Lukas beobachtete Damir besorgt. Die Augen des Bandenchefs funkelten vor Hass. Um einer schlimmeren Bestrafung zuvorzukommen, presste er seinen rechten Arm auf Svens Kehle.

»Erspar uns diese Scheiße«, flüsterte er dem Gefangenen ins Ohr, der durch ruckartige Bewegungen versuchte, dem Klammergriff zu entkommen.

Blitzschnell trat Damir vor und schlug zu. Die Faust landete in Svens Magen. Trotzdem änderte Lukas die Position seines Arms nicht, denn er hoffte, wenigstens Svens Gesicht schützen zu können.

Damir holte erneut aus und boxte dem Wehrlosen in die Rippen. Das Knacken war unüberhörbar, bevor ein Schmerzensschrei alles andere übertönte.

»Wer hat dich angeheuert?«, fragte der Boss.

»Niemand«, stieß Sven aus.

»Okay, du willst es also härter. Kannst du haben.«

Lukas ließ den Mann los und sah hilflos zu, wie Damir ein Messer aus dem Koffer holte. Er wechselte seinen Standort und baute sich vor dem Verräter auf.

»Beenden wir das. Sag uns, was wir wissen müssen, und du hast es überstanden.«

»Ich hab nichts getan«, stammelte Sven schwer atmend. »Ihr verdächtigt den Falschen.«

»Geh zur Seite«, forderte Damir Lukas auf.

»Können wir kurz draußen reden?«, bat der Polizist.

Ohne die Zustimmung des Bosses abzuwarten, verließ er den Raum. Sekunden später hörte er das nächste Stöhnen. Hatte er zu hoch gepokert? Doch zu seiner Erleichterung öffnete sich gleich darauf die Tür.

»Spinnst du?«

»Wir können ihn zermatschen und werden trotzdem nicht die Wahrheit erfahren«, gab Lukas zu bedenken.

»Wir *kennen* die Wahrheit«, widersprach Damir.

»Aber es wäre gut, wenn er seine Kontaktpersonen preisgeben würde. Lass mich zehn Minuten mit ihm allein.«

Damir spuckte verächtlich auf den Boden. »Fünf«, sagte er, »und ich verspreche dir, so kommst du auch nicht weiter.«

»Danke.« Rasch kehrte Lukas in den Folterraum zurück und drückte von innen die Tür zu.

Aus Svens Nase tropfte Blut.

»Wir haben nicht viel Zeit«, begann Lukas. »Wenn du kooperierst, verschonen wir dich.«

Trotz seines erbärmlichen Zustands lachte Sven. »Verräter erhalten keine Gnade.«

»Diesmal ist das anders. Ich verspreche es. Nenn uns die Namen der Hintermänner. Das ist wichtiger als deine miese Tat.«

»Ich war es nicht«, behauptete Sven wieder.

»Du weißt, wie unglaubwürdig das ist.«

»Ändert nichts an der Tatsache.«

»Sie hatten Insiderinformationen. Von uns kannten nicht viele den Zeitplan«, erklärte Lukas.

»Vielleicht bist *du* ja auch die Ratte.«

»Ich wäre fast draufgegangen. Einer von den Typen hat auf mich gefeuert.«

»Schade, dass er nicht getroffen hat«, murmelte Sven. »Ich finde es seltsam, wie du dich an Damir ranzeckst ...«

»Schnauze!«

Sven sah ihn herausfordernd an. »Du wirkst plötzlich unsicher. Habe ich ins Schwarze getroffen?«

Lukas packte ihn an der Gurgel. »Ich versuche, dein Leben zu retten. Kooperier endlich!«

»Lass mich in Ruhe!« Sven bewegte seinen Kopf so überraschend nach vorn, dass Lukas' Hände abrutschten. »Damir!«, brüllte er. »Wir müssen reden!«

Es dauerte nur Sekundenbruchteile, bis der Gerufene herbeieilte.

»Beichtet er?«

»Schick Lucky außer Hörweite. Dann rede ich.«

Lukas durfte sich nicht verunsichert zeigen. »Was für ein Spinner! Ich gehe!«

»Warte vor der Tür«, sagte Damir.

»Meinetwegen.«

In den nächsten Minuten drang kein Geräusch nach draußen. Lukas lief den schmalen Gang auf und ab. Die Versuchung, an der Tür zu lauschen, war riesengroß, doch er widerstand ihr.

Fügte Sven ihm mit einer dreisten Lüge Schaden zu? Oder vertraute Damir ihm blind?

Plötzlich zerriss ein grässlicher Schrei die Stille. Dann ein zweiter. Lukas presste die Fäuste gegen seine Schläfen. Konnte er irgendetwas tun? In immer kürzeren Abständen stöhnte Sven wie ein angeschossenes Tier auf. Lukas tröstete sich mit dem Gedanken, dass der Kerl versucht hatte, ihn ans Messer zu liefern, um seine eigene Haut zu retten. Aber das Pflichtbewusstsein eines Polizisten machte ihm schwer zu schaffen. Hatte er eine Chance, den Gefangenen zu retten, ohne seine Tarnung aufzugeben?

Ihm fiel keine Möglichkeit ein.

Im Raum nebenan erstarben schlagartig alle Geräusche. Was war passiert? Angestrengt lauschte er. Wenn er sich nicht irrte, hörte er zwei flüsternde Stimmen. Oder bildete er sich das nur ein?

»Komm rein!«, rief Damir nach einer gefühlten Ewigkeit.

Lukas zögerte keine Sekunde. Svens Gesicht war blutüberströmt. Offenbar hatte Damir ihn mit einem Messer bearbeitet. Zusätzlich lag der Stromschocker am Boden.

»Sein Aussehen war ihm egal«, spottete Damir. »Erst als ich ihm die Eier gebraten habe, hat er aufgegeben.«

»Er hat also gestanden?«

»Alles!«

»Igor?«

Damir nickte langsam. »Die Russen haben ihn einen Tag nach unserem Waffengeschäft angesprochen. Angeblich weiß er nicht, wieso sie ihn ausgesucht haben. Das Angebot fand er jedoch unwiderstehlich. Ein Viertel der Beute für Informationen.«

»Warum macht Igor das?«

»Das werde ich ihn wohl selbst fragen müssen. Denn eins ist klar: Er hat mir den Krieg erklärt.«

»Und jetzt?«

»Ich muss nachdenken. Igor wird nicht so dumm sein, überstürzt zu handeln. Das ist ein Schachspiel.«

»Ich meine seinetwegen.« Lukas deutete auf Sven. »Können wir ihn für unsere Zwecke einsetzen? Ihm wieder vertrauen?«

Damir musterte Lukas von oben bis unten. »Hast du eine Waffe dabei?«

Der Polizist hob sein T-Shirt an, um die Pistole zu präsentieren.

»Die Narbe ist wirklich übel«, meinte Damir. »Ist mir schon neulich im Wald aufgefallen.«

»Schwere Stichverletzung. Ich wär' fast krepiert.«

»Erschieß den Verräter!«

Erschrocken blickte Lukas Damir an. Dessen zornerfüllter Gesichtsausdruck zerstörte jede Hoffnung auf ein Missverständnis.

»Ich?«

»Er wollte mir einreden, du wärst der Maulwurf. Ich sollte mir überlegen, wie groß die Wahrscheinlichkeit ist, dass dir die Rettungsaktion spontan eingefallen ist. Ob das nicht eine gewisse Vorlaufzeit benötigt hätte. Knall ihn ab! Oder hat er recht?«

Lukas zog die Pistole aus seinem Hosenbund. Das konnte doch bloß ein Albtraum sein. Aber wie sollte er Damir überzeugen, ohne sich selbst zu verraten?

»Los!«

Er könnte den Präsidenten töten und Wilhelm Koch informieren. Dann würde er das Gelände jedoch kaum lebend verlassen, denn oben warteten einige bis an die Zähne bewaffnete Gangster. Und selbst wenn: Was hätte dann seine Arbeit der letzten drei Jahre gebracht, außer einem toten Rocker und einer führerlosen Organisation?

Denk nach, kreischte es in seinem Schädel. *Dir muss etwas einfallen!*

»Ich warte«, zischte Damir. »Sonst erledige ich euch beide.«

Die Waffe auf Sven gerichtet, blickte Lukas über die Schulter. Damir hielt ebenfalls eine Pistole in der Hand.

Der folgende Schuss war in dem geschlossenen Raum ohrenbetäubend laut. Für einen Moment hatte Lukas nichts als ein grelles Piepen in den Ohren.

16

Zitternd stand Lukas unter der Dusche. Er erhöhte die Wassertemperatur, doch es half nichts. Svens Anblick hatte sich genauso in sein Gehirn gebrannt wie drei Jahre zuvor Lisas letzte Sekunden. Beide gestorben durch einen Kopfschuss. Und beide Male trug er die Verantwortung!

Nach einer Weile schaltete er das Wasser ab, öffnete die Kabine und wickelte sich in sein Handtuch. Er musste Wilhelm Koch Bericht erstatten.

In seiner Paranoia hatte er das geheime Kommunikationshandy in die Waschmaschinentrommel gelegt, bevor er in die Dusche stieg. Wer wusste schon, wie groß Damirs Misstrauen war. Vielleicht hatte Sven ihm ja einen Floh ins Ohr gesetzt.

Lukas trocknete sich ab, zog bequeme Klamotten an und ging mit dem Telefon ins Wohnzimmer. Es war einundzwanzig Uhr, doch prinzipiell konnte er Wilhelm jederzeit erreichen. Also wählte er die Nummer und wartete. Es klingelte – länger als üblich. Schließlich meldete sich der Polizeirat. Er klang ein wenig außer Atem.

»Wer stört mich?« Diese Begrüßung hatten sie für den Fall vereinbart, dass Lukas zu einer ungewöhnlichen, nicht abgesprochenen Uhrzeit anrief. Für jemanden, der sich das Handy angeeignet hätte, würde es nicht nach einer versteckten Botschaft klingen.

»Dein verlorener Sohn«, lautete die korrekte Antwort.

Nun konnten sie offen miteinander sprechen.

»Na endlich! Lukas, ich erwarte bereits den ganzen Tag deine Rückmeldung.«

»Sorry, früher habe ich es nicht geschafft.«

»Was habt ihr angestellt? Waren das Mitglieder eurer Gang?«

»Nein. Wir sind in einen Hinterhalt geraten.«

»Eine Schießerei auf offener Straße. Vier Tote nach einer Granatendetonation. Ich fürchte, ich kann deine Beteiligung daran nicht ewig geheim halten. Erzähl mir Einzelheiten!«

Stockend berichtete Lukas, was passiert und wie ihnen aufgrund seines riskanten Einsatzes die Flucht gelungen war.

»Einer aus den eigenen Reihen hat euch also verraten«, resümierte Koch.

»Ja. Die Konkurrenz hatte ihm ein Viertel der Beute angeboten.«

Er nannte den Namen des Mannes, und Koch versprach, Lukas beim nächsten Kontakt zu informieren, was sich über Sven in den Akten finden ließ.

»Scheiße, du steckst mitten in einem Rockerkrieg.«

»Ich weiß.«

»Das ist lebensgefährlich. Wir sollten die Bande hochnehmen und dich in Sicherheit bringen.«

»Nein!«, widersprach Lukas. »Das ist eine einmalige Gelegenheit für uns, die beiden verfeindeten Banden genauer unter die Lupe zu nehmen. Mich würde vor allem interessieren, wieso die Russen das Risiko eingegangen sind. Lass uns noch abwarten.«

Koch seufzte. »Was ist mit dem Verräter?«

Wie sollte Lukas ihm das erklären? »Erschossen«, murmelte er. »Nachdem er alles gestanden hatte.«

»Nicht dein Ernst!«

»Was denkst du denn? Dass Jolic ihm einfach auf die Finger schlägt? Ihm eine schriftliche Abmahnung erteilt? Für die ist das Hochverrat.«

»Und trotzdem willst du weitermachen? Bist du wahnsinnig? Sie würden nicht lange fackeln, wenn sie dich enttarnen.«

»Zwei Banden zum Preis von einer«, erwiderte Lukas. »Die Chance sollten wir uns nicht entgehen lassen. Außerdem geht es ja auch um die Entführung. Woher hatten die Russen die Waffe? Je mehr Informationen, desto eher finden wir eine heiße Spur.«

»Ach, fast vergessen«, sagte Koch. »Meine Kontaktperson hat sich die beiden Projektile angesehen.«

Lukas hielt den Atem an. »Das sagst du erst jetzt! Und was ist dabei rausgekommen?«

»Du weißt, dass es keine offizielle Untersuchung ist. Sonst hätte ich nämlich offenlegen müssen, woher das Vergleichsprojektil stammt. Wir sollten also eine gewisse Fehlertoleranz einrechnen. Fritz, also der Waffentechniker, sagt, beide Projektile seien mit achtzigprozentiger Wahrscheinlichkeit aus derselben Waffe abgefeuert worden. Es gibt charakteristische Merkmale, die diesen Schluss nahelegen.«

»Ich wusste es!«

»Aber vielleicht spricht das dafür, möglichst viele Mitglieder beider Banden zu verhaften. So könnten wir die Entführung aufklären – vorausgesetzt, einer der Rocker redet.«

»Nein! Wenn sie Wind davon kriegen und vorher abtauchen, verlieren wir die Spur zu den Holtzmann-Kindern. Diesmal dürfen wir nicht versagen.«

Erneut seufzte Koch. »Du kennst meine Einschätzung, was mit ihnen passiert ist.«

»Die Eltern würden sie bestimmt wenigstens bestatten wollen«, wandte Lukas ein. »Um abschließen zu können. Das wäre ein Trost.«

»Hat Jolic den Verräter erschossen?«

»Ja.« Eine glatte Lüge, jedoch nichts, was man ihm beweisen könnte.

»Hat jemand den Mord beobachtet? Falls wir Jolic irgendwann vor Gericht stellen, könnten wir der betreffenden Person eine Kronzeugenregelung anbieten.«

»Ich«, antwortete Lukas leise.

»Und das erzählst du erst auf Nachfrage? Los, Einzelheiten!«

»Durch meine Rettungsaktion vor der Bank bin ich in Jolics Ansehen gestiegen. Deshalb hat er mich zu Sven geführt, der bereits gefesselt im Kellergeschoss saß«, begann Lukas mit den unverfänglichen Details. »Erst hat der Maulwurf alles abgestritten. Bis Jolic ihn gefoltert hat.«

»Scheiße! Warst du dabei?«

»Anfangs. Ich habe versucht, Jolic davon abzubringen. Der Maulwurf blieb eisern bei seiner Aussage, dass er unschuldig sei.«

»Welche Beweise hattet ihr gegen ihn?«

Lukas fasste die Erkenntnisse zusammen. »Ein paar Minuten war ich sogar allein mit ihm und habe probiert, ihn zur Kooperation zu bewegen. Er hat leider abgeblockt. Jolic kam zurück, schickte mich in den Gang. Als ich draußen war, hab ich minutenlang Schmerzensschreie gehört. Bis Sven es schließlich zugegeben hat. Dann wurde ich wieder reingerufen. Kurz darauf war der Mann tot.«

»Okay. Das behalten wir zumindest im Hinterkopf. Du bist der Belastungszeuge.«

»Wobei Jolic natürlich alles abstreiten wird. Im schlimmsten Fall könnte er behaupten, ich hätte geschossen. Würde zu seinem Charakter passen.«

»Das wird ihm kein Richter glauben. Ein Undercover-Ermittler, der ein Bandenmitglied aus Rache tötet? Schwachsinn!«

Hoffentlich hat Koch recht. Lukas spürte, wie das unkontrollierbare Zittern wieder seinen Körper erfasste. Er musste das Telefonat schnellstmöglich beenden, ehe er sich noch verriet.

»Ich halte es übrigens für besser, wenn wir vorläufig nur noch in absoluten Notfällen miteinander telefonieren«, sagte er.

»Wieso?«

»Ich fürchte, Jolic ist jetzt allen Gangmitgliedern gegenüber misstrauisch. Mich eingeschlossen. Da will ich kein unnötiges Risiko eingehen.«

»Du wärst komplett auf dich allein gestellt. Oder findest du zumindest Gelegenheit zum Chatten?«

»Lieber nicht.«

»Mir gefällt das nicht. Solche Auseinandersetzungen enden oft mit vielen Toten. Erinnerst du dich an die Geschichte im Ruhrgebiet vor circa ...«

»Wilhelm, wir haben keine Alternative. Ich bin zu lange an der Sache dran, um jetzt auf halbem Weg zu stoppen. Gib mir mehr Zeit!«

»Du hast in der Nähe der Bank telefoniert, oder?«

»Unter anderem mit Jolic«, bestätigte Lukas.

»Die ermittelnden Kollegen werden wahrscheinlich eine Basisstationsabfrage veranlassen. Das Netz zieht sich um euch zusammen.«

»Wir besorgen uns regelmäßig neue SIM-Karten«, wandte Lukas ein.

»Aber keine neuen Handys, oder?«

»Zumindest habe ich kein Austauschgerät bekommen. Vielleicht die Mitglieder der höheren Ebenen.«

»Dann werden sie euch anhand der Geräteseriennummern identifizieren. Ist zwar technisch schwieriger, allerdings nicht unmöglich.«

»Wie lange haben wir noch Ruhe?«

»Eine Woche. Eventuell ein paar Tage mehr.«

»Das reicht. Bis dahin ...«

»Hat Jolic irgendwas dazu gesagt, ob die anderen Überfälle verschoben werden?«

»Zu mir nicht.«

»Lukas, das ist Wahnsinn.«

»Ich melde mich in spätestens einer Woche. Früher, falls ihr einschreiten müsst.«

»Pass auf dich auf!«

Da er nicht mehr schlafen konnte, zog sich Lukas um sechs Uhr morgens an und verließ die Wohnung. Das Mehrfamilienhaus, in dem er wohnte, hatte keinen Hinterausgang. Also musste er vorn zur Straße raus. Er öffnete die Haustür und schaute sich vorsichtig um. Niemand zu sehen, der heimlich den Eingang beobachtete.

Wie misstrauisch war Damir? Hatte Svens Behauptung, Lukas sei der Verräter, ihn ins Grübeln gebracht?

Langsam schlenderte der Polizist zu einer Bäckerei in der Nähe, die bereits geöffnet hatte und in der man frühstücken konnte. Er entschied sich für das große Käsefrühstück und setzte sich mit seinem gefüllten Tablett in die hinterste Ecke. In der ausgelegten Tageszeitung stand ein ausführlicher Bericht über den

Überfall vom Vortag. Darin hieß es, einer der beteiligten Rocker habe die Explosion mutwillig herbeigeführt, als Polizisten sich dem Auto näherten. Ansonsten spekulierte der Journalist wild über die Hintergründe und zitierte einen leitenden Ermittler.

Nichts, was wirklich Hand und Fuß hatte.

Lukas beobachtete die Leute, die in die Bäckerei kamen. Die meisten kauften nur ein paar Brötchen und verschwanden gleich wieder. Andere bestellten sich ein Frühstück und suchten einen Platz in Lukas' Nähe. Doch niemand schien sich für ihn zu interessieren. Beruhigt verließ er nach gut einer Stunde die Bäckerei. Bevor er nach Hause zurückkehrte, musste er zur eigenen Sicherheit noch etwas erledigen.

Plötzlich vibrierte sein Handy. Lukas angelte es aus der Jackentasche. Eine Nachricht von Damir.

Um zehn Uhr im Hauptquartier. Sei pünktlich!

Alles klar, antwortete er kurz angebunden.

Beim Blick auf die Handyuhr merkte er, wie knapp sein Zeitplan nun war. Trotzdem lohnte es nicht, sich zu beeilen, denn er musste sich an die Öffnungszeiten der Bank halten.

17

Zwei Minuten vor zehn stellte Lukas sein Motorrad auf dem Parkplatz des Hauptquartiers ab. Nach der Reha hatte er Motorradfahren lernen müssen, um überhaupt eine Chance zu haben, in die Nähe der Rockergang zu gelangen. Im Gegensatz zu den richtigen Bikern gab ihm diese Art der Fortbewegung jedoch keinen Kick, weswegen die Maschine meist in der angemieteten Garage stand. Heute ermöglichte sie ihm jedoch schnellstmögliches Fortkommen und damit die pünktliche Ankunft im Quartier.

Im Büro warteten bereits sieben Gangmitglieder. Er begrüßte sie mit einem Nicken. Damir saß hinter seinem Schreibtisch.

»Okay, endlich alle da. Ihr wisst ja, was gestern passiert ist. Sven hat uns an die Russen verraten, Lucky hat ihn exekutiert. Wir können das nicht auf uns sitzen lassen, sonst nimmt uns bald niemand mehr ernst. Ich fordere Blutrache! Und die vier dreckigen toten Russen reichen mir nicht!«

Lukas schwante Böses, als er Damirs hasserfülltes Gesicht sah. Koch hatte recht – Tote waren kaum zu vermeiden. Würde er dem Boss überstürzte Aktionen ausreden können, die zwangsläufig katastrophal enden mussten, ohne sich zu auffällig zu verhalten?

»Ich vermute«, fuhr Damir fort, »die Russen werden sich erst mal verkriechen und abwarten, wie wir reagieren. Feige, wie sie sind. Mir schwebt ein Ablenkungsmanöver vor.«

Die anderen pflichteten ihrem Anführer bei.

»Wir geben uns arglos und erkundigen uns nach der Möglichkeit eines kurzfristigen Waffendeals. Den wir dann nutzen, um ihnen die Kehlen aufzuschneiden.«

Alle bis auf Lukas schienen von Damirs Plan angetan zu sein. Oder trauten sie sich bloß nicht, ihre Bedenken zu äußern?

»Sorry, dass ich widerspreche«, entgegnete Lukas. »Ich fürchte, das Szenario hat gefährliche Lücken.«

Damir betrachtete ihn grimmig. »Lass uns an deinen Weisheiten teilhaben, Lucky.«

»Versetzen wir uns doch einmal in ihre Lage. Würden wir die Füße stillhalten, wenn vier unserer Jungs sterben? Würden wir mit den dafür indirekt Verantwortlichen weiterhin Geschäfte machen? Außerdem: Warum sollten wir Waffen benötigen? Schließlich haben wir kürzlich im großen Stil eingekauft.«

Damir forderte ihn mit einer Handbewegung auf, weiterzusprechen.

»Sie werden ahnen, dass wir dahintergekommen sind. Vielleicht haben sie mit Sven vereinbart, dass er sich zu einem bestimmten Zeitpunkt bei ihnen meldet. Es gibt so viele unbekannte Faktoren, die wir nicht einschätzen können. Sie werden die Falle drei Meilen gegen den Wind riechen.«

»Du glaubst, Sven sollte sie kontaktieren?«

»Wäre das nicht logisch?«

Damir trommelte ungeduldig mit den Fingerspitzen auf die Schreibtischplatte. »Nicht unbedingt«, brummte er. »Hängt davon ab, ob Sven befürchtet hat, dass wir ihm auf die Schliche kommen. Dann wäre es nämlich sogar klug, keine verräterischen Telefonate zu führen. Oder Nachrichten zu verschicken.«

»Es gibt genügend Möglichkeiten, so was geheim zu erledigen«, meinte Lukas.

»Bist du darin Experte?«, fuhr ihn Damir an.

»Nein. Aber ich habe keine Lust, sehenden Auges ins Unglück zu rennen.«

»Warum nehmen wir nicht Svens Wohnung auseinander?«, schlug einer der Anwesenden vor. »Vielleicht sind wir nachher schlauer. Luckys Bedenken sind nicht von der Hand zu weisen.«

»Er weiß gut über solche Dinge Bescheid. Wie Verräter sich verhalten. Wie sie unauffällig wirken.«

»Damir«, protestierte Lukas. »Sieh doch nicht in mir den Feind. Ich will bloß ...«

»Ich bin zu gutgläubig!«, schrie Damir. »Sven hat mich hintergangen, und ich habe nichts davon gemerkt. Das passiert mir kein zweites Mal! Schauen wir also, ob wir Hinweise finden. Danach reden wir weiter.«

***

Eine hübsche Blondine öffnete ihnen die Tür. Sie war höchstens dreiundzwanzig und trug einen schwarzen, langen Rock zu einem Harley-Davidson-T-Shirt, das ihr deutlich zu groß war.

»Hi, Rico«, sagte sie überrascht und musterte die sechs Männer im Hausflur misstrauisch. »Was ist das denn für ein Auflauf?«

»Hi, Theresa. Geht um Sven«, erwiderte Rico, der mit dem Verräter befreundet gewesen war und ihn öfter in seiner Wohnung besucht hatte.

»Der ist nicht da. Keine Ahnung, wo er sich rumtreibt.«

»Bist du allein?«

Theresa nickte unsicher.

»Lass uns rein. Wir haben etwas zu bereden.«

»Das kann nicht sein«, versicherte sie leise. »Ihr müsst euch irren. Wo ist Sven? Was sagt er dazu?«

Sie saßen in der kleinen Küche, wo sich das benutzte Geschirr in der Spüle stapelte. Damir, Rico und Lukas verhörten Svens Freundin, mit der er seit einem Dreivierteljahr zusammen war.

»Er ist verschwunden«, behauptete Damir. »Nicht erreichbar. Das macht mich misstrauisch. Wann hast du das letzte Mal von ihm gehört?«

»Ich war ein paar Tage weg«, sagte Theresa. »Bei meinen Eltern in Polen. Eigentlich sollte er mitkommen, aber das ging wegen irgendeiner Sache bei euch nicht. Bin erst seit ein paar Stunden wieder hier.«

»Gib mir dein Handy«, befahl Damir.

»Liegt im Wohnzimmer auf dem Couchtisch.« Als Freundin eines Rockers war sie es offenbar gewohnt, ohne Widerrede zu gehorchen.

Lukas lief nach nebenan, wo zwei Gangmitglieder gerade dabei waren, die Schränke zu durchwühlen. Er nahm das Handy an sich und stellte fest, dass er einen Pin brauchte, um es zu entsperren.

»Wie lautet der Code?«, fragte er.

»Viermal die Sieben.«

Lukas tippte die Zahlen ein, und im nächsten Moment verschwand der Sperrbildschirm. Rasch überprüfte er verschiedene Programme.

»Ich schätze, sie sagt die Wahrheit«, murmelte er. »Letzte Woche hat sie von ihrem Netzbetreiber eine SMS mit Gebühreninfos für Polen bekommen. Ich finde einen Chat zwischen ihr und Sven. Die letzte Nachricht hat sie ihm vor drei Stunden geschickt, um ihm zu sagen, dass sie zu Hause ist. Er hat nicht geantwortet.«

»Wieso sollte ich lügen? Hört zu, falls Sven Scheiße gebaut hat, habe ich damit nichts zu tun.«

»Das wollen wir hoffen«, meinte Damir.

»Was hat er überhaupt getan?«

»Mich hintergangen«, erwiderte Damir. »Und danach ist er abgehauen.«

»Fuck!«, flüsterte sie schockiert. »Davon wusste ich nichts.«

»Hast du ihn irgendwann zufällig belauscht?«, mischte sich Lukas ein. »Ihn bei einem geheimen Telefonat überrascht? Mails von ihm gelesen, die dir seltsam vorkamen?«

»Nein, nie«, antwortete sie wie aus der Pistole geschossen.

»Hat er dir teure Geschenke gemacht? Schmuck? Pelze?«

»Sven?« Sie lachte höhnisch. »Der hält nichts von Geschenken. Außer zum Geburtstag und zu Weihnachten. So gut solltet ihr ihn übrigens kennen. Ihr habt wirklich keine Ahnung, wo er steckt?«

Lukas schüttelte den Kopf. Es war besser, Theresa in dem Glauben zu lassen, ihr Macker sei einfach verschwunden.

»Wenn da eine andere Fotze hintersteckt, zerquetsche ich ihm die Eier«, zischte sie wütend.

Lukas und Damir wechselten einen Blick. Anscheinend war auch der Boss zu der Überzeugung gelangt, dass Theresa ahnungslos war.

»Guck mal nach, was die anderen machen«, forderte Damir.

Lukas ging zurück ins Wohnzimmer, wo mittlerweile der Inhalt der verschiedenen Schrankschubladen auf dem Boden verteilt war.

»Habt ihr was gefunden?«, fragte er.

»Nichts«, stöhnte Dario frustriert. »Kommt ihr weiter?«

»Theresa war nicht eingeweiht.«

»Scheiße! Wie hat sie seinen Tod ...«

»Pst«, unterbrach Lukas ihn. »Wir tischen ihr eine andere Version auf«, wisperte er. »Sonst verpfeift sie uns noch bei den Bullen.«

»Sorry.«

Lukas lauschte, ob das Gespräch zwischen Damir und Theresa stockte, aber offenbar gab die Polin weiterhin bereitwillig Auskunft.

»Im PC finde ich genauso wenig«, stellte Marko düster fest. »Wenn er mit den Russen kommuniziert hat, dann nicht über dieses Gerät.«

»Fuck!«, fluchte Damir, nachdem sie die Wohnung verlassen hatten. »Wie hat er das bloß angestellt?«

Niemand antwortete ihm. Stattdessen warteten alle auf Anweisungen.

Damir stiefelte zu den Motorrädern. »Folgt mir!«

Ein paar Minuten später wurde Lukas unruhig. Sie fuhren eindeutig nicht in Richtung Hauptquartier, sondern näherten sich offenbar seiner Wohnung.

Tatsächlich hielt Damir schließlich vor seiner Haustür.

»Was wird das?«, erkundigte sich Lukas, sobald er den Helm abgenommen hatte.

»Hast du was dagegen, wenn ich mich mal in deinem Schlafzimmer umsehe?«, fragte Damir.

»Wäre ja nicht das erste Mal. Wieso?«

Damir hämmerte sich auf die Brust. »Hier drinnen schreit eine laute Stimme: Achtung!«

»Bullshit. Sven hat dir Lügengeschichten aufgetischt, um seine eigene Haut zu retten.«

»Wird nicht lange dauern, das zu überprüfen. Und jetzt gehen wir hoch!«

»Ich hab aber keine Lust, nachher hinter euch aufzuräumen.« Da er Damir niemals von seinem Vorhaben würde abbringen können, ging er zügig voran. Oben angekommen, stieß er die Wohnungstür auf. »My home is your castle«, spottete er.

Damir ging schnurstracks ins Schlafzimmer und warf einen Blick auf den Nachttisch. »Hast du keinen Appetit mehr auf Äpfel?«

»Ganz ehrlich? Ich verstehe nur Bahnhof.«

»Das Messer! Mit dem du angeblich Äpfel zerteilst, wenn du im Bett liegst.«

»Liegt in der Spüle.«

»Macht nichts. Ich habe mein eigenes dabei.« Aus einer Tasche seiner Lederhose zog er ein Springmesser und kniete sich auf den Boden. »Das kam mir gleich spanisch vor. Aber irgendwie ist es dir gelungen, meine Zweifel zu zerstreuen.«

»Wovon zum Teufel redest du?«

Nervös bemerkte Lukas, wie sich Damir Richtung Bett vorarbeitete. Hatte er einen konkreten Verdacht?

Die anderen Rocker beobachteten gebannt das Schauspiel.

»Da ist es! Ich hab's gewusst.« Damirs Stimme klang triumphierend. »Haltet ihn fest!«

»Da...«

Zwei grobe Hände umklammerten plötzlich Lukas' Arme.

»Hey! Was soll der Scheiß?«

Damir schob das Bettgestell beiseite. »Der Vermieter müsste mal den Boden abschleifen. Die Spalte zwischen den einzelnen Planken sind ja lebensgefährlich. Richtige Stolperfallen.« Er steckte die Messerspitze in die Lücke und hob die Laminatdiele an. »Was haben wir denn da? Einen versteckten Safe.«

»Ich kann das erklären.«

»Wie lautet die Zahlenkombination?«

»Könntest du ...«

»Wozu brauchst du einen geheimen Safe?«, schrie Damir.

»Ich habe dich nicht verraten«, versicherte Lukas.

»Du klingst wie Sven«, spie Damir verächtlich aus. »Nennst du mir den Code freiwillig, oder muss ich ihn aus dir herausprügeln?«

Der Klammergriff um Lukas' Arme verstärkte sich. Er nannte Damir den Zugangscode. Der tippte ihn ein, doch es ertönte lediglich ein hohes Summen.

»Verarsch mich nicht!«

»Du hast dich vertippt.« Lukas wiederholte Jeremias' Geburtsdaten.

Damir gab sie erneut ein. Diesmal erklang ein anderes Geräusch, und der Safe sprang auf.

»Interessant«, brummte der Anführer und holte ein transparentes Plastiktütchen heraus. »Bist du abhängig?« Er wedelte mit dem Koks vor Lukas' Nase herum.

»Davon? Ganz sicher nicht. Es hilft mir manchmal, auf Touren zu kommen.«

Die Männer, die ihn festgehalten hatten, ließen seine Arme los.

»Hast du das Zeug von uns abgezwackt?«

»Ich war nie im Drogenverkauf für dich tätig. Was du genau weißt. Das habe ich mir selbst besorgt.«

»Und versteckst es in einem Safe unterm Laminat? Ziemlich aufwendig.«

»Tja, dann bin ich eben paranoid. Aber wer für eine polizeibekannte Organisation arbeitet, sollte jederzeit mit Bullenbesuch rechnen. Ich will keine unnötigen Scherereien. Was du da in der Hand hältst, ist mehr als der erlaubte Eigenbedarf. Außerdem: Vielleicht hat uns meine Paranoia gerettet. Wer weiß, ob ich sonst die Russen rechtzeitig bemerkt und ihr Vorhaben durchkreuzt hätte.«

Wortlos öffnete Damir den Beutel, steckte seinen kleinen Finger hinein und rieb sich dann etwas von dem Pulver ans Zahnfleisch.

»Guter Stoff«, murmelte er. »Teuer?«

Lukas seufzte. »Du kennst die Marktpreise. Verdammt, ich bin nicht wie Sven. Ich arbeite nicht mit den Russen zusammen. Glaubst du mir jetzt endlich?«

Damir starrte ihn finster an. Lukas hielt dem Blick selbstbewusst stand.

»Du hast mich überzeugt.« Der Boss drückte ihm die Tüte in die Hand.

»Wie wundervoll!«, entfuhr es Lukas spöttisch.

»Beinahe zumindest«, schränkte Damir das Gesagte plötzlich wieder ein. Er ging ins Wohnzimmer, zog eine Schublade aus dem Schrank und kippte deren Inhalt auf den Boden. »Mir gefällt dein respektloser Ton nicht. Ist das klar?«, schrie er.

»Entschuldige«, flüsterte Lukas und senkte den Kopf, um seinen Respekt zu bekunden. »Ich war nur enttäuscht, dass du mir das zugetraut hast. Nach allem, was ich geleistet habe.«

»Kein Problem«, erwiderte Damir versöhnlich. »Das haben wir ja jetzt endgültig geklärt.« Er blickte auf die Wanduhr. »Sei um dreiundzwanzig Uhr im Club. Bis dahin habe ich entschieden, wie wir uns an den Russen rächen. Aber ich will von dir keine Ratschläge mehr hören. Das ist ganz allein meine Sache.«

»Kommt nicht wieder vor«, erwiderte Lukas kleinlaut.

Er gestattete sich fünf Minuten, in denen er einfach die Wohnungstür von innen anstarrte. Oh Gott, fast wäre er aufgeflogen!

Schließlich schlurfte er zur Couch und legte sich hin, um ein wenig zu entspannen.

Hätte er nach Damirs erstem Besuch nicht so ein ungutes Gefühl gehabt, wären seinem misstrauischen Boss jetzt der Laptop und das Handy in die Finger gefallen. Wahrscheinlich hätte er den Verräter ohne zu zögern erstochen. Oder gefoltert, um die ganze Wahrheit zu erfahren. Doch dank seiner Vorsicht konnte Lukas weiter ermitteln. Laptop und Handy lagen derweil sicher in einem Bankschließfach.

Wenigstens ein Punkt, den er vorläufig von der akuten Liste der zu lösenden Probleme streichen konnte. Trotzdem gab es keinen Grund, sich zurückzulehnen.

Der verdeckte Ermittler war sich absolut sicher, dass Damir den Hinterhalt vor der Bank und Svens Verrat rächen würde. Vielleicht schon sehr bald, was die Polizei unter enormen Zeitdruck setzte. Sollten sie die Banden hochnehmen, wie es Wilhelm Koch vorschwebte, oder die Entwicklung der nächsten Tage abwarten?

Lukas grübelte darüber nach, und in seine Überlegungen mischten sich immer wieder Gedanken an Carla und Simon. Ihretwegen beschloss er, Geduld zu haben. Wenn sie noch lebten, war er es Lisa schuldig, sie zu retten. Um die Hintergründe aufzuklären. Damit seine Partnerin nicht umsonst gestorben war.

18

Lukas stellte sein Auto auf einem für Mitarbeiter reservierten Parkplatz ab und musterte die kleine Schlange vor dem Eingang des Clubs. Feierwütige, die es kaum erwarten konnten, hineinzukommen, obwohl es noch recht früh war. Er lief an ihnen vorbei und begrüßte seine Türsteherkollegen Marjan und Steve mit einer angedeuteten Umarmung und brüderlichem Handschlag.

»Lange nicht gesehen«, meinte Steve.

»Hatte ein paar andere Aufträge auszuführen«, erklärte Lukas.

»Wir haben davon gehört«, sagte Marjan. »Respekt! Man hört wahre Lobeshymnen über dich.«

»Bisschen Glück war auch dabei«, wehrte er bescheiden ab.

»Und heute?«, fragte Steve.

»Der Boss will mich sehen. Ist er schon da?«

»Samuel?«, vergewisserte sich Marjan. »Sitzt mies gelaunt im Büro.«

»Eigentlich dachte ich an Damir.«

»Der ist noch nicht aufgetaucht«, erklärte Steve. »Kommt er denn? Wäre nämlich besser, wenn er uns nicht beim Quatschen erwischt.«

»Ja. Demnächst. Wieso hat Samuel schlechte Laune?«

»Kennst ihn doch. Die Zahlen von gestern haben ihm nicht gefallen.«

»An einem Werktag nichts Ungewöhnliches«, murmelte Lukas.

»Damir ist im Anmarsch«, warnte Marjan plötzlich, als ein Sportwagen in Sicht kam.

»Ich gehe rein. Vielleicht hat er uns ja noch nicht bemerkt.«

Lukas trat an die Tür und tippte den Sicherheitscode ein. Er durchquerte den düsteren Gang. Vorm Chefbüro standen zwei Wachmänner, die ihm öffneten. Sie waren die persönliche Leibgarde des Vizepräsidenten und immer vor Ort, wo er sich aufhielt. Ob sie die Bärte fast genauso lang wie Samuel trugen, um ihm zu schmeicheln?

»Hi, Lucky«, begrüßte ihn Samuel. »Zeit für den Gegenschlag. Die Russen müssen beseitigt werden, ehe wir die alten Pläne wieder aufnehmen können«

»Ist das so entschieden worden? Ich bin noch nicht in die Details eingeweiht.«

»Das wird sich gleich ändern.« Samuels Stimme klang nicht sonderlich begeistert.

Sollte Lukas versuchen, ihn auf seine Seite zu ziehen, um den Rockerkrieg zu verhindern? Allerdings würde Samuel kaum gegen Damir aufbegehren. Er war definitiv bloß der zweite Mann und hatte offenbar kein gesteigertes Interesse daran, die Gruppe anzuführen. Ein absolut loyaler Stellvertreter.

Samuel blickte zu den Monitoren, mit deren Hilfe er den Betrieb im Club im Auge behielt. Wegen der frühen Uhrzeit war die Tanzfläche bis auf ein paar egozentrische Solotänzer leer. An den verschiedenen Theken hatten sich aber schon einige Gäste versammelt.

Im Gang waren auf einmal Stimmen zu hören. Im nächsten Moment stürmte Damir herein, gefolgt von seinen beiden persönlichen Leibwächtern, die im Gegensatz zu den Kollegen keinerlei Gesichtsbehaarung trugen.

»Die dreckigen Russen drohen mir!«, rief er und warf die Tür hinter sich zu.

Samuel schaute ihn entgeistert an.

»Jemand hat mir eine anonyme E-Mail mit einem Foto geschickt.«

»Was ist darauf zu sehen?«, fragte Lukas.

»Eine hässliche Clownsfratze. Die wollen mir anscheinend Angst einjagen. Denen werde ich es zeigen!«

»Eine Clownsfratze?«, wiederholte der Polizist ungläubig.

»Ja. So eine Maske, wie wir sie bei dem Überfall benutzt haben. Die Botschaft ist eindeutig. Aber die Arschlöcher ficke ich heute Nacht.«

Bitte nicht, dachte Lukas verzweifelt. *Eine überstürzte Aktion würde uns alle in Lebensgefahr bringen.*

»Wo bleiben die anderen?« Ungeduldig tippte Damir auf seine luxuriöse Armbanduhr.

»Wann sollten sie hier sein?«, wollte Lukas wissen.

»Ist doch egal!«, brüllte Damir. »Ich bin hier. Du bist hier. Wo sind die anderen?«

Lukas verkniff sich die Bemerkung, dass er fast eine halbe Stunde zu früh eingetroffen war. In seinem momentanen Zustand war der Boss mit logischen Argumenten nicht zu erreichen.

»Ich behalte den Eingangsbereich im Auge«, erklärte Samuel und starrte auf einen Monitor. »Sobald ich die Jungs sehe, gebe ich Bescheid.«

»Gut«, erwiderte Damir und beruhigte sich etwas.

»Kannst du mich schon einweihen, was wir nachher durchziehen?«, erkundigte sich Lukas.

»Ich weiß, wo sich Igor in genau drei Stunden aufhalten wird«, flüsterte Damir. »Seine Grabstätte. Eine kleine, private Feier. Perfekt geeignet, um zuzuschlagen.«

»Du willst Igor liquidieren?«, fragte der verdeckte Ermittler entsetzt. Den gegnerischen Anführer zu töten, würde unweigerlich zum totalen Krieg zwischen den Rockerbanden führen. In einem solchen

Fall müsste er Koch hinzuziehen, um ein Blutbad zu verhindern.

»Ihn und seine Sippe. Eine andere Möglichkeit gibt es nicht, nach allem, was vorgefallen ist«, bestätigte Damir. »Sie hätten vor der Bank meine Leute abgeschlachtet, ohne mit der Wimper zu zucken. Ab sofort schießen wir zurück.«

»Wie viele Männer planst du ein?«, hakte Lukas nach.

»Wir stürmen zu zehnt.«

»Woher weißt du eigentlich, wo sich Igor aufhalten wird?«

Damir schüttelte unwirsch den Kopf. »Betriebsgeheimnis. Deine Fragerei nervt.«

Lukas musste raus, um Koch zu warnen. Es war seine verdammte Pflicht, die Stadt vor einem Rockerkrieg zu bewahren. Die Gefahr, dass es unschuldige Opfer geben würde, war zu groß.

»Verrätst du mir wenigstens den Ort? Dann schaue ich nach, ob wir da irgendwo in einen Hinterhalt geraten könnten. Ich würde mir das Gelände im Internet ansehen.«

»Habe ich schon gemacht und ...«

»Scheiße!«, flüsterte Samuel. Er starrte fassungslos auf einen der Monitore.

Lukas folgte seinem Blick. Im ersten Moment dachte er, seine Augen würden ihm einen Streich spielen. Er sah Steve reglos am Boden liegen, während Marjan die Hände in die Höhe streckte. Ein Mann mit Clownsmaske richtete eine Pistole auf sein Gesicht ...

und schoss. Das pixelige Kamerabild ersparte Lukas die grausamsten Details, trotzdem war der Anblick schrecklich genug.

»Sie kommen uns zuvor!«, brüllte er.

Die Eindringlinge liefen in Richtung der Tanzflächen. Was planten sie? Wollten sie ein Massaker anrichten? Oder kannten sie bloß nicht den richtigen Weg zu Damir?

Die Tür sprang auf. Die beiden dort postierten, bärtigen Wachmänner kamen – alarmiert von dem Geschrei – in den Raum, ihre Waffen im Anschlag.

»Wir müssen hier raus«, stieß Lukas hervor, ohne die Augen von den Bildschirmen zu nehmen. »Gibt es einen Notausgang, der möglichst weit von den Tanzflächen entfernt ist?«

Einige Clubgäste entdeckten die maskierten Gestalten. In Zeiten des Terrors hielt das niemand für einen schlechten Scherz. Panisch stieben sie auseinander, manche duckten sich hinter Barhockern und anderen Sitzgelegenheiten.

Einer der Angreifer zog einen Revolver und feuerte. Auf einem anderen Bildschirm sah Lukas, wie sich Rauchschwaden ausbreiteten. Womit schoss der Kerl, und was beabsichtigte er damit? Wollte er nur Panik unter den Gästen auslösen? Im Inneren des Clubs schien es bislang zumindest keine Todesopfer zu geben.

Die Männer mit den Clownsmasken schauten sich um. Der eine starrte direkt in eine Kamera, hob seine Pistole und drückte ab. Das Bild fiel abrupt aus.

»Es sind zwei Angreifer. Diese Bastarde erledige ich ganz allein!« Damir griff nach seiner im Schulterhalfter steckenden Waffe.

»Das ist zu riskant«, warnte Lukas ihn.

Mittlerweile zeigte der nächste Monitor digitales Schneegestöber. Blieben sechs übrig.

»Wahrscheinlich wollen sie uns nach draußen locken.«

»Es dauert noch höchstens fünf Minuten, bis die Bullen hier auftauchen«, widersprach Damir. »Geflohene Gäste werden sofort den Notruf wählen. Die dreckigen Russen haben keine Zeit, eine geschickte Falle aufzubauen.«

»Damir«, sprach einer der nicht-bärtigen Leibwächter den Boss an.

»Was ist?« Damir verfolgte lieber das Geschehen auf den Bildschirmen, als sich dem Mann zuzuwenden.

»Fahr zur Hölle!«

Lukas' Kopf ruckte herum. Der Typ, der vor wenigen Sekunden seine Waffe gezückt hatte, zielte plötzlich auf seinen Boss ... und erschoss ihn kaltblütig.

Der ohrenbetäubende Knall in dem geschlossenen Raum irritierte Lukas. Trotzdem zog er instinktiv seine Pistole und ging in Deckung. Der abtrünnige Bodyguard schaltete den neben ihm stehenden Kollegen mit einem gezielten Ellenbogenstoß ins Gesicht aus, dann richtete er die Pistole auf Samuel.

»Schlappschwanz!«, zischte der Verräter, während er auf den Vizepräsidenten zielte.

Der nächste Schuss ertönte. Tödlich getroffen sackte der Verräter zusammen. Die von Lukas' abgefeuerte Kugel hatte ihn in der Brust erwischt.

Doch nun war das Chaos perfekt. Samuel, seine Leibgarde und Lukas blieben im Raum übrig. Keiner von ihnen wusste, wem sie vertrauen konnten. Samuels bärtige Bodyguards nahmen Lukas ins Visier.

»Ich bin auf eurer Seite!«, rief der und hob die Hände.

Sekunden verstrichen, ohne dass etwas geschah. In der Zwischenzeit fielen zwei weitere Monitore aus. Was hatten die Angreifer vor?

»Ich bringe dich raus«, rief Lukas Samuel zu. »Du bist der neue Anführer. Ihr beiden verteidigt das Büro, bis die Bullen da sind.«

»Auf keinen Fall!«, schimpfte einer der Männer. »Ich gehe nicht in den Knast.«

»Lucky hat recht. Wir müssen abhauen!« Endlich nahm Samuel Vernunft an. »Hinter dem Regal ist eine Geheimtür.« Er betätigte einen Knopf an seinem Schreibtisch, und das Holzregal schwang zur Seite.

»Wir bleiben nicht hier zurück«, wiederholte der Bodyguard. »Samuel, wir sind immer in deiner Nähe. Uns kannst du vertrauen.«

»Die Zeiten ändern sich gerade«, sagte Lukas. »Aber ihr könnt mitkommen, vorausgesetzt, ihr lauft vor uns her.«

»Wieso?«

»Weil ich keinem Verräter die Chance gebe, mir in den Rücken zu schießen. Nichts für ungut.«

»Wichser!«

»Was ist mit Gunnar?« Der Leibwächter zeigte auf den bewusstlosen Kollegen.

»Der bleibt hier.«

Ohne weitere Diskussionen gingen die Männer voran. Lukas warf einen letzten Blick auf die noch funktionierenden Bildschirme. Die Angreifer liefen mittlerweile Richtung Ausgang. Flohen sie vor der anrückenden Polizei, oder hatten sie Insiderinformationen aus dem Chefbüro und wussten, dass sie Samuel und seinen Leuten den Weg abschneiden mussten? Vielleicht hatte der Überläufer eine Wanze getragen. Die Zeit reichte nicht aus, um ihn abzutasten.

»Wo steht dein Auto?«, fragte Lukas und packte Samuel am Arm.

»Auf dem hinteren Parkplatz.«

»Und wohin führt der Fluchtweg?«

»Zum hinteren Notausgang, dahin, wo mein Auto steht.«

Sie eilten den Gang entlang, der lediglich von drei matten Glühbirnen erhellt wurde.

»Diese Ratten haben Damir eliminiert!«, zischte Samuel wütend. »Das zahlen wir ihnen heim!«

»Erst mal müssen wir lebend hier rauskommen«, gab Lukas zu bedenken. »Eins nach dem anderen.«

»Das können wir ihnen nicht durchgehen lassen! Sonst sind wir raus aus dem Geschäft!«

Das seid ihr so oder so, dachte Lukas. *Morgen nehmen meine Kollegen alles auseinander. Jeder, der das hier überlebt, sitzt demnächst im Knast. Jeder, außer mir! Die Arbeit von zwei Jahren endet in einer einzigen, blutigen Nacht …*

»Du bist so still«, wunderte sich Samuel.

»Ich denke über unsere nächsten Schritte nach. Wir müssen klug handeln, wenn wir nicht wie Damir enden wollen.«

Draußen sicherten die Leibwächter bereits die Gegend. Sirenengeheul ertönte.

»Nichts zu sehen«, informierte sie einer der beiden.

»Werft eure Pistolen in den Gang«, befahl Lukas. »Und dann schnell weg!«

»Ich gehe bestimmt nicht unbewaffnet …«

»Wo stehen eure Karren?«, unterbrach Lukas ihn.

»Vorne!«

»Da kommt ihr jetzt nicht hin. Ihr müsst zu Fuß abhauen. In Samuels Wagen passen bloß zwei Personen. Falls euch die Bullen erwischen, wäre es dumm, Waffen dabei zu haben.«

»Er hat recht«, sagte einer der Männer, wischte den Pistolengriff an seinem T-Shirt ab und legte die Waffe vorsichtig auf den Boden. »Bist du einverstanden, Samuel?«

Der Vizepräsident nickte.

»Ich mache dich kalt, wenn du dahintersteckst«, zischte der andere Leibwächter Lukas zornig zu. Doch er folgte dem Beispiel seines Kollegen.

»Dito«, sagte Lukas. »Verschwindet! Wir melden uns so rasch wie möglich bei euch.«

Samuel widersprach nicht. Offenbar trat er die Führungsrolle bereitwillig an Lukas ab.

Die beiden rannten los. Lukas und Samuel wandten sich in die entgegengesetzte Richtung. Samuel angelte den Autoschlüssel aus seiner Hosentasche und kletterte in den Wagen.

»Wohin sollen wir fahren?«, fragte er.

»Sind wir bei dir zu Hause sicher?«, überlegte Lukas. »Oder haben sie dich womöglich ausspioniert?«

»Die Ratte wollte mich abknallen«, erinnerte Samuel ihn. »Spricht dafür, dass sie mich als lohnendes Ziel betrachten.«

»Okay. Dann zu mir. Den Wagen verstecken wir in meiner Garage. Wir müssen hier weg, bevor die Bullen die Straßen sperren.«

»Lucky, ich bin nicht blöd!«

Samuel startete den Motor. Schweigend fuhren sie durch die kleinen Nebenstraßen des Hafenviertels, in dem der Club lag. Nach ungefähr einem Kilometer bog Samuel auf die erste große Straße. Sie hatten freie Fahrt.

»Ich kapier das nicht. Zwischen uns und den Russen waren die Gebiete doch klar. Die Stadt war aufgeteilt. Es gab keine Probleme«, sinnierte Samuel. »Warum jetzt dieser Krieg? Das ergibt keinen Sinn!«

»Ehe wir überstürzt zurückschlagen, müssen wir die Hintergründe aufklären«, meinte Lukas. »Vielleicht ist irgendwas vorgefallen, das ihnen nicht gepasst hat. Damirs Griff nach den Wettlizenzen zum Beispiel.« Ratlos zuckte er mit den Achseln.

Doch plötzlich hatte er einen anderen Einfall. Eine alarmierende Idee. Die Russen waren erst in die Offensive gegangen, nachdem er die Waffe entdeckt hatte, mit der Lisa umgebracht worden war. Konnte es da einen Zusammenhang geben? Außer ihm und Wilhelm Koch wusste niemand davon. Oder hatte der Polizeirat jemanden einweihen müssen? Beispielsweise den Labortechniker, der die Kugeln überprüft hatte? Lukas musste Koch dringend danach fragen. Denn dunkel erinnerte er sich an einen Beamten aus dem Labor, der einen russischen Nachnamen trug. Hatte der seine Landsleute gewarnt? Steckte er mit ihnen unter einer Decke?

»Meine Kehle ist total ausgetrocknet«, murmelte Samuel.

Lukas drückte den Lichtschalter, und die Deckenlampe in der Diele ging an. »Die Küche ist da hinten, erste Tür links. Ich bin im Wohnzimmer.«

Erschöpft sank er in seinen Sessel. Am liebsten hätte er Koch aus dem Schlaf geklingelt. Sogar mit einem nicht gesicherten Handy. Das war allerdings unmöglich, solange Samuel alles mit anhören konnte. Also musste er warten. Vor seinem inneren Auge versuchte er ein Bild des Labortechnikers heraufzubeschwören, was ihm nur vage gelang. Selbst sein Name war ihm nicht richtig geläufig. Jaromir Sidorov oder so ähnlich?

»Nein!«, stöhnte Samuel in der Küche. Ein polterndes Geräusch drang an Lukas' Ohr. »Diese Schweine!«

Alarmiert sprang der Polizist auf und rannte zu ihm. Zuerst bemerkte er die zersplitterte Bierflasche.

Um Samuels Füße hatte sich eine gelbweiße Lache gebildet. Er hielt das Smartphone in der rechten Hand. Alle Farbe war aus seinem Gesicht gewichen.

»Was ist los?«, fragte Lukas besorgt.

»Sie haben Katja!«, wisperte Samuel.

»Wen?«

»Meine Tochter!«

Lukas nahm ihm das Handy ab. Auf dem Display war ein junges, wahrscheinlich noch minderjähriges Mädchen zu sehen, das gefesselt auf einem Stuhl hockte und mit panischem Blick in die Kamera starrte. Hinter ihr stand ein maskierter Mann, der ihr eine Kanone an die Schläfe presste. Das Telefon signalisierte den Eingang einer weiteren Nachricht. Lukas öffnete sie.

Du hast fünf Minuten, um zu antworten. Ansonsten stirbt sie. Aber nicht als Jungfrau.

19

»Diese Schweine!« Samuel zitterte am ganzen Körper.

»Was sollen wir antworten? Schnell!« Lukas hasste es, unter Zeitdruck handeln zu müssen. Andererseits half ihm vielleicht gerade dieser Umstand, Samuel zu beeinflussen.

»Gib mir das Handy!« Plötzlich klang Samuels Stimme viel entschlossener.

»Wie lautet deine Antwort?«

»Spinnst du? Was soll die Frage? Sie ist meine Tochter. Da gibt es keine zwei Möglichkeiten.«

»Lebt sie bei dir im Haus?«

»Natürlich nicht. Bei ihrer Mutter. Wir waren nie richtig zusammen. Das würde einen Mann in meiner Position zu angreifbar machen. Trotzdem haben wir eine enge Beziehung.«

»Wo ist ihre Mutter?«

Samuel sah ihn überrascht an. In diese Richtung hatte er offenbar noch nicht gedacht. »Weiß ich nicht«, gestand er.

»Ruf sie an!«

»Ich muss erst Katja retten. Uns wenigstens etwas Luft verschaffen.«

Lukas fiel auf, dass Samuel seinen Körper wieder unter Kontrolle hatte, als er die Nachricht an den Entführer tippte.

»Liest du es mir vor, bevor du es abschickst?«

»Ich hab mich kurz gefasst: *Was verlangst du?*«

Lukas nickte zustimmend.

»Dein Telefon«, bat Samuel. »Ich will versuchen, Maria zu erreichen.«

Lukas gab es ihm. Samuel kannte die Nummer auswendig. Während er sich das Mobiltelefon ans Ohr hielt, starrte er auf sein eigenes Smartphone, um zu sehen, ob sich der Entführer erneut meldete.

»Maria, wo bist du?«, fragte er.

Die Frau sprach so laut, dass Lukas sie problemlos verstand.

»Sam, was ist das für eine komische Telefonnummer? Hast du einen neuen Anschluss?«

»Wo bist du?«, wiederholte er ungeduldig.

»Mit Freundinnen in Mailand. Wieso interessiert dich das?«

»Und Katja?«

»Zu Hause.«

»Du hast sie allein gelassen?«, rief er empört.

»Spinnst du? Sie ist sechzehn und kein Baby mehr. Was willst du von ihr? Wieso rufst du sie nicht direkt an?«

Samuel riss seine Augen schreckerfüllt auf. »Okay«, flüsterte er, ohne den Blick von seinem Smartphone zu nehmen. »Dann probiere ich es bei ihr.« Grußlos trennte er die Verbindung.

»Hat der Entführer eine neue Botschaft geschickt?«, fragte Lukas.

»*Du kommst allein zu uns. Damit wir übers Geschäftliche reden können. Schließlich bist du nun der erste Ansprechpartner, da dein Boss ja tot ist.*« Samuel schaute Lukas verwirrt an. »Woher wissen sie davon?«

»Der Verräter könnte eine Wanze getragen haben«, spekulierte Lukas. »Oder sie hören den Polizeifunk ab. Vielleicht schmieren sie sogar die Bullen.«

»Ich antworte schnell, dass ich einverstanden bin.«

»Das ist verrückt. Es ist hundertprozentig eine Falle. Ihr werdet das beide nicht überleben!«

»Es ist meine einzige Chance, sie zu retten. Mein Mädchen! Ich erschieße uns lieber eigenhändig, als dass ich sie ihnen kampflos überlasse.«

»Samuel, das ist absoluter Wahnsinn!«

»Vielleicht lassen sie uns laufen, wenn ich ihnen zusichere, mich aus dem Geschäft zurückzuziehen. Ich könnte ihnen wichtige Informationen geben. An den Club kommen sie ohnehin nur mit meiner Unterschrift. Ich bin der Geschäftsführer.«

»Ich kann dich da nicht als Ein-Mann-Rettungsmission rausboxen.«

»Das erwarte ich gar nicht.« Abgelenkt blickte er auf sein Handy.

»Die Adresse?«, riet der Polizist.

»Ja. Ich habe eine Stunde Zeit. Das wird verdammt knapp. Liegt weit außerhalb. Und ich muss damit rechnen, dass es Straßensperren gibt.«

»Wie lautet die Adresse?«

»Ich ziehe das alleine durch.«

»Wohin sollst du kommen? Vielleicht fällt mir irgendwas ein. Ich kann dir aber nichts versprechen.« Hoffentlich nahm ihm Samuel die Fürsorge ab. Lukas musste die Adresse herausbekommen. Koch würde sie benötigen.

Tatsächlich nannte Samuel ihm die Adresse. Dann gab er Lukas das Handy zurück. »Du warst ein verlässlicher Mann. Loyal. Versuch, diese Nacht zu überstehen! Fang am besten ein neues Leben an.« Er umarmte ihn andeutungsweise. »Hast du die Garage abgeschlossen?«

»Sie ist offen.«

»Mach's gut, Lucky.«

Hastig verließ er die Küche, ohne sich noch einmal umzudrehen.

»Ich habe vor drei Jahren ein neues Leben angefangen«, flüsterte Lukas, nachdem Samuel die Wohnungstür zugezogen hatte. »Und das hat mich genau hierhin gebracht.«

Fieberhaft dachte er nach. Er musste handeln. Durch das geöffnete Küchenfenster drang das Motorgeräusch eines Sportwagens zu ihm hoch. Samuel befand sich nun ohne jegliche Unterstützung auf einem Himmelfahrtskommando.

Sekunden verstrichen. Der Laptop und das geheime Kommunikationshandy lagen in einem Bankschließfach. Unerreichbar um diese Uhrzeit – die Bank hatte geschlossen. Konnte er Koch trotzdem irgendwie alarmieren?

Das Ticken der Küchenuhr unterstrich die Dringlichkeit. Wenn die russische Bande etwas über die Entführung wusste, musste er eingreifen. Jetzt oder nie! Nach einer solchen Nacht würden sich beide Gangs zurückziehen und ihre Wunden lecken. Wer wusste schon, ob er je wieder eine so aussichtsreiche Spur zu den Holtzmann-Kindern fand? Die Russen hatten die Waffe in ihrem Besitz gehabt, die Lisa zum Verhängnis geworden war. Das konnte kein Zufall sein! Außerdem: Was hatte er nach den letzten Stunden noch großartig zu verlieren? Ob er den Polizeirat aus dem Bett klingelte? Oder wartete der wegen der Schießerei im Club ohnehin auf eine Nachricht?

Das Freizeichen erklang. Tatsächlich ging Koch innerhalb weniger Augenblicke dran.

»Wer stört mich?«

»Dein verlorener Sohn.«

»Warum kontaktierst du mich von einem anderen Anschluss?«, fragte Koch.

»Das Kommunikationshandy liegt im Bankschließfach. Eine Vorsichtsmaßnahme, die mir übrigens das Leben gerettet hat. Hast du von der Schießerei gehört?«

»Natürlich. Die Drähte laufen heiß. Ich habe mit deinem Anruf gerechnet. Was weißt du über die Situation?«

Lukas fasste seinen Wissensstand zusammen.

»Jolic ist tot, und Samuel Dragic werden sie als Nächstes eliminieren. Unfassbar«, murmelte Koch. »Ich habe dir gesagt, das gibt einen blutigen Rockerkrieg.«

»Die Russen haben ihn innerhalb einer Nacht für sich entschieden. Wenn sie Samuel töten, hat die Organisation keinen Kopf mehr. Dann ist die Truppe erledigt.«

»Was soll ich deiner Meinung nach machen?«

Lukas nannte ihm die Adresse, zu der Samuel aufgebrochen war. »Wie schnell kannst du ein mobiles Einsatzkommando dorthin beordern?«

Koch überlegte kurz. »Wir haben einige Einheiten vorsorglich in Alarmbereitschaft versetzt. Von der Zentrale aus dürften sie es in einer halben Stunde schaffen. Maximal fünfundvierzig Minuten.«

»Damit knapp in dem Zeitfenster, das Dragic zur Verfügung steht. Ihr solltet das Quartier stürmen. Möglichst viele russische Gangmitglieder hochnehmen. Wir müssen weitere Verbrechen verhindern.«

»Du hast recht.«

»Außerdem bin ich inzwischen überzeugt, dass sie hinter der Entführung der Holtzmann-Kinder stecken.«

»Wird das zur fixen Idee?«, murrte Koch. »Es gibt keinerlei Anhaltspunkte, die darauf hindeuten.«

»Vertrau bitte meinem Instinkt. Je mehr von denen ihr lebend schnappt, desto besser.«

»Alles klar. Ich setze das MEK in Bewegung. Werden sie dich dort antreffen? Schaffst du es vor ihnen?«

»Ich halte mich fern.«

»Wieso das?«, wunderte sich Koch.

»Ich will meine Tarnung noch nicht aufgeben. Das wäre zu früh.«

»Lukas, ich fände es beruhigend, wenn du als Kontaktmann vor Ort wärst. Um die Leute zu identifizieren.«

»Das ist nicht nötig. Nehmt sie einfach alle fest. Ihr könnt mir hinterher aufs Handy oder per Mail Fotos von den Russen schicken. Dann schaue ich, wen ich ...«

»Ende der Diskussion. Du kommst dahin. Das ist eine Anordnung.«

»Wilhelm, ich habe mein Auto nicht hier.«

»Wieso denn nicht?«

»Es steht in der Nähe des Clubs. Ich bin zusammen mit Dragic abgehauen.«

»Scheiße!«

»Wir verlieren zu viel Zeit. Das MEK muss los!«

»Ich erwarte, dich jederzeit zu erreichen.«

»Momentan nur über diese Nummer.« Lukas beendete das Gespräch.

Kurz darauf schob er sein Motorrad aus der Garage. Gut, dass Koch nicht an diese Möglichkeit gedacht hatte. Das Verhalten des Polizeirats war äußerst mysteriös. Warum bestand er darauf, dass Lukas seine Fassade aufgab? Er startete die Maschine. Zwar wollte er nicht unmittelbar am Schauplatz des Geschehens auftauchen, doch wenigstens würde er aus einiger Entfernung alles beobachten.

***

Lukas schaffte die Strecke innerhalb von sechsunddreißig Minuten. Er hatte die schnellste Route gewählt – ohne irgendwo auf Straßensperren zu stoßen.

Rund einen Kilometer vor dem Ziel fuhr er in eine kleine Seitenstraße und holte ein Fernglas mit Nachtsichtfunktion aus seinem Rucksack. Die Bebauung in dieser Gegend war locker, sodass er freie Sicht hatte. In dem Haus brannten vereinzelt Lichter. Drei Fahrzeuge standen vor dem zweigeschossigen Gebäude – eines davon war Samuels Sportwagen.

Von einem mobilen Einsatzkommando hingegen war nichts zu sehen.

Er senkte das Fernglas. Wo blieben die Kollegen?

Als er langsam unruhig wurde, hörte er das unverkennbare Geräusch eines Einsatzwagens, dem ein

Streifenwagen folgte. Die beiden Fahrzeuge rasten an ihm vorbei. Lukas beobachtete, wie sie sich dem Haus näherten, in dem Samuel wahrscheinlich gerade um das Leben seiner Tochter feilschte. Ob das MEK die beiden unversehrt würde retten können?

Plötzlich leuchtete Mündungsfeuer auf, das Lukas im Nachtsichtgerät schmerzhaft grell vorkam.

»Scheiße!«, flüsterte er entsetzt.

Der Mannschaftsbus schlingerte und wurde von zwei Seiten angegriffen. Ungefähr hundert Meter vom Unterschlupf entfernt kauerten anscheinend bewaffnete Vorposten, die nun die Polizeifahrzeuge mit Maschinengewehren beschossen. Das vordere Fahrzeug stoppte, aus dem Fenster erwiderte jemand das Feuer.

Dann knallte der Streifenwagen in das Heck des Transporters.

»Fuck! Fuck! Fuck!«

Die Beifahrertür des Polizeiautos öffnete sich, ein Mann stürzte hinaus. Lukas sah hilflos mit an, wie der Kollege noch eine Weile zuckte, ehe er leblos liegenblieb. Das Maschinengewehrfeuer hatte ihn durchsiebt.

Danach konzentrierte sich der Vorposten auf den Mannschaftsbus. Ein heftiger Schusswechsel folgte, der Lukas als Beobachter endlos zu dauern schien. Zunächst wurden die Polizisten unter Kreuzfeuer genommen, bis endlich der auf der linken Seite postierte Gegner ausgeschaltet war.

Drei bewaffnete Einsatzbeamte verließen das Fahrzeug und stoben auseinander. Sie pirschten sich aus verschiedenen Richtungen an den verbliebenen Feind heran, der ohne klar definiertes Ziel unterlegen war und stoßweise feuerte.

Eine gleißend helle Explosion zerriss die Finsternis. Lukas wandte das Gesicht ab und senkte sein Fernglas. Der Vorposten hatte sich geopfert und eine Handgranate gezündet. Lukas rieb sich die Augen und hielt nach den Polizisten Ausschau. Zwei Männer schienen die hinterhältige Aktion überlebt zu haben. Wie viele waren sie ursprünglich gewesen? Zehn?

Eine Bewegung am Unterschlupf der Russen erregte Lukas' Aufmerksamkeit. Männer stürmten aus dem Gebäude. Wollten sie die übrigen Einsatzkräfte erledigen? Musste er eingreifen? Sich in einen sinnlosen Kampf stürzen, der fast sicher seinen Tod bedeutete?

Die überlebenden Polizisten witterten die Gefahr und zogen sich hinter den Mannschaftsbus zurück. Doch die Gangmitglieder hatten anderes im Sinn. Sie stiegen in zwei bereitstehende Autos und rasten davon.

Lukas stopfte das Fernglas in den Rucksack und sprang auf sein Motorrad. Er musste in Erfahrung bringen, wohin sie unterwegs waren. Sein Gespür vermutete, dass er dort aufklären konnte, ob die Russen in die Entführung der Holtzmann-Kinder verwickelt waren. Als er die Stelle passierte, wo die Granate explodiert war, versuchte er, die am Boden liegenden Kollegen zu ignorieren. Die Schuldgefühle würden ihn später überwältigen; vorläufig musste er sie ausblenden, um funktionieren zu können. Genauso wie er die

Versuchung unterdrückte, im Gebäude nach Samuel und Katja zu suchen. Die Russen hatten sich als äußerst brutal erwiesen. Wahrscheinlich konnte er dem Vizepräsidenten und seiner Tochter ohnehin nicht mehr helfen.

Stattdessen heftete er sich an die Fersen der Flüchtenden. Ohne das Licht einzuschalten, raste er ihnen hinterher. Auf gerader Strecke ließ er ihnen ungefähr einen halben Kilometer Vorsprung. Als sie jedoch durch ein kurviges Waldgebiet fuhren, reduzierte er den Abstand auf zweihundert Meter, um sie unter keinen Umständen zu verlieren.

Ob die Polizei mit einem massiven Großaufgebot reagierte? Vielleicht konnte er Koch kontaktieren, sobald er wusste, wohin die Russen sich zurückzogen. Fünfzig oder sechzig Einsatzkräfte, die das Versteck aushoben. Um jegliches Risiko auszuschließen, dass der Einsatz so verlustreich endete wie der vorherige. Heute Nacht hatte es bereits zu viele Tote gegeben.

Das erste der beiden Fahrzeuge bog in einen Waldweg ab, das zweite stoppte allerdings an der Zufahrt. Lukas bremste scharf ab und holte das Nachtsichtgerät heraus. Zwar waren ihm einige Bäume im Weg, trotzdem erkannte er zwei feindliche Rocker, die aus dem Wagen stiegen und mit Maschinengewehren im Anschlag auf Verfolger warteten. Einer von ihnen schien der Russe zu sein, der ihn bei dem Waffendeal beinahe enttarnt hätte.

Es dauerte über zwanzig Minuten, bis sie überzeugt waren, dass keinerlei Gefahr drohte. Sie stiegen wieder in den Wagen und bogen ebenfalls in den unbefestigten Weg ein. Lukas fuhr vorsichtig hinter ihnen her. Hatten die Russen ein Geheimversteck mitten im Wald?

Kurz darauf schien die Frage beantwortet. Zwei Autos parkten vor einer etwa fünfzehn Meter breiten Holzhütte. Ein Wachmann stand mit einem Maschinengewehr im Anschlag an der Tür. Doch wo waren die anderen Männer? Lukas hatte sechs Personen aus dem Unterschlupf stürmen sehen. Er musste sich davon überzeugen, dass sie alle hier versammelt waren und nicht die Hütte bloß als Zwischenstation benutzt hatten, bevor er Koch informierte. Zu diesem Zweck müsste er allerdings den Wachposten ausschalten.

Lukas legte das Motorrad auf den Boden und bedeckte es teilweise mit Laub. Dann marschierte er los. Statt den direkten Weg zu wählen, schlug er sich zunächst seitlich durchs Gebüsch. Ob hinter dem Gebäude ein weiteres bewaffnetes Gangmitglied ausharrte? Oder schützten sie nur den Vordereingang, da bloß dort die Gefahr bestand, dass Fahrzeuge bis an die Hütte heranfuhren?

20

Lukas schaute auf die Uhr. Er wartete nun seit einer Stunde. In der Hütte war keinerlei Aktivität auszumachen – was ihn irritierte. Verschanzten sich die Russen gar nicht hier?

Er überprüfte erneut sein Handy, das er vor geraumer Zeit lautlos gestellt hatte. Koch hielt es offenbar nicht für nötig, ihn über die Verluste zu informieren. Ob der Polizeirat ihn schützen wollte? Immerhin wusste er genau, wie sehr Lukas immer noch unter dem Tod seiner Partnerin litt. Aber was brächte eine solche falsche Rücksichtnahme?

Er schaltete das Telefon aus. Jede gedankliche Ablenkung gefährdete die Unternehmung. Momentan lauerte er in einem Gebüsch ungefähr zwanzig Schritte hinter der Hütte. Lukas zog die Pistole aus dem Gürtel, umklammerte sie mit der rechten Hand und robbte vorwärts. Zwischendurch stoppte er mehrfach, um die Umgebung zu mustern. Mögliche Gegner waren im grünen Schein des Nachtsichtgeräts nicht zu sehen.

Schließlich war er noch zwei Meter entfernt. Er erhob sich und lief geduckt zu einem Fenster ohne Vorhang. Im Inneren der Hütte war es stockfinster. Trotz des Nachtsichtgeräts konnte er nichts erkennen.

Er schlich an dem Holzgebäude entlang und spähte um die Ecke. In wenigen Sekunden würde sich zeigen, ob das intensive Kampfsporttraining der letzten Jahre etwas gebracht hatte.

Er rannte los. Der Russe bemerkte ihn erst, als Lukas die Hälfte der kurzen Strecke zurückgelegt hatte. Panisch versuchte der Wachmann, seine Waffe auf den Angreifer zu richten. Lukas kam ihm zuvor, visierte seinen Kehlkopf an und schlug zu. Er traf die empfindliche Stelle perfekt. Der Kerl stöhnte auf, und sein Kopf zuckte nach hinten. Im nächsten Moment kassierte er einen Tritt gegen das linke Knie. Ein Kinntreffer beförderte ihn schließlich ins Reich der Träume. Eilig tastete der Polizist den Mann ab. Zu seiner Freude fiel ihm ein Elektroschockgerät in die Hände. Er schleifte den reglosen Russen zu einem Baum, holte einen Kabelbinder aus dem Rucksack und fesselte ihn. Damit sich der Kerl nicht zu schnell erholte, jagte Lukas einen Stromstoß durch seinen Körper.

Was erwartete ihn in der Hütte?

Die Waffe nach vorn gerichtet, stieß er die Tür auf. Er war bereit, zu töten, wenn es sich nicht vermeiden ließ. Die Russen hatten gnadenlos fast ein gesamtes Einsatzkommando ausgelöscht.

In der dunklen Hütte erwartete ihn jedoch niemand. Überrascht angelte Lukas nach seinem Smartphone und schaltete die Taschenlampe ein. Rasch entdeckte er eine im Boden eingelassene, geschlossene Klappe.

Wie sollte er mit der gegnerischen Übermacht fertig werden, wenn die Männer vorgewarnt wären?

Er schaute sich in dem ebenerdigen Raum um, in dem es einen großen Küchenbereich mit erstaunlich gut gefülltem Kühlschrank gab. Außerdem einen Schlafraum. Handschellen am Metallgitter des Betts erregten seine Aufmerksamkeit. Wofür benutzten die Gangster das Versteck? Lukas trat näher und sah neben kleinen Blutspritzern einen auffälligen weißen Fleck auf dem grauen Bettlaken.

Einen Teil ihrer Einnahmen erzielten die Russen Gerüchten zufolge mit Zwangsprostitution. Auch wenn es nie eine Verurteilung deswegen gegeben hatte. Bereiteten sie die unglücklichen Opfer in diesem Waldversteck darauf vor? Lukas' Hass, genährt von den Ereignissen der Nacht, wuchs ins Unendliche.

Er suchte den Rest des Erdgeschosses ab. Als er in einem Schrank Blendgranaten fand, lächelte er zufrieden. Zwei davon steckte er in seine Jackentaschen. Kaum hatte er die Schranktür wieder geschlossen, hörte er ein verräterisches Knarzen. Sofort zog er sich in einen von der Luke aus uneinsehbaren Bereich zurück.

Jemand hatte die Klappe geöffnet und kam zu ihm hoch. Vorsichtig linste der Polizist um die Ecke. Ausgerechnet Vladimir, der Russe, der ihn fast enttarnt hätte! Ob er den Wachmann draußen ablösen sollte?

Statt zur Tür ging Vladimir allerdings zum Kühlschrank. Während er ihn öffnete, schlich sich Lukas an. Plötzlich fuhr der breitschultrige Mann herum und griff nach seiner Waffe. Doch Lukas' Anblick ließ ihn einen kurzen Moment innehalten. Ein fataler Fehler.

»Du?«

Im nächsten Moment war Lukas nah genug an ihn herangekommen, um ihn mit dem Elektroschocker außer Gefecht setzen zu können. Wie ein gefällter Baum stürzte der Kerl um. Lukas fing ihn rechtzeitig auf, um ein verräterisches Poltern zu vermeiden. Auch ihn fesselte er mit einem Kabelbinder und stopfte ihm zusätzlich ein Geschirrtuch in den Mund.

Blieben im günstigsten Fall vier Gegner übrig.

»Vlad, wo bleibst du?«, ertönte von unten eine herrische Stimme. »Ich hab Durst!«

»Komme«, grunzte Lukas und lief zu der Klappe im Boden.

»Vlad?«, fragte jemand. »Alles okay?«

Offenbar hatte er die Stimme des Leibwächters nicht glaubhaft imitiert. Lukas zog eine der Blendgranaten aus seiner Hosentasche, löste den Sicherheitshebel und warf sie in die Luke.

»Scheiße!«, brüllte ein Russe. »Granate!«

Der Wurfkörper explodierte und tauchte den unterirdischen Raum in grelles Licht. Lukas sprang auf der Klappleiter nach unten, verlor fast das Gleichgewicht und landete unsanft auf dem Boden. Einer der Russen war ins Straucheln geraten und hingefallen. Lukas betäubte ihn mit dem Elektroschocker. Dann schleuderte er die zweite Granate und wandte den Blick ab. Nachdem sie explodiert war, drehte er sich um. Nun hieß es eins zu drei. Er hockte sich hin, um sich einen Überblick zu verschaffen. Zwei Bodyguards hatten sich schützend vor Igor aufgebaut. Sie hielten ihre Pistolen vor sich, schienen aber in ihrem Sehvermögen noch eingeschränkt zu sein.

Lukas schoss. Er traf einen der Leibwächter am Oberschenkel. Der Mann ging sofort zu Boden. Geistesgegenwärtig feuerte der andere auf die Geräuschquelle. Kugeln zischten über Lukas hinweg.

Das hier würde er nur überleben, wenn er kein Erbarmen zeigte. Er zielte und jagte dem verbliebenen Leibwächter eine Patrone in die rechte Schulter, sodass dem die Pistole aus der Hand glitt. Igor, der offensichtlich unbewaffnet war, machte Anstalten, danach zu greifen. Doch Lukas preschte vor und trat zu. Er erwischte Igor am Kinn. Der Bandenchef wurde nach hinten geschleudert – außerhalb der Reichweite der Waffe.

»Keine Bewegung!«, schrie der verdeckte Ermittler. »Sonst knall ich dich ab!«

Blitzschnell versetzte er den beiden verletzten Bodyguards Stromstöße. Das würde ihm Zeit verschaffen.

»Was willst du? Deinen Boss rächen? Dafür kommst du zu spät! Dein Präsident und sein Stellvertreter sind tot!«, höhnte Igor.

Lukas' Hand zuckte. Er wollte dem Russen eine Stromladung ins Gesicht schießen, doch das Gerät war leer. Außer einem schwachen Knistern gab es nichts mehr von sich. Frustriert schlug der Polizist zweimal zu. Igor sackte zusammen.

Schwer atmend holte Lukas weitere Kabelbinder aus dem Rucksack. Nachdem alle Gegner gefesselt waren, überprüfte er die Vitalfunktionen der beiden angeschossenen Leibwächter. Sie lebten. Aus der Hose des am Bein getroffenen Mannes quoll jedoch eine Menge Blut. Lukas löste seinen Gürtel und band damit die Arterie ab.

Jetzt konnte ihm Igor Rede und Antwort stehen. Um den Russen aus der Bewusstlosigkeit zu holen, kniff er ihn knapp unterhalb der Achselhöhle kräftig in die Haut. Die Augenlider des Gefangenen flatterten. Orientierungslos scannten seine Augen die Umgebung.

»Schön wach bleiben!« Lukas verpasste ihm eine schallende Ohrfeige.

»Was willst du?«, zischte der Bandenchef hasserfüllt.

»Erklärungen! Warum hast du diesen Krieg angezettelt?«

Igor spuckte verächtlich aus. »Als würde ausgerechnet dich das interessieren.«

Die Wortwahl verwunderte Lukas. Was wollte der Russe damit andeuten?

»Sie waren meine Familie«, behauptete er. »Samuel. Damir. All die anderen.«

Trotz seiner misslichen Lage betrachtete Igor ihn abfällig. »Lügner!«

»Antworte mir!« Lukas schlug dem Gefesselten hart ins Gesicht. Blut floss aus dessen Nase.

»Sie sind uns in die Quere gekommen. Drogen, Nutten – scheißegal, da gibt es genug für alle zu verdienen.« Igor leckte sich das Blut von der Oberlippe und verstummte.

Doch Lukas ahnte, worauf er anspielte. »Die Versteigerung der Wettlizenzen. Du wolltest einen Konkurrenten ausstechen.«

Igor lachte hämisch. »Damir konnte seine Klappe nicht halten. Hat mich überhaupt erst auf die Idee gebracht. Eine legale Gelddruckmaschine. Perfekt! Aber das konnte ich nicht mit ihm teilen.«

Mehr brauchte der Polizist nicht zu wissen. Für solche Verbrechen war das BKA zuständig. Oder Europol. Um ihn zu ängstigen, drückte er dem Russen die Pistolenmündung an die Stirn.

»Jetzt brauche ich noch eine Information von dir. Wie seid ihr in den Besitz dieser Waffe gelangt?«

Er nahm die Pistole herunter und hielt sie dem Gefesselten dicht vor die Augen.

»Woher soll ich das wissen?«

»Ihr habt sie uns verkauft.«

»Und?«

»Was weißt du über Simon und Carla Holtzmann?«

Täuschte er sich, oder war Igors fragender Blick geschauspielert?

»Wer soll das sein?«

»Lüg mich nicht an!«, schrie Lukas. Wieder presste er Igor die Pistole an die Stirn.

»Drück ab, wenn du dich traust.«

»Das ist deine letzte Chance!«

»Ich weiß nicht, wovon du redest.«

»Simon und Carla. Vor drei Jahren verschleppt. Spurlos verschwunden. Was habt ihr mit ihnen gemacht?«

»Kinder? Erwachsene?«

»Ein achtjähriger Junge und seine siebzehnjährige Schwester.«

»An dem Mädchen hätten wir vielleicht Interesse. Aber Jungs? Nein!«

Erneut schlug Lukas zu. Diesmal fehlte es ihm jedoch an Kraft. »Diese Pistole hier ist im Rahmen der Ermittlungen aufgetaucht. Also muss einer von euch mit der Sache zu tun haben. Wer?«

»Du verstehst es nicht. Wir handeln mit dem Zeug, das Ding könnte von sonst wem stammen.«

Lukas trat einen Schritt zurück. Sagte der Russe die Wahrheit? Seine Hoffnung, eine Spur zu den entführten Kindern zu finden, bekam einen empfindlichen Dämpfer. Er wandte sich ab und ging in Richtung der Klapptreppe.

»Was hast du vor?«, rief ihm Igor hinterher.

Lukas stieg auf die erste Sprosse.

»Du wirst deine Kollegen alarmieren, stimmt's? Du mieser Bulle!«

Fassungslos drehte sich Lukas um. »Was hast du gesagt?«

»Du bist ein Bulle!«

»Woher willst du das wissen?«

»Du hast dich gerade selbst verraten. Du hast von *Ermittlungen* gesprochen. Warum sonst würdest du dich für entführte Kinder interessieren? Du hast nicht nachgedacht.«

Wie konnte er bloß so dumm sein? »Fick dich!«

»Nein! Das werde ich mit deiner Familie machen. Mit allen, die dir wichtig sind. Wie lange warst du undercover? Du hast bestimmt Familie, oder?«

»Drohst du mir?«, schrie Lukas und überbrückte die Distanz zwischen ihnen in Sekundenschnelle.

»Sie sind so gut wie tot. Das verspreche ich dir. Ich werde herausfinden, wer dir am Herzen liegt.«

Lukas drückte dem Russen erneut die Mündung an die Stirn.

»Das traust du dich nicht!«

»Willst du wetten?«

Der an der Schulter getroffene Leibwächter stöhnte. Anscheinend kam er allmählich zu sich.

***

Auf der Flucht aus dem Wald dachte Lukas über seine Optionen nach. Mittlerweile hatte Koch zweimal versucht, ihn zu erreichen, doch das war nebensächlich.

Schwebte Jeremias in Gefahr? Nicht, wenn es der Polizei gelang, Igor zu verhaften und die russische Bande zu zerschlagen. Diejenigen, die entkamen, hatten hoffentlich Besseres zu tun, als den Sohn eines verdeckten Ermittlers aufzustöbern.

Oder war das eine trügerische Hoffnung?

Ihm schwirrte der Kopf. Was war richtig, was falsch? Der Polizeirat sollte entscheiden, ob Lukas' Familie geschützt werden musste oder nicht.

Zwei Kilometer von der Waldhütte entfernt, schickte er Koch zunächst die GPS-Koordinaten des Verstecks. Anhand der Daten könnte sein Vorgesetzter rasch ein Einsatzkommando hinschicken. Das System signalisierte Lukas, dass der Polizeirat die Nachricht empfangen hatte. Er berührte das Anrufsymbol.

»Was sind das für Koordinaten?«, fragte Koch aufgeregt. »Wo warst du? Ich habe versucht, dich zu erreichen. Der ganze Scheiß ist uns entglitten.«

»Ich weiß«, flüsterte Lukas.

»Was weißt du?«

»Die Russen haben fast das komplette Einsatzkommando ausgeschaltet. Wie viele sind gestorben?«

»Sieben. Ein Mann wird gerade notoperiert. Wird es wohl nicht schaffen. Aber wir haben eine Nachrichtensperre verhängt. Woher weißt du also davon?«

»Ich hab das Ganze heimlich beobachtet. Konnte es jedoch nicht verhindern.« Stichwortartig erzählte er von den letzten Stunden.

»Und du bist ihnen allein gefolgt und hast sechs Mann ausgeschaltet?«

Lukas fuhr mit seiner Berichterstattung fort. »Ihr findet sie dort. Einsame Waldhütte. Unterirdische Räume. Haben sie vermutlich eigenhändig angelegt. Igor wusste übrigens, dass ich Polizist bin.«

»Verdammt!«

»Du sagst es!«

»Und jetzt?«

»Wir müssen die Bande zerschlagen. Bevor jemand auf die Idee kommt, meinen Sohn zu bedrohen. Igor hat so was angedeutet. Glaubst du, er meinte es ernst?«

»Nein«, erklärte Koch nach ein paar Sekunden Bedenkzeit. »Bestimmt wollte er dir bloß Angst einjagen.«

»Hoffentlich hast du recht.«

»Deine Tarnung ist aufgeflogen. Sobald wir die Operation abgeschlossen haben und die Russen anklagen, wirst du ins normale Leben zurückkehren. Deine Exfrau und dein Sohn erfahren davon. Das ist unvermeidlich. Du wirst unter anderem vor Gericht aussagen müssen. Bist du bereit dazu?«

Lukas antwortete nicht.

»Es könnte die Chance für einen Neuanfang sein«, tröstete ihn Koch. »Ich kümmere mich jetzt um das Versteck. Und die Kollegen laufen wirklich keine Gefahr, in einen erneuten Hinterhalt zu geraten?«

»Ich habe die Russen ausgeschaltet und gefesselt. So schnell befreien die sich nicht. Soll ich hier warten, um die Kollegen zu warnen, falls hier weitere Gangmitglieder auftauchen?«

»Nein«, entschied der Polizeirat. »Ich will dich vorläufig aus der Schusslinie haben. Fahr nach Hause. Ich melde mich bei dir. Das Einsatzkommando braucht sicher nicht lange.«

»Okay.« Lukas trennte die Verbindung.

Nachdenklich startete er die Maschine. In Gedanken war er bei seinem Sohn. Wie würde der Junge auf die Nachricht reagieren, nachdem er drei Jahre lang in dem Glauben gewesen war, sein Vater sei bei einem Einsatz gestorben?

Wäre er schockiert? Könnte er ihm die damalige Entscheidung jemals verständlich machen?

Lukas spürte, dass ihn die Vorstellung eines möglichen Wiedersehens mit Jeremias fast mehr ängstigte als es die Konfrontation mit Igors Truppe getan hatte. Er hatte Jenny in den letzten Jahren nie gestalkt. Niemals ihre sozialen Profile überprüft. Er hatte gar nicht wissen wollen, was sie über sich und ihren Sohn preisgab. Nur so hatte er die Isolation ertragen. Und nun würde er zurückkehren. In eine Existenz, die schon längst nicht mehr seine war. Beängstigend.

21

Die Erinnerungen an die vergangenen Stunden raubten Lukas genauso den Schlaf wie die Angst vor einer ungewissen Zukunft. Wie würden die Medien ihn behandeln, wenn sie erführen, dass einer der leitenden Ermittler in dem damaligen spektakulären Entführungsfall seinen Tod bloß vorgetäuscht hatte? Doch das war natürlich nicht seine größte Sorge.

Er wälzte sich unruhig im Bett.

Ob Jeremias' kindlicher Verstand es verkraftete, zu erfahren, dass er jahrelang belogen worden war? Ob er das Grab seines Vaters besucht hatte? Einen leeren Sarg betrauert?

Koch hatte ihm die Konsequenzen der Entscheidung damals deutlich vor Augen geführt. Lukas kam das wie eine Episode aus einem anderen Leben vor – so lange war das mittlerweile her. Und jetzt rückte der Zeitpunkt näher, vor dem der Polizeirat ihn immer gewarnt hatte.

Frustriert schlug er die Bettdecke zurück und ging ins Badezimmer. Er trat ans Waschbecken und trank einen Schluck Wasser direkt aus dem Hahn. Anschließend blickte er in sein erschöpftes Gesicht. Würde Jeremias ihn überhaupt wiedererkennen? Sein Kopf dröhnte. Er griff nach einer Packung Schmerzmittel, die unter dem Spiegelschrank lag. Der folgende Tag würde ihm wahrscheinlich einiges abverlangen, deswegen brauchte er dringend Schlaf. Er drückte eine Tablette aus dem Blister und spülte sie mit einem weiteren Schluck Wasser hinunter. Dann trottete er ins Schlafzimmer. Sein Handy auf dem Nachttisch blinkte. Was wollte Koch von ihm? Hatten sie die Russen verhaftet?

Das Display zeigte einen Nachrichteneingang an. Lukas entsperrte den Bildschirm, wodurch ihm die Nachricht automatisch angezeigt wurde.

Retten Sie uns. Bevor ich Sie erneut töte. Carla.

Das Gerät rutschte ihm aus den Fingern und landete auf der Matratze. Leistete Koch sich einen widerwärtigen Scherz? Was sollte das? Lukas war versucht, seinen Chef anzurufen. Doch sein Instinkt warnte ihn.

Er traute dem Polizeirat nicht zu, in der aktuellen Situation derart makabre Späße zu treiben. Das entsprach einfach nicht seinem Charakter. Es musste eine andere Erklärung geben. Entweder handelte es sich um eine Falle, oder die Mitteilung stammte tatsächlich von Carla, was allerdings bedeutete, dass sie zumindest kurzzeitig Zugriff auf Kochs geheimes Kommunikationshandy gehabt haben musste.

In dem Fall wäre Koch zwangsläufig ihr Entführer.

»Scheiße«, flüsterte Lukas.

Konnte das wahr sein, oder spielte ihm sein Verstand einen Streich? Sekundenlang starrte er paralysiert die Wand an. Jahrelang hatte er gehofft, eine Spur zu Carla und Simon zu finden. Koch? War das wirklich wahr? Der dekorierte Polizeirat? Ein angesehenes Mitglied der verschworenen Polizeigemeinschaft? Hatte Koch ihn wie ein Dressurtier am Nasenring durch die Manege geführt?

Wutentbrannt packte er das Kopfkissen und schleuderte es zu Boden. Der Zorn verlieh ihm neue Kraft. Hier in der Wohnung war er nicht sicher. Koch kannte die Adresse, und falls er den Nachrichtenversand nachvollziehen konnte, würde er Maßnahmen ergreifen, um nicht als Täter enttarnt zu werden. Lukas musste in Ruhe nachdenken. Nicht nur über die Entführung, sondern über alles, was in den letzten Jahren geschehen war.

Er riss sich das Schlafshirt vom Leib und zog einen Kapuzenpulli an. Anschließend schlüpfte er in eine Jeans, nahm Socken aus der Wäschekommode und stieg in ein schwarzes Paar Turnschuhe. In seinem Rucksack befanden sich noch immer das Fernglas und zwei Kabelbinder. Ansonsten benötigte er die Schusswaffe und vorsichtshalber ein Messer. Lukas entschied sich für ein mittelgroßes, das sich gut in der vorderen Rucksacktasche unterbringen ließ. Das Handy ließ er zurück, damit Koch ihn nicht orten konnte. Mit einem wehmütigen Blick in die Diele schloss er schließlich die Wohnungstür. Diese Phase seines Lebens war unwiderruflich vorbei.

***

Lukas betrat das erste Mobilfunkgeschäft in der Innenstadt, das bereits um neun Uhr morgens öffnete. Kurz entschlossen erwarb er ein Prepaid-Handy mit dazugehöriger SIM-Karte. Um den Kauf abzuwickeln, benutzte er seinen gefälschten Personalausweis. Bis der Polizeirat eventuell davon erführe, würden garantiert einige Tage vergehen.

Anschließend setzte er sich in ein Café, um beim Frühstück die neue Situation zu analysieren. War das Undenkbare überhaupt möglich? Wenn Koch wirklich der Entführer war, hätte er ja nicht nur das Verbrechen an den Kindern begangen. Er wäre auch verantwortlich für Lisas Tod und den Bauchschuss, der Lukas beinahe das Leben gekostet hatte.

Das war alles sehr schwer vorstellbar.

Lukas spielte verschiedene Erklärungsmöglichkeiten für das Verhalten des Polizeirats durch. Angenommen, er war ein Monster, das eine Minderjährige vergewaltigte und sie dank ihres kleinen Bruders gefügig machte. Was hatte er sich davon versprochen, die beiden leitenden Ermittler durch die Hand des entführten Mädchens ausschalten zu lassen? Die Polizei hatte ihre Anstrengungen nach dem tödlichen Drama erwartungsgemäß verdoppelt, um den Entführer zu finden. Eigentlich hätte die Gefahr, entdeckt zu werden, sich dadurch noch vergrößern müssen.

Nachdenklich biss Lukas in ein Croissant. Wie hätte der Polizeirat davon profitieren können, dass sich nach dem Attentat auf Lisa und ihn andere Kollegen um den Fall kümmerten? Zumal er höchstens geringen Einfluss auf die Personalentscheidung gehabt haben dürfte. Logisch betrachtet konnte in der Ausschaltung des Ermittlerduos nicht der Schlüssel zur Erklärung seines Vorgehens liegen. Fähige Beamte hatte Lisas und seine Nachfolge angetreten.

Lukas verteilte etwas Butter auf dem Gebäckstück. Er dachte an die unzähligen Hinweise, die nach der Entführung bei der eingerichteten Hotline eingegangen waren. Die Telefonisten hatten jeden Anruf aufgenommen – egal, wie unrealistisch die Angaben der Gesprächspartner geklungen hatten. Lisa und er waren rasch dazu übergegangen, eher abstrus wirkende Hinweise und Verdächtigungen auszusortieren, um effektiver arbeiten zu können. Irgendwann hätten sie sich jedoch jedem einzelnen Anruf gewidmet. Hatten sie bei der ersten Sichtung der Hinweise nach Dringlichkeit irgendetwas übersehen, das sie zu Koch hätte führen können? War der Polizeirat deswegen eingeschritten? Konnte es ihm irgendwie gelungen sein, einen solch verräterischen Hinweis spurlos verschwinden zu lassen? In der Extremsituation nach Lisas Ermordung und Lukas' verletzungsbedingtem Ausfall nicht ausgeschlossen.

Nach drei Jahren könnte wahrscheinlich niemand mehr rekonstruieren, ob Koch ein Alibi für den Zeitpunkt der Entführung hatte. Oder für den Tag, an dem ein Unbekannter im Tunnel auf Carla gewartet hatte, um sie, unbemerkt von der Hubschrauberbesatzung, fortzuschaffen.

Was wusste Lukas über Wilhelm Koch?

Er lebte allein in einem geräumigen Haus, nachdem ihn seine Frau mit dem gemeinsamen Sohn verlassen hatte. Die Scheidung war damals zumindest nach außen hin friedlich über die Bühne gegangen, und Koch hatte das klassische Polizistenproblem als Hauptgrund des ehelichen Scheiterns angegeben. Er sei in erster Linie mit seinem Job verheiratet, womit Franziska im Laufe der Zeit immer schlechter zurechtgekommen sei.

Lukas hatte die attraktive Frau bei einer großen Geburtstagsfeier im Hause des Polizeirats kennengelernt. Damals war sie hochschwanger gewesen, eine typische Hausfrau, die ihrem Mann den Rücken freihielt. Und zehn Jahre jünger als er. War Carla der gleiche Frauentyp wie sie? Lukas tat sich schwer damit, eine schwangere Erwachsene und ein junges Mädchen zu vergleichen. Doch eine gewisse Ähnlichkeit bestand auf jeden Fall. Sie waren beide schlank und zierlich. Ihre Gesichter makellos, die Haare lang, hellbraun und seidig.

Sah er Gespenster? Bog er sich eine passende Theorie zurecht?

Sein neues Handy vibrierte in der Hosentasche. Abwesend zog er es heraus. Statt der erwarteten Mitteilung des Netzbetreibers zeigte ihm das Gerät jedoch eine Eilmeldung an. Offenbar ein Dienst, der automatisch eingestellt war.

Mysteriöse Blutwelle, lautete die Schlagzeile. Der folgende Artikel beschäftigte sich mit den Ereignissen der vergangenen Nacht, die mit einer Schießerei in einem Club begonnen und mit einem grausigen Leichenfund geendet hatte.

Welche Leichen?

Um den Bericht vollständig lesen zu können, musste er ein Abo abschließen. Zwei Klicks später erfuhr Lukas, dass die Polizei in einer Waldhütte sechs tote Männer gefunden hatte. Alle gefesselt und mit Kopfschuss hingerichtet. Die Polizei fahndete in diesem Zusammenhang nach dem Mitglied einer Rockerbande, das an den unterschiedlichen Tatorten von Zeugen gesichtet worden war. Die Beschreibung passte hundertprozentig auf Lukas.

»Du mieses Schwein«, flüsterte er fassungslos. Das konnte einfach nicht wahr sein!

Über den Handybrowser suchte er hektisch nach weiteren Informationen. Überall standen die gleichen Details. Der Gesuchte war in die Schießerei im Club involviert gewesen und hatte anschließend als Ein-Mann-Kommando sechs Menschen überwältigt, gefesselt und gnadenlos exekutiert. Darüber hinaus war es in der Nacht zu einem weiteren tragischen Zwischenfall gekommen. An einem polizeibekannten

Unterschlupf russischer Krimineller hatte es im Rahmen einer Razzia elf Tote gegeben. Sieben Beamte eines mobilen Einsatzkommandos hatten ebenso ihr Leben verloren wie zwei vorbestrafte Russen, eine Teenagerin und der Geschäftsführer des Clubs, in dem alles begonnen hatte. Der Rückschluss, dass der amoklaufende Unbekannte hierfür ebenfalls die Verantwortung trug, lag nahe.

Lukas hatte Koch die GPS-Koordinaten übermittelt. War der daraufhin zu der Hütte gefahren, um die wehrlosen Russen kaltblütig zu erledigen?

Obwohl die Hintergründe des Geschehens völlig im Dunkeln lagen, fand Lukas keine andere Erklärung. Natürlich waren die Spezialeinsatzkräfte erschüttert über den Tod ihrer Kollegen. Trotzdem hätten sie keine Selbstjustiz verübt. Außerdem sprach auch die exakte Personenbeschreibung des angeblich Flüchtigen für eine Verwicklung Kochs. Niemand hätte Lukas' Äußeres so treffend skizzieren können wie der Polizeirat. Ob in den nächsten Stunden in den Medien ein Phantombild auftauchen würde? Vorsichtshalber musste er sich aus der Öffentlichkeit zurückziehen und in Ruhe über seine nächsten Schritte nachdenken.

Lukas gab der Kellnerin ein Zeichen, dass er zahlen wollte. Während er auf die Rechnung wartete, schwirrten allerlei konfuse Gedanken in seinem Kopf herum. Sollte er einfach die Polizei informieren? Doch würde man ihm überhaupt glauben? Er könnte den Polizeirat sogar anonym anschwärzen. Andererseits hatte er keinerlei Sicherheit, ob sein Vorgesetzter die Opfer überhaupt in seinem Haus versteckt hielt.

Nein! Er musste sich zunächst mehr Informationen beschaffen. Aber wie sollte er das anstellen? Die Kellnerin kam zu ihm und kassierte ab. Kurz darauf verließ Lukas das Café und zog sich die Kapuze über den Kopf. Die meiste Zeit blickte er zu Boden. Er musste irgendwohin, wo es einen schnellen Internetanschluss gab und er keine Gefahr lief, dass man ihn an die Polizei verriet.

22

Der Bildschirm der Videosprechanlage erwachte zum Leben.

»Lucky?«, erklang eine überraschte Stimme.

»Mach auf!«

»Was willst du hier?«

»Erst mal von der Straße runter. Bitte!«

Nach ein paar Sekunden, in denen nichts passierte, wurde endlich der Türsummer betätigt. Lukas drückte seine Schulter gegen die massive Holztür und schaute sich um. Auf dem ganzen Weg hierher waren ihm keine Verfolger aufgefallen. Auch jetzt entdeckte er niemanden, der ihn beobachtete.

Kimberly erwartete ihn am Eingang des Etablissements, das Jolic gehört hatte und in dem zwanzig Frauen ihrem Gewerbe nachgingen. Sie hatte ihre Löwenmähne zu einem Pferdeschwanz zusammengebunden und trug unauffällige Alltagskleidung.

»Stimmt das, was einige Mädchen erzählen?«, fragte sie.

»Was erzählen sie denn?« Vielleicht hatte er Glück, und sie wussten noch nichts von dem, was man ihm fälschlicherweise vorwarf.

»Im Club hat es eine Schießerei gegeben. Einige Tote. Außerdem gibt es Gerüchte. Über Damir und Samuel.«

»Sie sind tot«, bestätigte Lukas. »Ein Bandenkrieg mit den Russen.«

Kimberly starrte ihn mit offenem Mund an. Sie verlor ihre Körperspannung, und für einen Moment befürchtete er, dass sie zusammenklappen könnte.

»Lass uns reingehen«, bat er. »Ich will in Ruhe mit dir reden.«

Sie trat beiseite, und forsch lief Lukas an ihr vorbei. Er steuerte einen Raum an, der als Büro genutzt wurde.

»Mach die Tür zu.« Lukas setzte sich auf einen bequemen Bürosessel.

»Ein Bandenkrieg?« Kimberly sackte auf einer Ledercouch zusammen. »Wieso?«

»Ein Verdrängungsprozess. Die Russen wollen die Stadt allein beherrschen.«

»Und was bedeutet das für uns?«

Lukas ging davon aus, dass die Mädchen härteren Zeiten entgegensahen. Jolic hatte zwar Profit aus dem Haus herausgepresst, den Prostituierten jedoch ansonsten die Verantwortung für den Laden übertragen.

Bordelle, in denen die gegnerische Gang das Sagen hatte, hatten einen deutlich schlechteren Ruf.

»Ich weiß es nicht«, wich er aus. »Eine Weile werdet ihr wahrscheinlich unbehelligt bleiben. Sogar ohne Abzüge in die eigene Tasche wirtschaften können. Bis die neuen Besitzverhältnisse geklärt sind.«

»Was ist mit dir?«, fragte sie.

Er zuckte die Achseln. »Was meinst du?«

»Du wärst ein guter Nachfolger.«

Innerlich atmete er auf. Offenbar waren die aktuellen Nachrichten noch nicht bis zu ihr durchgedrungen. »Nein«, erwiderte er. »Garantiert nicht.«

»Lucky, in dir steckt mehr. So was sehe ich.«

»Du verkennst mich. Außerdem habe ich momentan ganz andere Probleme.«

»Welche denn?«

»Hat letzte Nacht zufällig ein Kunde sein Handy hier vergessen?«

Freiern passierte so etwas öfter. Am Ende des Schäferstündchens konnten sie das Haus gar nicht schnell genug verlassen.

»In der obersten Schublade rechts.«

Er beugte sich hinüber und öffnete sie. Tatsächlich lag ein eingeschaltetes Smartphone darin.

»Ich muss einen wichtigen Anruf erledigen. Und danach etwas im Internet recherchieren.«

»Der Computer steht zu deiner Verfügung«, murmelte Kimberly.

»Lässt du mich allein?«

Sie nickte und erhob sich schwerfällig.

»Mach dir keine Sorgen«, versuchte er sie zu beruhigen.

»Du weißt, was man über die Russen sagt«, entgegnete sie ängstlich. »Bestimmt wäre es besser, wenn ich meine Zelte abbrechen würde.«

»Warte noch die nächsten Tage ab. Auch die Russen mussten herbe Schläge einstecken. Es kursiert das Gerücht, dass ihr Anführer ebenfalls tot ist.«

Plötzlich wirkte die junge Prostituierte hoffnungsvoller, lächelte ihm zu und verließ das Büro.

Lukas wartete einen Moment, ehe er die Rufnummernübermittlung des Mobiltelefons ausschaltete und Kochs Nummer wählte. Auf dem Weg hierher hatte er sich überlegt, dass er den Kontakt zu seinem Vorgesetzten suchen sollte. Eventuell konnte er auf die Art Zeit gewinnen.

»Wilhelm Koch«, meldete sich der Polizeirat.

»Ich bin's. Lukas.«

»Du lebst!« Koch klang erleichtert. »Wo bist du? Von welcher Nummer rufst du an?«

»Ich habe mich in ein geheimes Versteck zurückgezogen. Wieso werde ich als Verdächtiger gesucht? Und warum sind die Russen tot? Ich habe sie bloß außer Gefecht gesetzt.«

Koch seufzte. »Als das MEK eintraf, waren sie alle liquidiert.«

»Scheiße! Habt ihr einen Verdacht?«

»Vieles liegt im Dunkeln. Wir versuchen, die Ereignisse zu rekonstruieren. Aber das dauert. Auf den Überwachungsvideos von den unterschiedlichen Tatorten bist du zu sehen. Deshalb der Fahndungsaufruf.«

»Du hättest das verhindern müssen.«

»Die Kollegen haben mich zu spät informiert. Außerdem ist die Entwicklung nicht schlecht für unsere Zwecke.«

»Inwiefern?«

»Sie untermauert deine Tarnung.«

»Schwachsinn! Die Fahndung bringt mich in Gefahr. Beide Gangs jagen mich. Und einige der MEK-Jungs wünschen mir nach den Ereignissen der vergangenen Nacht sicher auch den Tod. Was hältst du davon, wenn ich mich stelle?«

»Noch nicht«, antwortete Koch. »Das ist zu früh. Ich verstehe deine Einwände, aber momentan bist du auf der Straße Gold wert. Eventuell hast du nun eine bombenfeste Tarnung. Wir müssen nur die nächsten kritischen Tage überstehen.«

»Wilhelm, ich vertraue deinem Urteil, obwohl ich es nicht teile«, sagte Lukas resigniert.

»Wunderbar! Wir hören voneinander.«

Worauf du dich verlassen kannst, dachte Lukas. Der Verlauf des Telefonats war der letzte Beweis. Koch hoffte, dass irgendwer Lukas tötete. Die Russen. Mitglieder der eigenen Gang. Das MEK. Ganz egal. Denn ansonsten hätte er die Undercover-Aktion abgebrochen und Lukas in Sicherheit gebracht.

Lukas wandte sich dem PC zu. Die Informationen, die er benötigte, fand er innerhalb weniger Minuten.

Er verließ das Büro und suchte Kimberly, um sich von ihr zu verabschieden.

***

Hinter einem Fenster im dritten Stock bemerkte Lukas eine Frau, aus deren Körperhaltung er schloss, dass sie am Herd stand und eine Mahlzeit zubereitete.

Kochs Exfrau hatte wieder ihren Mädchennamen angenommen. Das hatte Lukas genauso im Internet herausgefunden wie ihre Adresse und ihren Arbeitgeber. Sie führte kein sonderlich zurückgezogenes Leben.

Ob sie sich noch an ihn erinnerte?

Er ging über die Straße und klingelte. Nach ein paar Sekunden knisterte es in der Gegensprechanlage.

»Hallo?«

»Hallo, Frau Ritsche. Hier ist Oberkommissar Lukas Sommer. Ich muss mit Ihnen sprechen.«

»Lukas Sommer?«, wiederholte sie ungläubig.

»Falls Sie von meinem Tod gehört haben sollten, das war eine Fehlinformation. Eine Finte, ausgedacht von Wilhelm und mir. Allerdings fürchte ich, dass Wilhelm ein falsches Spiel spielt.«

»Woher weiß ich, dass Sie derjenige sind, für den Sie sich ausgeben?«

»Auf der Geburtstagsfeier Ihres Exmannes vor sechs Jahren haben Sie mir versehentlich ein Glas Rotwein übers Hemd geschüttet. Sie waren im achten Monat schwanger.«

Der Türsummer ertönte.

Die Frau hatte die Sicherheitskette vorgelegt und musterte ihn misstrauisch.

»Ich habe Sie anders in Erinnerung«, begrüßte sie ihn. »Ohne Bart, weniger kräftig.«

»Nachdem mich das entführte Mädchen niedergeschossen hatte, beschlossen Wilhelm und ich, mich für tot erklären zu lassen. In der Hoffnung, wir könnten so den Kidnapper aufspüren. Um undercover ermitteln zu können, habe ich mein Äußeres verändert. Mittlerweile glaube ich jedoch, ich hatte nie eine Chance, den Fall zu lösen. Ich vermute nämlich, Wilhelm steckt dahinter.«

Erschrocken blickte sie über die Schulter. »Maximilian, gehst du bitte in dein Zimmer«, sagte sie zu ihrem Sohn, den Lukas nicht sehen konnte.

»Wer ist der Mann?«

»Ein alter Bekannter.«

»Ich hab Hunger.«

»Die Lasagne ist im Backofen. In zwanzig Minuten können wir essen.«

Augenblicke später wurde eine Tür geräuschvoll geschlossen, und Franziska Ritsche wandte sich wieder Lukas zu.

»Was wollen Sie von mir?«

»Hintergrundinformationen über Ihren Exmann. Jage ich einem Gespenst hinterher, oder trauen Sie Wilhelm eine solche Tat zu?«

Sie zögerte einen kurzen Moment, bevor sie die Tür entriegelte und ihn einließ.

»Ich gebe Ihnen höchstens eine Viertelstunde. Und Maximilian darf davon nichts mitbekommen.«

Sie setzten sich an den Küchentisch, Franziska Ritsche mit dem Gesicht zur gläsernen Tür.

»Wieso haben Sie sich scheiden lassen? Auf der Geburtstagsfeier wirkten Sie glücklich.«

»Damals war ich es auch noch. Das hat sich allerdings nach der Party ziemlich schnell geändert.«

Überrascht sah Lukas seine Gesprächspartnerin an. »Erzählen Sie!«

Franziska Ritsche seufzte. »Bis zu Maximilians Geburt habe ich Wilhelms Charakter völlig falsch eingeschätzt. Er war nicht unbedingt der zärtlichste Liebhaber, aber trotzdem hätte ich niemals schlecht über ihn geredet. Ich wurde schwanger und schwebte im siebten Mutterglückhimmel. Anfangs war Wilhelm auch hocherfreut über den Familienzuwachs, doch dann veränderte er sich plötzlich. Er wurde mir gegenüber immer gröber. Eines Tages schlug er mich sogar. Anstatt sich zu entschuldigen, sperrte er mich und Max im Kinderzimmer ein. In der Nacht holte er mich heraus, schleppte mich ins Schlafzimmer und zwang mich zum ...« Betreten starrte sie auf den Tisch. »Bei diesem einen Mal blieb es nicht. Er warnte mich, dass ich mit niemandem darüber reden dürfte. Die Polizei würde mir wegen seines guten Rufs ohnehin nicht glauben. Die folgenden Monate waren die reinste Hölle. Er isolierte mich vollständig. Ich hatte meinen damaligen Job gekündigt, nachdem ich schwanger geworden war. Dank seines Gehalts und gewisser anderer Einnahmen brauchten wir das Geld nicht. Meine Freundinnen durfte ich nicht mehr treffen. Ich musste ihnen E-Mails schreiben, in denen ich unsere Freundschaft aufkündigte. Er installierte Überwachungskameras im Haus und schloss mich ein, wenn er arbeiten ging. Maximilian bekam nur abends und am Wochenende frische Luft, weil ich nur in Wilhelms Begleitung nach draußen durfte.«

»Wieso haben Sie sich das gefallen lassen?«

»Ich hatte Angst vor ihm, war in den ersten Monaten wie gelähmt.«

»Haben sich Ihre Eltern nicht gewundert?«

»Die sind lange vor Maximilians Geburt gestorben.«

»Wie haben Sie es dann geschafft, die Scheidung einzureichen?«, wunderte sich Lukas.

»Nach einem Dreivierteljahr in der Hölle sah ich bloß noch einen Ausweg für mich und Max: Selbstmord.« Sie senkte die Stimme. »Ich wollte ihn in der Badewanne ertränken und mir danach die Pulsadern aufschneiden. Als ich den kleinen Kopf unter Wasser drückte, erwachte zum Glück mein Überlebensinstinkt. Statt aufzugeben, beschloss ich, für ihn und mich zu kämpfen. Aber nicht, indem ich mich an die Polizei, ein Frauenhaus oder sonstige offizielle Stellen wandte. Nein. Ich hatte schon früh in unserer Ehe mitbekommen, dass Wilhelm seine Position dazu nutzte, illegale Geldquellen anzuzapfen.«

»Scheiße!«, fluchte Lukas. Ob Koch mit den Russen kooperiert hatte?

»Drogenhändler schmierten ihn, gegen Bestechungsgelder gab er ihnen Tipps, bevor Razzien anstanden. Das war ein einträgliches Geschäft. Doch er machte einen Fehler, der mich gerettet hat. In seinem Arbeitszimmer hatte er eine Kladde, in der er alle Transaktionen fein säuberlich notierte. Wilhelm ist ein Kontrollfreak, und dieser Umstand verschaffte mir das notwendige Druckmittel. Eines Tages musste er zu einer einwöchigen Fortbildung. Er war gezwungen, mir einen Schlüssel zu geben, weil Max und ich unmöglich so lange im Haus bleiben konnten. Wilhelm drohte mir jedoch, er werde mich finden und umbringen, falls ich die Gelegenheit nutzen sollte, um abzuhauen. Tja, ich ging das Risiko ein und brachte die Kladde zu einem Anwalt.« Sie trank einen Schluck Wasser. »Mit der klaren Anweisung, sie der Polizei nach meinem Tod zur Verfügung zu stellen – egal, unter welchen Umständen ich sterben sollte. Wilhelm hatte keine Ahnung, dass ich von den Aufzeichnungen wusste. Im Nachhinein betrachtet war es sein größter Fehler, keine Kamera in seinem Arbeitszimmer zu installieren. Nachdem ich mich so abgesichert hatte, meldete ich mich bei ihm und verlangte die Scheidung. Ich erklärte ihm, welche Konsequenzen es haben würde, falls er sich weigerte oder uns auch nur ein Haar krümmte. Ich schätze, bei seiner Rückkehr nach Hause hat er zuallererst die Schreibtischschublade kontrolliert, in der das Buch immer gelegen hatte. Außerdem bin ich mir absolut sicher, dass er trotz meiner Drohung mit dem Gedanken gespielt hat, sich an mir zu rächen. Er ist schrecklich rachsüchtig. Doch irgendwie scheint seine Vernunft gesiegt zu haben. Denn wie Sie sehen, leben wir noch.«

»Wieso haben Sie ihn später nicht angezeigt?«, fragte Lukas.

»Ich bin nicht lebensmüde. Er lässt mich in Ruhe, solange ich ihm keine Scherereien mache. Das ist unser Deal. Eigentlich sollte ich Ihnen das alles gar nicht erzählen, und ich würde auch niemals gegen ihn aussagen – egal, was er verbrochen hat.«

»Sie hätten in einer anderen Stadt neu anfangen können«, meinte Lukas. »Eine neue Identität annehmen, während er im Knast geschmort hätte.«

»Ich weiß«, erwiderte Kochs Exfrau. »Aber ich wollte kein Leben auf der Flucht führen. Er hat meine Drohung ernst genommen und entsprechend reagiert. Mehr erwarte ich nicht.«

»Er hat sie ungestraft eingesperrt und vergewal...«

Zornig sah sie ihn an. »Manchmal trifft man Entscheidungen, die wehtun. Oder ist es Ihnen leichtgefallen, Ihren eigenen Tod vorzutäuschen? Stand in den Zeitungen damals nicht, der erschossene Polizist hinterlasse Frau und Kind?«

Lukas ignorierte den Einwand. »Ich brauche die Informationen aus der Kladde. Welcher Anwalt ...«

»Vergessen Sie es!«, unterbrach sie ihn.

»Er hat einen neunjährigen Jungen und ein siebzehnjähriges Mädchen entführt. Ihnen schwerstes

Leid zugefügt. Vielleicht hält er die beiden noch heute gefangen. Wollen Sie ihn damit durchkommen lassen?«

»Die Entführung war lange nach unserer Trennung«, wandte sie ein. »In der Kladde finden Sie nichts, was seine Schuld in der Sache beweisen würde.«

»Trotzdem helfen die ...«

»Sparen Sie sich jedes weitere Wort. Ich lege nicht meine Lebensversicherung in Ihre Hände.«

»Der Junge ...«

»Verlassen Sie augenblicklich meine Wohnung.« Sie stand auf und eilte voraus zur Wohnungstür, die sie energisch öffnete.

»Viel Erfolg«, murmelte sie leise, als Lukas an ihr vorbeiging.

23

In den späten Abendstunden machte Lukas sich zu Kochs Haus auf, in der Hoffnung, dass sie sich um die Uhrzeit nicht zufällig begegnen würden. Als er dort ankam, brannte hinter insgesamt vier Fenstern Licht.

Kochs Grundstück grenzte an ein kleines Waldgebiet. Nachdem Lukas mithilfe seines Nachtsichtgeräts vorsichtig die Umgebung überprüft hatte, lächelte er zufrieden. Ungefähr fünfzig Schritte von der Grundstücksgrenze entfernt hatte er ein altes Baumhaus entdeckt. Es gelang ihm, die drei Meter über der Erde schwebende Holzkonstruktion zu erklimmen. Bevor er hineinkletterte, trat er kräftig von unten gegen die Bodenbretter. Sie hielten der Belastung stand. Dann legte er sich bäuchlings in den Verschlag und beobachtete das Einfamilienhaus.

Nachdem in den letzten zwei Stunden nichts passiert war, fragte Lukas sich kurz vor Mitternacht zum wiederholten Male, was er tun sollte. Er konnte anonym oder unter Angabe seines richtigen Namens die Polizei anrufen. Doch er verstand auch, warum Franziska genau davon abgesehen hatte. Koch war sehr beliebt und in der Polizeibehörde gut vernetzt. Auf der Geburtstagsfeier waren hauptsächlich Kollegen anwesend gewesen. Lukas konnte nicht ausschließen, dass irgendjemand den Polizeirat aus falsch verstandener Freundschaft warnen würde. Der Spruch von der Krähe, die der anderen kein Auge aushackt, galt leider auch in diesen Kreisen.

Sollte er vielleicht das LKA informieren? Mit der Behörde gab es weniger personelle Überschneidungen, allerdings hätte Lukas keine Garantie, dass sein Hinweis nicht am Ende wieder bei der lokalen Polizeidienststelle landete.

Deshalb riet ihm sein Instinkt zu einem anderen Vorgehen. Aber ehe er den Plan in die Tat umsetzen konnte, musste er am nächsten Morgen wenigstens einen Blick durch die Fenster werfen.

Er schob den Rucksack so zurecht, dass er ihn als Kopfkissen benutzen konnte, und drehte sich auf den Rücken. Die Nachricht, die Carla ihm geschickt hatte oder die zumindest mit ihrem Namen unterschrieben war, ließ hoffen, dass sie und Simon noch lebten. Koch hatte immer wieder davon geredet, er wünsche den beiden Entführten, sie seien tot, da ihnen ansonsten wohl unsägliches Leid angetan worden wäre. Was hatte das Schwein mit ihnen gemacht? Franziskas Schilderungen von ihrem Leben mit dem Polizeirat ließen kaum Raum für Spekulationen.

Ein weiterer Grund hielt Lukas davon ab, die Kollegen zu benachrichtigen. Er fühlte sich in der Lage, es allein durchzuziehen. Koch töten und die Kinder befreien. Vorausgesetzt, er kam irgendwie ins Haus.

Der Schlafmangel der vorangegangenen Nacht forderte seinen Tribut. Lukas schloss die Augen und fiel in einen unruhigen Schlaf.

***

Am nächsten Morgen beobachtete er, wie Wilhelm Koch um sieben Uhr in sein Fahrzeug stieg und losfuhr. Offenbar machten die Ereignisse der letzten Tage sein frühes Erscheinen im Präsidium erforderlich.

Lukas wartete eine halbe Stunde, dann kletterte er vom Baumhaus hinunter, lief Richtung Grundstücksgrenze und überwand den hüfthohen Zaun.

Franziska hatte erwähnt, dass ihr Exmann sie und den Jungen mit Kameras überwacht hatte. Nur im Inneren des Hauses, oder kontrollierte er auch den Außenbereich? Sorgfältig hielt Lukas Ausschau, ohne irgendeine verräterische Installation zu entdecken.

Er beschloss, das Risiko einzugehen, und trat nah an die Außenwand heran. An einem recht kleinen Fenster registrierte er eine Alarmsicherung. Wegen der Gardine konnte er jedoch nicht ins Innere schauen. Er bewegte sich nach rechts zu einem größeren Fenster. Was er dort sah, erhärtete den Verdacht gegen seinen Vorgesetzten. Zwar gab es wiederum einen Vorhang, der vor neugierigen Blicken schützte, durch den hellen Stoff erkannte Lukas jedoch schemenhaft ein Gitter. Er schlich auf der Rückseite des Hauses von einem Fenster zum nächsten. Bei allen Öffnungen, die breit genug waren, dass ein Mensch hindurchpassen würde, gab es solche Schutzvorrichtungen.

Bei der Geburtstagsfeier war ihm nirgendwo im Haus eine Vergitterung aufgefallen. Hatte Koch seit Franziskas Auszug panische Angst vor Einbrechern, oder wollte er verhindern, dass jemand auf diesem Wege aus seinem Haus entkam?

Für Lukas bestand kein Zweifel mehr: Wilhelm Koch musste der Entführer sein. Er hatte Lisas Ermordung in Auftrag gegeben. Auch Lukas hätte sterben sollen. Nun versuchte Koch, ihn auf andere Weise aus dem Verkehr zu ziehen.

Dafür würde er büßen.

Lukas hatte eine Idee, wie er seinen Vorgesetzten überrumpeln könnte. Um die zu realisieren, musste er allerdings warten, bis der Polizeirat zurückkehrte.

Vorläufig hieß es, Geduld zu bewahren und unsichtbar zu bleiben.

24

Seit gestern keine neue Nachricht von Lukas Sommer. Wilhelm Koch redete sich ein, dass das positiv war. Vielleicht hatte eine der Banden den Undercover-Ermittler endgültig zum Schweigen gebracht und seine Leiche entsorgt.

Konnte er so viel Glück haben?

Er setzte sich an seinen PC und tippte das Passwort für das Überwachungsprogramm ein. Carla lag auf dem Bett und starrte zur Decke. Sie hatte die Hände gefaltet, und ihre Daumen kreisten in schnellem Tempo umeinander. Wie gerne hätte er ihre Gedanken gelesen. Simon hingegen blätterte in seinem Raum lustlos in einem Comicheft. Vielleicht sollte er dem Elfjährigen mal ein Pornoheft schenken, um seinen Horizont zu erweitern. Oder lieber Bilder davon, wie seine Schwester ihren Entführer oral befriedigte? Eine verlockende Idee, über die er nachdenken würde, sobald sich die Situation beruhigt hatte. Ob es ihm gelingen konnte, die unzertrennlichen Geschwister zu entzweien? Sicher wunderten sich die beiden, warum sie seit fast sechsunddreißig Stunden voneinander isoliert waren. Ohne Kontakt zueinander, doch auch ohne Verpflichtungen Koch gegenüber. Momentan hätte er nämlich nichts genießen können. Die Entwicklungen der letzten Tage lenkten ihn zu sehr ab. Daher schaltete er vom Live-Modus in den Festplatten-Modus. Im Schnelldurchlauf überprüfte er, was in seiner Abwesenheit passiert war. Nichts deutete auf ungewöhnliche Vorkommnisse hin. Als die Aufzeichnung zu Ende war, löschte er die Datei und kehrte dadurch automatisch zur Liveübertragung zurück. Simon hatte das Heft zur Seite gelegt und warf einen Softball gegen die Wand. Carla hatte ihre Position nicht verändert.

Koch stand auf und trat ans Fenster. Von seinem Arbeitszimmer aus überblickte er die Straße. Das Gitter, das seine Sicht einschränkte, nahm er kaum wahr.

Wo zum Teufel steckte Lukas Sommer?

Sein Gefühl sagte ihm, dass der Kerl noch lebte. Wahrscheinlich hatte er wie eine Katze neun Leben. Eigentlich hätte der Polizist schon vor drei Jahren sterben sollen, aber Carla hatte den Mordauftrag nur zur Hälfte erfolgreich ausgeführt. Trotzdem hatte das Ergebnis damals für seine Zwecke gereicht. Im Chaos der auf das Attentat folgenden Tage hatte Koch den einen telefonischen Hinweis, der die Ermittler eventuell zu ihm geführt hätte, an sich gebracht und verschwinden lassen. Ziel erreicht. Dann sah es lange so aus, als wäre Lukas' Überleben sogar ein Glücksfall. Er hatte es geschafft, sich in den Rockerclub einzuschleusen, und im Laufe der Zeit hatte die konkurrierende Russengang Interesse an den detaillierten Insiderinformationen bekundet. Die ihm Lukas blauäugig überließ und für die Koch von den Russen einen guten Preis bekam. Das Geld sicherte Wilhelms Zukunft. Auch wenn durch den Tod der MEK-Beamten jetzt Blut daran klebte. In seinen Augen war das ein unvermeidbarer Kollateralschaden.

Ein Fehler hingegen war es gewesen, Igor um die Entsorgung der Pistole zu bitten, mit der Carla geschossen hatte. Warum hatte der Russe sich nicht an ihre Vereinbarung gehalten?

Als Koch vorletzte Nacht zu dem Waldversteck der Gang gerast war, um die Männer zu liquidieren, hatte er Igor danach gefragt. Doch der konnte sich nicht einmal mehr an ihre Absprache erinnern. Allein dafür hatte er den Kopfschuss verdient.

Koch setzte sich wieder auf den Bürostuhl und suchte im Internet nach neuen Nachrichten. Er fand jedoch nichts, was ihn hoffnungsfroh gestimmt hätte.

Es war falsch gewesen, Lukas gegenüber zu behaupten, der Techniker sei sich zu achtzig Prozent sicher, dass die Waffe identisch sei mit der, die Carla benutzt hatte. Aber es hatte ihn gereizt, Lukas' Reaktion darauf mitzubekommen. Und hätte Lukas Ruhe gegeben, wenn Koch etwas anderes behauptet hätte? Natürlich hatte er keine technische Untersuchung in

Auftrag gegeben. Schließlich wollte er kein Risiko eingehen, dass jemand die Entführung zurück auf die Tagesordnung brachte. Das war ein kalter Fall; die Polizeibehörde ging davon aus, dass die Opfer längst tot waren. Und so sollte es auch bleiben. Falls Koch die Pistole jemals wieder in die Hand bekäme, müsste er sie selbst vernichten. Doch zunächst musste Lukas endlich unter die Erde, denn vorher würde der Mistkerl wohl nicht aufhören, in der alten Geschichte herumzuwühlen.

Ob der Oberkommissar ihn mittlerweile verdächtigte? Und falls ja, was wusste oder ahnte er? Ging es allein um die Ermordung der Russen? Oder war er ihm auch hinsichtlich der Kooperation mit der verfeindeten Gang auf die Spur gekommen, von der beide Seiten profitiert hatten? Vielleicht spekulierte Lukas sogar über eine Verwicklung Kochs in die Entführung der Holtzmann-Kinder.

Fieberhaft dachte der Polizeirat nach. Nein, das war paranoid. Es gab keinen Grund für eine solche Annahme.

Das langsam anschwellende Geräusch eines Martinshorns drang in sein Bewusstsein. Koch erhob sich von seinem Schreibtischstuhl, trat ans Fenster und schaute hinaus. In diesem Moment fuhr ein Notarztwagen um die Ecke. Gefolgt von einem Krankentransporter.

Beide Fahrzeuge stoppten vor seinem Haus. Was hatte das zu bedeuten? Im nächsten Augenblick ertönte schon die Klingel.

Scheiße!

Koch verließ eilig sein Arbeitszimmer und lief zur Haustür. Ob es ihm gelingen würde, die Männer abzuwimmeln? Er kramte seinen Dienstausweis aus der in der Diele hängenden Jacke und steckte seine Dienstwaffe in den hinteren Hosenbund, bevor er die Tür öffnete. Hoffentlich verlieh ihm das staatliche Dokument genügend Autorität.

25

»Wo ist die Patientin?«, fragte der Notarzt hektisch und wollte sich an Koch vorbeidrängen, doch der stellte sich ihm in den Weg.

»Das ist ein Missverständnis.«

»Was?« Der Arzt sah ihn verständnislos an.

Der Polizeirat hielt seinen Ausweis in die Höhe. »Ich fürchte, Sie sind irrtümlich hierhergekommen.«

Der Sanitäter las die Adresse vor, die ihnen die Zentrale genannt hatte. »Fünfzigjährige Patientin, Verdacht auf Schlaganfall.«

»Hier werden Sie keine Frau finden, die ...«

»Nein, das nicht!«, rief eine herrische Stimme. »Dafür aber andere Personen!«

Koch blickte an dem Notarzt vorbei. Verdammt! Er hatte nicht aufgepasst. Was sollte er jetzt tun?

Lukas Sommer war nur noch wenige Schritte entfernt. Er wirkte zu allem entschlossen. Die Reaktion des Sanitäters, der vor dem bewaffneten Polizisten in

Richtung Hauseingang zurückwich, kam Letzterem zugute. Koch hatte keine Chance mehr, die Haustür zuzuwerfen.

Stattdessen versuchte er, sich möglichst unauffällig an die Dienstpistole heranzutasten.

»Lass das, Wilhelm!«, brüllte Sommer. »Sonst knall ich dich ab!«

»Was soll das?«, fragte der Notarzt, während er zögerlich die Hände hob.

»Entwaffnen Sie den Hausbewohner!«

»Ich ...«

»Wilhelm, Hände hoch!«

Koch überlegte fieberhaft. Sollte er es darauf anlegen? Sommer hatte sich in den letzten Jahren in einem kriminellen Milieu bewegt. Möglich, dass er Gewalt gegenüber abgestumpft war und keine Sekunde zögern würde.

Das Risiko war ihm zu groß. Innerlich brodelnd folgte Koch der Aufforderung.

***

Zufrieden sah Lukas, wie der Polizeirat nachgab.

»Wo steckt deine Pistole?«

»Hinten im Hosenbund«, murmelte Koch niedergeschlagen. »Warum machst du das, Lukas? Bist du wahnsinnig geworden? Erst richtest du unschuldige ...«

»Halt die Klappe!«

Lukas blickte dem verängstigten Rettungssanitäter in die Augen. »Nehmen Sie ihm die Waffe ab.«

»Wieso ich?«, jammerte der Mann.

»Los! Entwaffnen!«

Aus einer Entfernung von nur drei Schritten beobachtete Lukas die Aktion. Jederzeit bereit, bei einer verdächtigen Bewegung Kochs einzuschreiten. Doch der Polizeirat schien sich die Niederlage einzugestehen. Er drehte sich sogar um, damit der Sanitäter besser an seine Schusswaffe herankam.

»Wie viele Menschen hast du mittlerweile auf dem Gewissen?«, versuchte Koch es erneut.

»Wir reden drinnen weiter«, erwiderte der Oberkommissar.

Der Sanitäter hielt die Pistole mit zwei Fingern in die Höhe und legte sie dann auf den Boden.

»Schieben Sie sie mit dem Fuß zu mir rüber. Danach gehen wir alle zusammen ins Wohnzimmer.«

Auf dem Steinboden rutschte die Waffe bis kurz vor seine Füße. Lukas bückte sich, hob sie auf und steckte sie in seine Jackentasche.

»Los, ins Wohnzimmer! Wilhelm, du gehst vor. Und keine Tricks!«

»Was ist bloß passiert? Ich erkenne dich nicht wieder«, sagte der Polizeirat, während er langsam das Haus betrat.

»Spar dir das Schauspiel. Ob die beiden Mutter Teresa oder Charles Manson in dir sehen, spielt keine Rolle. Ich weiß, wer du bist.«

»Lukas, du verrennst ...«

»Schnauze!« Lukas schloss die Haustür. Hektisch schaute er sich um. In der Diele deutete nichts auf die Anwesenheit der Holtzmann-Kinder hin. »Warum hast du die Fenster vergittert?«

»In dieser Gegend wird ständig eingebrochen.«

»Ich schätze, du willst eher einen Ausbruch verhindern.«

»Einen Ausbruch? Wovon faselst du?«

Koch erreichte das Wohnzimmer und drehte sich zu ihm um.

»Wo sind sie, Wilhelm?«

»Wer?«

»Simon und Carla Holtzmann, die du vor drei Jahren entführt hast.«

Die Blicke der beiden Unbeteiligten, die mittlerweile ebenfalls in dem großen Raum standen, richteten sich auf den Polizeirat.

»Simon und Carla? Der Fall, der damals so hohe Wellen geschlagen hat?«, fragte der Notarzt ungläubig. »Ich habe die Eltern als Ersthelfer betreut, nachdem ihre Tochter in eine Schießerei ...«

Lukas hob sein Shirt an und zeigte die vernarbte Schusswunde. »Ich war derjenige, den das Mädchen erwischt hat. Weil *er* es ihr befohlen hatte!«

Koch lachte zynisch. »In was steigerst du dich da hinein? Carla hat zwei Polizisten getötet. Zwei meiner Kollegen! Zwei deiner Kollegen!«

»Du weißt, dass das nicht stimmt.«

»Sie hatte zwei Kommissare tödlich verwundet«, entgegnete der Notarzt. »Daran erinnere ich mich genau.«

»Sehen Sie!«, rief Koch triumphierend. »Alles, was er sagt, ist gelogen.«

»Das war die offizielle Version, um den Entführer in Sicherheit zu wiegen. Ich habe versucht, ihn undercover aufzuscheuchen. Allerdings hatte ich nie eine Chance, da er mir immer einen Schritt voraus war.«

»Das klingt so schwachsinnig!«

»Wo hast du sie versteckt?«, fragte Lukas ungerührt.

»Du fantasierst! Jeder hier im Raum merkt das!«

»Im Keller?«

»Lukas! Lass dir helfen!«

»Du gibst es also nicht zu?«

»Ich kann nichts zugeben, was du dir bloß einbildest.«

»Dann zeig uns doch das Untergeschoss. Wenn wir nicht finden, wonach ich suche, verschwinde ich wieder.«

»Den Teufel werde ich tun. Wahrscheinlich behauptest du anschließend, ich hätte sie eingemauert. Du bist verrückt und wirst es dir hinbiegen, wie es dir gefällt.«

»Würde ein Verrückter den Notruf wählen?« Lukas holte sein Handy hervor.

Plötzlich sprang der Notarzt auf ihn zu. Der breite Körper des Mannes prallte gegen ihn und brachte ihn aus dem Gleichgewicht. Das Telefon rutschte ihm aus der Hand. Er versuchte, den Sturz abzuwenden, doch das gegnerische Gewicht riss ihn nach unten. Als er auf dem Boden aufschlug, löste sich ein Schuss.

***

Völlig überraschend ergriff der Notarzt Partei für ihn. Offensichtlich schenkte der Mann ihm mehr Glauben als Sommer und sah eine Gelegenheit, den Bewaffneten auszuschalten. Die beiden gingen zu Boden, ein lauter Knall ertönte.

Was sollte Koch jetzt tun?

Hatte er eine Chance, an die Waffen zu gelangen? Im Bruchteil einer Sekunde entschied er sich. Es war ausgeschlossen, unbestraft alle drei Anwesenden zu töten. Die Notrufzentrale war über den Einsatz der Rettungskräfte informiert. Ihm blieb nichts anderes übrig, als zu fliehen.

Koch rannte los. Er spürte, wie jemand nach ihm griff und sein Hosenbein zu fassen bekam. Ruckartig befreite er sich und stürzte Richtung Diele. Sein Schlüsselbund baumelte an einem Brett neben der Tür. Er angelte danach und öffnete mit der anderen Hand die Haustür.

***

»Scheiße!«, rief Lukas. »Ist jemand verletzt?«

»Ich nicht«, flüsterte der Sanitäter.

Der Notarzt stöhnte.

Während Lukas sich hochrappelte, betrachtete er den Mediziner besorgt, konnte jedoch nirgendwo Blut entdecken. Er hörte, wie Koch die Haustür aufriss. Rasch hechtete er ihm hinterher. Im selben Moment fiel die Tür ins Schloss. Er musste unter allen Umständen verhindern, dass der Polizeirat verschwand.

Das Geräusch des Schlüssels, der sich im Schloss herumdrehte, war allerdings unverkennbar.

»Fuck!«

Endlich erreichte Lukas die Tür und drückte die Klinke hinunter. Zu spät!

Blitzschnell probierte er sämtliche Schlüssel aus, die am Brett neben der Tür hingen, doch keiner passte.

Von draußen war zu hören, wie ein Motor gestartet wurde. Lukas rannte zum nächstgelegenen Fenster und zog den Vorhang beiseite. Im letzten Augenblick erhaschte er einen Blick auf das Kennzeichen des davonfahrenden Autos.

Wütend lief er zurück ins Wohnzimmer, wo sich der Sanitäter um seinen Kollegen kümmerte.

»Das haben Sie toll hingekriegt«, schimpfte er.

Die beiden Männer schauten ihn ängstlich an.

»Ich bin nicht der Böse! Ihretwegen ist er entkommen!« Lukas atmete tief durch, um sich ein wenig zu beruhigen. »Ist einer von Ihnen verletzt?« wiederholte er.

»Meine Schulter ist geprellt«, klagte der Notarzt.

»Aber die Kugel hat niemanden getroffen?«

Die beiden Männer schüttelten die Köpfe.

»Er hat uns eingesperrt«, informierte Lukas sie. »Wir müssen die Polizei alarmieren.«

»Habe ich einen Fehler gemacht?«, fragte der Mediziner entsetzt.

»Das ist die Untertreibung des Jahres«, antwortete Lukas verärgert und wählte den Notruf. »Lukas Sommer«, meldete er sich, nachdem eine Beamtin den Anruf entgegengenommen hatte. »Ich melde eine Schießerei im Ritterswall, Hausnummer siebzehn. Der Verursacher ist mit seinem dunkelblauen Mercedes auf der Flucht.« Er nannte das Kennzeichen. »Der Halter des Wagens ist Polizeirat Wilhelm Koch. Trotzdem müssen Sie das ernst nehmen. Schicken Sie außerdem zwei Streifenwagen zu der Adresse. Hier sind fünf Menschen eingesperrt!«

Bevor die Frau Gelegenheit hatte, nachzufragen, beendete er das Gespräch. Dann steckte er seine Pistole in die Jackentasche.

»Ich hatte ihn, ich hatte ihn, ich hatte ihn«, flüsterte er frustriert. Um die innere Anspannung loszuwerden, strich er sich durch den dichten Bart.

»Erklären Sie es uns«, bat der Sanitäter.

»Das habe ich schon«, reagierte Lukas genervt.

»Ihre Geschichte klang zu abenteuerlich«, verteidigte sich der Notarzt.

»Seit wie vielen Jahren sind Sie Mediziner? Eigentlich sollten Sie eine alte Schusswunde erkennen.«

Noch einmal hob er sein Shirt an. Der Arzt musterte seinen Bauch kritisch.

»Damals war von zwei toten Polizisten die Rede«, rechtfertigte er sich.

»Ich weiß«, sagte Lukas. »War schließlich meine Idee, als ich auf der Intensivstation aufgewacht bin. Wir hatten gehofft, den Entführer so in Sicherheit zu wiegen. Dass mein Vorgesetzter der Täter war, konnte ich ja nicht ahnen. Das habe ich erst kürzlich kapiert.« Er rieb über seinen linken Oberarm, der seit dem Sturz leicht schmerzte. »Kommen Sie mit mir«, bat er die Männer.

»Wohin?«, fragte der Sanitäter.

»In den Keller. Ich vermute, wir finden dort die beiden Entführten. Eventuell müssen sie medizinisch versorgt werden.«

Ohne ihr Einverständnis abzuwarten, ging er voran. Im Untergeschoss versperrte ihnen eine massive Stahltür den Weg. In einem zugesperrten Schlüsselkasten daneben hing der zugehörige Schlüssel. Zumindest nahm Lukas das an. Er schlug die kleine Glasscheibe mit dem Pistolengriff ein, holte den Schlüssel heraus und steckte ihn ins Schloss. Die Stahltür ließ sich mühelos öffnen. Lukas schaltete das Deckenlicht ein.

Von dem dahinter liegenden Flur gingen vier Türen ab.

»Hallo?«, rief er laut. »Carla? Simon? Hört ihr mich? Kommissar Lukas Sommer. Ich bin gekommen, um euch zu befreien.«

Die erste Kellertür war nicht verschlossen. Sie führte in einen Hauswirtschaftsraum.

»Carla?«, rief Lukas wieder. »Simon?«

Ein plötzliches Geräusch ließ ihn zusammenzucken. Jemand klopfte von innen gegen eine der Türen. Dumpf vernahm er eine weibliche Stimme.

»Hier drin! Hilfe!«

»Oh mein Gott«, murmelte der Notarzt.

Lukas rüttelte an der Klinke. »Ich bin gleich bei euch«, versprach er. »Ich muss nur irgendwie die Tür aufkriegen.«

»Beeilen Sie sich!«

Er probierte den Schlüssel aus, mit dem er die Stahltür geöffnet hatte. Zittrig steckte er ihn ins Schloss ... und tatsächlich ließ er sich umdrehen. Vorsichtig öffnete Lukas die Tür.

»Du lebst«, flüsterte er dankbar.

Carla starrte ihn an, als wäre er ein Geist.

Der Polizist musterte sie. Die Jahre in Gefangenschaft hatten ihr schwer zugesetzt. Ihre Haut wirkte blass und fahl. Sie hatte abgenommen und war entschieden zu dünn. Am meisten traf ihn der Anblick ihrer leblosen Augen.

»Sie haben uns gefunden«, sagte sie tonlos. »Nach so langer Zeit.« Tränen liefen ihr übers Gesicht. »Endlich! Oh Gott! Wissen Mama und Papa Bescheid?«

»Sie werden es ganz bald erfahren«, antwortete er. »Wo ist dein Bruder?«

»Nebenan.«

Lukas verließ den Raum und schloss die benachbarte Tür mit demselben Schlüssel auf. In der Ecke hockte ein Junge, der ihn ängstlich anschaute.

»Hallo, Simon. Ihr seid frei! Komm zu mir.« Er streckte ihm die Hand entgegen.

Der Junge erhob sich langsam und schlurfte drei kleine Schritte in Lukas' Richtung. Dann stürmte er jedoch los, lief in den Nachbarraum und warf sich seiner Schwester in die Arme.

»Wir fahren zu Mama und Papa«, schluchzte sie, während sie ihn fest an sich drückte.

Lukas betrachtete die beiden Geretteten. Jedes Opfer der vergangenen Jahre hatte sich für diesen Augenblick gelohnt.

26

»Warum verlassen wir diesen schrecklichen Ort nicht?«, fragte Carla ihn ein paar Minuten später mit gedämpfter Stimme.

»Er hat uns eingeschlossen. Und alle Fenster sind vergittert«, erwiderte Lukas leise, damit Simon ihn nicht hören konnte.

»Und wenn er zurückkommt?«

»Das passiert nicht«, versprach der Polizist.

Panisch blickte die junge Frau zur Haustür. Als Lukas' Handy klingelte, zuckte sie erschrocken zusammen.

»Das sind wahrscheinlich meine Kollegen«, beruhigte er sie, bevor er den Anruf annahm. »Lukas Sommer. Wer ist da?«

»Ich fasse es nicht«, brummte ein Mann, dessen Stimme Lukas bekannt vorkam.

»Tobias? Tobias Mühlenberg?«

»Der bin ich. Lukas, ich, nein, wir haben dich alle für tot gehalten. Ich war sogar auf deiner Beerdigung. Scheiße! Erklär mir das! Die Notrufzentrale hat behauptet, ein Lukas Sommer habe sich gemeldet und Polizeirat Koch beschuldigt.«

»Das stimmt leider. Wir sind in seinem Haus gefangen.«

»Wer ist wir?«

»Carla und Simon Holtzmann, ein Notarzt, ein Sanitäter und ich.«

»Unfassbar! Die Kinder leben?«

»Ja! Wie schnell könnt ihr hier sein? Ihr müsstet allerdings die Haustür aufbrechen. Oder einen Schlüsseldienst mitbringen. Die Fenster sind von innen vergittert, wir kommen nicht von allein raus.«

»Gib uns eine Viertelstunde. Maximal zwanzig Minuten.«

»Jemand sollte die Eltern benachrichtigen. Am besten gemeinsam mit einem Psychologen.«

***

»Es tut mir so leid, dass ich Sie beinahe erschossen hätte«, wisperte Carla mit tränenerstickter Stimme, als sich mehrere Sirenen näherten.

»Kannst du dich noch an den Tag damals erinnern?«

»An jedes schreckliche Detail.«

»Erzähl mir davon.«

Stockend berichtete sie. »Er hatte mir den Wortlaut des Telefonats eingebläut. Mir Stichworte aufgeschrieben, wie ich reagieren sollte. Nachdem ich das zu seiner Zufriedenheit ausgeführt hatte, fuhr er mich in seinem Kombi zum Treffpunkt. Fesselte mich an die Heizung und drückte mir die Pistole in die Hand. Er drohte, Simon die schlimmsten Qualen anzutun, falls ich versagte. Dann verschwand er. Sie und ihre Kollegin fanden mich, und ich, ich ... Es tut mir so leid«, weinte sie. »Ich träume fast jede Nacht von dem Schuss. Und davon, eine Polizistin getötet zu haben.«

»Warum hast du auf meinen Bauch gezielt? War das Absicht?«

»Ich weiß es nicht.«

»Es hat mir das Leben gerettet.«

»Uns dann also auch. Oh Gott.«

»Hat Koch dir erzählt, dass wir überlebt haben?«

»Er heißt Koch?«, wunderte sie sich. »Das klingt so ... normal.«

»Hat er einen anderen Namen benutzt?«

»Nein, gar keinen Namen«, murmelte sie leise.

»Wilhelm Koch. Wusstest du, dass er Polizist ist?«

»Nach ein paar Monaten hat er's mir gesagt. Um mir die Hoffnung zu nehmen.«

»Wie hast du ihn eigentlich genannt?«, fragte er.

»Anfangs wollte er *Meister* genannt werden. Später musste ich *Papa* zu ihm sagen«, gestand sie stockend. »Wie ich das gehasst habe!«

Aus dem Hausflur drangen Geräusche zu ihnen. Als würde sich jemand an der Tür zu schaffen machen.

»Wie hast du es geschafft, mir die Nachricht aufs Handy zu schicken? Und woher wusstest du, dass ich überlebt habe?«

»Er hat es ausgeplaudert. Anfangs war er wütend, dass Sie nicht gestorben sind, und hat mich mehrfach dafür bestraft. Aber im Laufe der Zeit hat er immer häufiger von Ihnen erzählt. Wie er Sie als Schachfigur hin- und herschob. Ihm gefiel das. Er prahlte damit, dass er der einzige Mensch aus Ihrem alten Leben sei, zu dem Sie Kontakt hielten. Vor einigen Tagen wirkte er plötzlich völlig verändert. Er kam zu mir hereingestürzt, schlug mich, riss mir die Kleidung ... normalerweise ...« Sie stoppte und verbarg ihr Gesicht in den Händen. »Meistens dauerte es eine Stunde oder länger. Ihm hat es Spaß gemacht, das Ende hinauszuzögern.«

Lukas konnte sie kaum verstehen, fragte aber nicht nach, um sie nicht noch mehr in Bedrängnis zu bringen.

»Jedoch nicht an dem Abend«, fuhr sie fort. »Irgendetwas schien ihm gegen den Strich zu gehen.« Sie ließ die Hände sinken. »Er hat sich abreagiert. Kaum war er fertig, rannte er raus und verriegelte die Tür. Da sah ich das Handy auf der Kommode liegen. Er hatte es dort vergessen. Ich suchte die Nummer, die ihn zuletzt kontaktiert hatte, in der Hoffnung, dass es Ihre war. Hastig tippte ich die Nachricht. Ich musste sichergehen, dass Sie wissen, von wem sie stammt. Deswegen die Drohung. Entschuldigen Sie.«

»Das war goldrichtig«, beruhigte er sie.

»Anschließend habe ich die Nachricht sofort wieder gelöscht und das Telefon zurückgelegt. In dem Moment hörte ich auch schon den Schlüssel im Schloss. Ich ließ mich aufs Bett fallen, krümmte mich zusammen und schluchzte. Er beachtete mich gar nicht, obwohl er so ein Verhalten sonst hasste, sondern schnappte sich nur das Handy und verschwand wortlos.«

In der Diele rumpelte es.

»Lukas? Lukas Sommer?«, ertönte eine männliche Stimme.

»Wir sind im Wohnzimmer.«

Tobias Mühlenberg betrat den Raum, während sich Lukas erhob.

»Ich glaub es einfach nicht!«, rief der Kollege grinsend. »Du lebst tatsächlich!« Zufrieden betrachtete er die Holtzmann-Kinder. »Und ihr auch! Gott sei Dank!«

In der Küche setzte Lukas den Hauptkommissar grob ins Bild.

»Undercover seit drei Jahren, Wahnsinn! Und du warst in die Schießereien verwickelt?«, hakte Mühlenberg staunend nach.

»Darüber reden wir später. Was den Bandenkrieg betrifft, kann ich wichtige Informationen liefern. Aber jetzt geht es erst mal um Carla und Simon. Sind ihre Eltern informiert?«

»Wie du vorgeschlagen hast. Wir haben insgesamt fünf Beamte plus einen Psychologen zu ihnen geschickt. Es ist derselbe, der sie nach der Entführung betreut hat.«

»Wunderbar!«

»Und er ist darauf vorbereitet, länger bei ihnen zu bleiben, sofern die Familie das wünscht.«

Lukas reichte Mühlenberg sein Handy. »Ich habe heimlich Fotos gemacht. Könntest du sie bitte an die Eltern weiterleiten? Sie sollen wissen, wie sich ihre Sprösslinge äußerlich verändert haben. Nicht, dass es beim Wiedersehen zu irgendeiner unbedachten Äußerung oder verletzenden Reaktion kommt.«

»Du denkst wirklich an alles. Ich schicke sie einem der Beamten vor Ort.«

»Ich werde die beiden nach Hause begleiten«, fügte Lukas entschlossen hinzu. »Ich will dabei sein, wenn sie heimkehren. Davon habe ich all die Jahre geträumt. Das hat mir Kraft gegeben.« Er wusste selbst, dass er übertrieb. Denn nachdem er und Koch übereingekommen waren, ihn in die Rockergang einzuschleusen, hatte er immer seltener an die Entführungsopfer gedacht. In Wahrheit wollte er sich vorbereiten: Falls seine Undercover-Tätigkeit heute Nacht endete, stünde ihm demnächst ein ebenso unerwartetes Wiedersehen bevor. Ein Gedanke, der ihm Angst einjagte.

»Klar«, sagte Mühlenberg. »Versteht sich von selbst. Und danach darfst du im Präsidium Rede und Antwort stehen.«

Lukas saß auf der Rückbank des Streifenwagens links, Carla in der Mitte, Simon rechts. Mit Blaulicht rasten sie zum Haus der Familie.

»Ich habe eine Bitte«, wandte er sich an die junge Frau.

»Welche?«

»Wie du ja weißt, hat mich Koch als Undercover-Ermittler eingesetzt.«

Sie nickte.

»Obwohl er mit mir gespielt hat, hatte es doch etwas Gutes. Ich habe mir einen gewissen Ruf erworben, der sich vielleicht für weitere Ermittlungen nutzen lässt. Ich wäre dir sehr dankbar, wenn du vorläufig niemandem gegenüber erwähnst, dass ich noch lebe.«

»Auch nicht meinen Eltern?«

»Mit denen rede ich persönlich. Ich meinte eher bei Interviews oder so.«

Erschrocken sah sie ihn an. »Muss ich Interviews geben?«

Lukas dachte an den Medienrummel, den Natascha Kampuschs Flucht aus den Fängen ihres Entführers vor einigen Jahren ausgelöst hatte.

»Deine Familie wird definitiv Anfragen bekommen.«

»Ich will das nicht«, wisperte sie.

»Das ist allein deine Entscheidung. Beziehungsweise die der ganzen Familie. Ich könnte mir vorstellen, dass es sinnvoll ist, einige wenige Pressetermine zu absolvieren, sobald du dazu bereit bist. Damit die

Meute Ruhe gibt. Du entscheidest. Deinen Bruder kann man sicher aus allem heraushalten, weil er erst elf ist. Du hingegen ...« Er vollendete den Satz nicht, denn er hatte allzu plastisch vor Augen, wie sich die Medien auf die Familie stürzen würden. Genau wie auf ihn, falls seine Geschichte jemals ans Licht käme.

»Also soll ich nicht Ihren Namen nennen?«, vergewisserte Carla sich.

»Zumindest so lange nicht, bis du etwas anderes von mir hörst.«

»Und wenn sie fragen, wer mich gerettet hat? Muss ich dann lügen?«

»Uns fällt schon eine passende Geschichte dafür ein«, versicherte er.

Der Streifenwagen bog in ihr Wohnviertel ein.

»Okay«, versprach sie. »Aber ich werde mit niemandem darüber sprechen, was er mir ... angetan hat.« Energisch wischte sie sich die Tränen aus dem Gesicht.

»Niemand wird dich dazu zwingen.«

»Carla, wir sind zu Hause!«, rief Simon und deutete aufgeregt aus dem Seitenfenster.

Das Haus der Familie Holtzmann war hell erleuchtet. Genau wie einige der umstehenden Gebäude. Lukas sah Menschen neugierig aus Fenstern schauen, ein paar standen sogar vor ihren Haustüren. Die sichtbare Anwesenheit der Polizei hatte für Aufmerksamkeit gesorgt.

»Ich ziehe meine Kapuze über den Kopf, für den Fall, dass ein Nachbar eure Rückkehr filmt«, erklärte Lukas.

Carla nickte.

»Mama! Papa!«, rief Simon. »Da sind Mama und Papa!«

Er schluchzte vor Freude, und Carla stimmte darin ein. Sie drückte die Hand ihres Bruders.

Ihre Eltern standen in der offenen Haustür. Selbst aus der Entfernung wirkten sie hoffnungsvoll und ängstlich zugleich. Als fürchteten sie, die schillernde Seifenblase könnte im letzten Moment platzen.

»Bleibt sitzen, bis wir angehalten haben«, mahnte Lukas.

Behutsam bremste der Wagen ab.

Sandra Holtzmann löste sich von ihrem Mann und rannte los. Im selben Moment setzte auch er sich in Bewegung.

»Ich krieg die Tür nicht auf!«, jammerte Simon und zerrte hektisch am Türgriff.

»Warte, ich helfe dir.« Lukas beugte sich zu ihm, entriegelte die Sicherung und stieß die Wagentür auf. »Lauf!«

Der Junge sprang aus dem Fahrzeug. »Mami! Papi!«

»Simon!«, schrie seine Mutter. Tränen rannen ihr über das Gesicht. »Mein Baby!« Sie schloss ihren Sohn in die Arme und drückte ihn fest an sich.

»Willst du nicht aussteigen?«, fragte Lukas Carla.

»Ich hab Angst«, sagte sie.

»Wovor?«

»Wie sie reagieren.«

»Das hier ist der glücklichste Tag ihres Lebens«, munterte Lukas sie auf. »Und vor allem löscht er den schlimmsten zumindest ein Stück weit aus.«

»Ich danke Ihnen. Für alles.«

Sie hatte genug Mut gesammelt, um den Streifenwagen zu verlassen. Ihre ersten Schritte waren vorsichtig. Dann lief sie mit ausgebreiteten Armen los.

»Mama! Papa!«

»Carla! Carla!«

Die junge Frau erreichte ihre Eltern, und endlich war die Familie wieder vereint.

»Verdammt, ist das schön«, murmelte der Fahrer des Streifenwagens mit tränenerstickter Stimme. »Wehe, Sie verraten jemandem, dass ich wie ein Kleinkind geflennt habe.«

Lukas grinste. Auch er hatte Tränen in den Augen. »Wir legen einfach ein gemeinsames Schweigegelübde ab.«

»Einverstanden.«

Eine Weile beobachteten sie schweigend das Familienglück. Eltern und Kinder lagen sich abwechselnd weinend in den Armen.

»Stimmt es, dass einer von unseren eigenen Leuten dahintersteckt?«, fragte der Streifenbeamte.

»Polizeirat Koch«, bestätigte Lukas.

»Dieses Schwein! Und er ist noch nicht verhaftet?«

»Nein, aber ich werde nicht eher ruhen, bis er hinter Gittern sitzt.«

Entschlossen stieg Lukas aus. Er senkte den Blick und ging auf das Haus der Holtzmanns zu, ohne sie in ihrer Wiedersehensfreude zu stören. Er würde ihnen jede Zeit der Welt einräumen, ehe er die notwendigen Verhaltensregeln für die nächsten Wochen mit ihnen besprach.

27

Sämtliche Nachrichtenkanäle berichteten live von der Pressekonferenz. Außerdem schalteten die Öffentlich-Rechtlichen und ein Privatsender im Rahmen ihrer mittäglichen Magazinsendungen in den Presseraum des Präsidiums. Auf dem Podium saßen der Polizeipräsident, der Oberstaatsanwalt, ein Rechtsanwalt und die Eltern der geretteten Entführungsopfer. Daneben die Pressesprecherin der Polizei.

Wilhelm Koch hatte eigentlich gehofft, Carla zu sehen. Wie sie wohl die erste Woche in Freiheit überstanden hatte? Doch diese Hoffnung zerschlug sich, als die attraktive Medienbeauftragte die Veranstaltung eröffnete. Trotz der Enttäuschung drehte Koch in seinem Versteck den Ton des kleinen Fernsehgeräts hoch.

»Sehr geehrte Damen und Herren, hiermit eröffne ich die Pressekonferenz. Vielen Dank, dass Sie so zahlreich erschienen sind. Zunächst einige Informationen zum Ablauf. Als Erstes wird Sie Polizeipräsident Berlinger auf den neuesten Stand der Ermittlungen bringen. Oberstaatsanwalt Schiller wird seine diesbezüglichen Ausführungen auf Nachfrage ergänzen. Anschließend verliest die Familie Holtzmann ein Statement. Frau und Herr Holtzmann wünschen allerdings keinerlei Rückfragen. Ich bitte Sie, dies zu respektieren. Rechtsanwalt Doktor Rohde, der die Familie Holtzmann vertritt, wird sich abschließend an Sie wenden. Polizeipräsident Berlinger, Sie haben das Wort.«

Koch schmunzelte. Als würden sich die Medienratten an irgendwelche Regeln halten. Aber vorläufig verhielten sie sich tadellos. Berlinger konnte in Ruhe referieren und schien das sogar zu genießen – obwohl er aus Sicht der Polizeibehörde über ein heikles Thema sprach.

Kochs Dienstgrad erwähnte der Polizeipräsident kein einziges Mal. Aber selbstverständlich hatten die Medien das allein herausgefunden. Berlinger präsentierte der Öffentlichkeit drei unterschiedliche Fotos des Verdächtigen und fasste die Ereignisse noch einmal zusammen. Der Bericht endete damit, dass ein Polizeibeamter die Entführten aus Kochs Haus gerettet habe. Durch eine Verkettung unglücklicher Umstände sei dem Entführer jedoch die Flucht gelungen. Seitdem fahndeten die Behörden im In- und Ausland intensiv nach ihm.

Es klang so, als rechne Berlinger mit einer zügigen Verhaftung. Dass Koch sich seit einer Woche dem

Fahndungsdruck widersetzte, schien keine Rolle zu spielen.

Der Polizeipräsident beendete seinen Vortrag, und sofort schossen die Arme der Medienvertreter in die Höhe. Die Pressesprecherin erteilte dem ersten Journalisten das Wort.

»Inwieweit war Polizeirat Koch in die Ermittlungen vor drei Jahren involviert, und in welchem Ausmaß hat er die Polizeiarbeit bewusst behindert?«

Weitere unangenehme Fragen folgten. Der Polizeipräsident und der Oberstaatsanwalt versuchten vergeblich, Kochs Bedeutung kleinzureden. Sie gaben kein sonderlich gutes Bild ab. Ein PR-Berater hätte ihn wohl empfohlen, lieber die Wahrheit einzugestehen. Allerdings wusste wahrscheinlich niemand, dass Koch einen entscheidenden Hinweis vernichtet hatte. Nach so langer Zeit war das schlicht und ergreifend nicht mehr nachvollziehbar.

Zehn Minuten später verlas der Vater das vorbereitete Statement. Zuerst dankte er der Polizei für ihren unermüdlichen Einsatz.

Koch fragte sich, ob der Mann nicht wusste, dass in den letzten vierundzwanzig Monaten kaum noch etwas unternommen worden war, um die Entführten zu finden. Dass die meisten ohnehin von ihrem Tod ausgegangen waren.

Anschließend erklärte Frederik Holtzmann, seinen Kindern gehe es den Umständen entsprechend. Sie bekämen psychologische Hilfe und erhielten jede

Unterstützung, die sie für die Rückkehr in ein normales Leben benötigten.

Für Simon mochte das sogar zutreffen. Koch hatte ihn nie angerührt, hatte ihm höchstens mal eine Ohrfeige verpasst, und er hatte Carla angehalten, ihren Bruder zu unterrichten. Jeden Sommer hatte er neue Lehrmaterialien gekauft, entsprechend der Klassenstufe, in die Simon jeweils gewechselt wäre. Von Montag bis Freitag hatten die beiden fünf Stunden täglich zusammengesessen und gebüffelt. Nach den Sommerferien sollte es Simon also möglich sein, in die Schule zurückzukehren.

Bei Carla sah die Sache anders aus. Koch hatte sie als Sklavin gehalten. Ihr vor Augen geführt, dass sie als Frau keinen Wert besaß. Er hatte sie drei Jahre fast täglich missbraucht. Manchmal mehrfach. Er konnte sich kaum vorstellen, wie sie jemals wieder ein *normales Leben* führen und auch nur einen Hauch Selbstbewusstsein zurückgewinnen sollte.

Die Mutter ergriff das Wort und beklagte sich über die Zustände in der Nähe ihres Hauses. Medienvertreter belagerten das Viertel und zahlten Nachbarn Geld, um auf deren Rasenflächen campieren zu dürfen. Eindringlich bat sie darum, der Familie die dringend benötigte Privatsphäre zu gewähren. Sie appellierte an das Gewissen der Medien.

Ob die Familie irgendwann einen Exklusivvertrag unterschreiben würde, um finanziell von der Geschichte zu profitieren? Natürlich nur im Interesse ihrer Kinder. Oder würden sie der Versuchung widerstehen?

Mit ernstem Blick schaute Sandra Holtzmann in die Kameras. »Meine Kinder haben genug gelitten. Lassen Sie uns in Ruhe!«

Beinahe synchron standen die Eltern auf und gingen zum Rand des Podiums, wo sie von einer Frau im Kostüm erwartet wurden, die sie aus dem Raum führte.

Die Journalisten riefen ihnen aufgeregte Fragen hinterher, und die Pressesprecherin hatte alle Mühe, wieder für Ruhe im Raum zu sorgen.

Koch hatte gesehen, was ihn interessierte. Er schaltete das Gerät mit der Fernbedienung aus. Seine ehemaligen Kollegen hofften also, ihn schnell zu verhaften. Wenn sie sich da mal nicht täuschten.

Er hatte immer in Betracht gezogen, dass er womöglich irgendwann abtauchen müsste, und entsprechende Vorbereitungen getroffen. Mit den Papieren, die ihm Igor besorgt hatte, war es ein Kinderspiel gewesen, ein billiges Apartment anzumieten. Einmal jährlich hatte er sich etwas Neues gesucht. Bis die Polizei ihm auf die Spur käme, würden wahrscheinlich Monate vergehen. Und dann wäre er längst in der Karibik, wo ein großer Teil seiner illegal erworbenen Gelder lag.

Doch zunächst wollte er sich an der Person rächen, die die Verantwortung für all das trug.

Er holte einen Koffer aus dem Kleiderschrank, klappte ihn auf und betrachtete den Inhalt: Perücken, falsche Bärte, eine künstliche Glatze, Mützen, Schaumpolster, mit denen man seine Gesichtsform verändern konnte, und Theaterschminke. Bestellt bei einem Versandhandel, der auf die Ausrüstung von Laientheatergruppen spezialisiert war.

Sie würde ihn nicht wiedererkennen. Erst wenn sie das Messer in ihrem Leib spürte, würde sie merken, dass er sie nach all den Jahren am Ende doch noch erwischt hatte.

Verfluchte Schlampe!

Sie hatte ihn damals ausgetrickst. Vielleicht sollte er Carla einen Brief schreiben und ihr erklären, wer die Schuld an den ganzen Vergewaltigungen trug. Hätte Franziska ihn nicht verlassen, hätte die junge Frau ein unbeschwertes Leben führen können.

Koch schleppte den Koffer ins Badezimmer und probierte einige Utensilien aus. Als er eine graue Perücke aufsetzte, musste er an seinen Vater denken. Eine Frau hatte den Männern im Haus Untertan zu sein. Das war Gottes Gesetz. Der Vater hatte diese unumstößliche Regel mit harter Hand durchgesetzt. Manchmal, indem er Wilhelms Mutter bestraft hatte. Jedoch nie ohne Anlass. Aufgewachsen in diesem klar definierten Umfeld konnte Wilhelm gedeihen und eine ansehnliche Karriere hinlegen. Kinder und Frauen brauchten Strukturen und Regeln. Er war Polizist geworden, weil sein Vater ein Fanatiker gewesen war, der jeden kleinen Verstoß hart bestrafte. Das hatte sich auf seinen Berufswunsch ausgewirkt. Die Details, die ihm als Kind schlimm vorgekommen waren, bewertete er seit der Pubertät anders. Das Stöhnen seines Vaters. Das Schluchzen der Mutter. Das Geräusch von Schlägen auf nackter Haut – deutlich vernehmbar trotz geschlossener Zimmertüren. All das hatte sich in ihm eingebrannt, ihn geprägt und irgendwann den Weg an die Oberfläche gefunden. Als er das erste Mal Franziska geschlagen und gegen ihren Willen genommen hatte, war in ihm ein hungriges Tier erwacht, das ihn belohnte, wenn es gefüttert wurde

Koch konzentrierte seine Gedanken auf Franziska. Vor ihrer Schwangerschaft hatte sie in einem Großunternehmen gearbeitet und einmal von einer chaotisch verlaufenen Feuerschutzübung erzählt. Da die Firma Franziska nach der Scheidung wiedereingestellt hatte, konnte sich Koch dieses Wissen nun zunutze machen. In solchen Firmen galt bei Bombendrohungen ein festgelegter Notfallplan. Ein einziger Anruf, und der interne Alarm würde ausgelöst. Die Mitarbeiter mussten sich auf einem frei zugänglichen Parkplatz versammeln. Dreihundertfünfzig bis vierhundert Menschen. Manche von ihnen aufgrund der unklaren Situation kopflos. Ein Unbekannter, der sich einer bestimmten Person näherte, fiele da gar nicht auf.

Er würde ihr das Messer in den Bauch rammen, anschließend sofort das Weite suchen und über die nächstgelegene Grenze ausreisen. Dann in Frankreich ein Schiff besteigen und in der Karibik ein neues Leben beginnen. Vielleicht gelänge es ihm sogar, aus der Ferne Lukas Sommer zu schaden.

28

Franziska Ritsche überprüfte den Reklamationsvorgang, den ihr die Teamleiterin zugewiesen hatte. Der Kunde erwartete eine Teilerstattung von im Ausland entstandenen Kosten, weil er angeblich an der Hotline schlecht beraten worden war.

Solche Aussagen waren schwer zu überprüfen, weswegen sie sich das Kundenkonto genau anschaute.

Ihre Kollegin Britta trat hinter sie und beugte sich verschwörerisch zu ihr herunter.

»Wer ist der Typ, der die ganze Zeit neben dir sitzt, und gerade in die Küche gegangen ist?«, fragte sie.

»Zum Monatsanfang eingestellt«, antwortete Franziska. »Er ist in der Zentrale ausgebildet worden, und ich soll ihn in den nächsten Wochen hier einarbeiten.«

»In unserer Abteilung?«, wunderte sich Britta.

»So ist es vorgesehen.«

»Was für eine Sauerei!«

»Wieso?«

»Schon vergessen? Wir haben Einstellungsstopp. Selbst Aufstockungen der Wochenarbeitszeit kriegen wir nicht genehmigt. Und dann kommt so ein Kerl ...«

»Psst«, zischte Franziska. »Ich schätze, er hat Beziehungen. Er sprach davon, dass er jemanden in der Führungsetage kennt.«

»Das ist so typisch«, murrte ihre Kollegin. »Weißt du, wo er vorher angestellt war?«

»Arbeitslos.«

»Super! Ich könnte ausrasten. Wenn sie ihn zu mir setzen wollen, weigere ich mich.«

Franziska zuckte die Achseln. »Das wird wohl an mir hängen bleiben. Sie haben seine Schichten an meine angepasst.«

»Das heißt, er wird in Teilzeit eingearbeitet?« Britta klang immer fassungsloser.

»Er hat das gleiche Stundenmodell wie ich.«

»Und verdient wahrscheinlich ein Vollzeitgehalt. Schweinerei!«

»Vorsicht!«, mahnte Franziska, als der Neue in diesem Moment aus der Teeküche kam.

Britta setzte sich zurück an ihren Arbeitsplatz.

»Pfefferminztee, wie gewünscht«, sagte der Mann. Er stellte die beiden Tassen ab und nahm wieder neben Franziska Platz.

»Das hier ist eine interessante Reklamation«, erklärte sie. »Der Kunde behauptet nämlich, er sei falsch beraten worden. Wie gehen wir in einem solchen Fall vor?«

Als Britta gemeinsam mit einer anderen Kollegin in eine Zigarettenpause ging, war niemand mehr in Hörweite.

»Ich bin auf Ihre Anwesenheit angesprochen worden«, flüsterte Franziska.

»Von Ihrer Kollegin?«, fragte der Mann.

Sie nickte.

»Wundert mich nicht, die hat mich schon mehrfach seltsam gemustert.«

»Wir haben Einstellungsstopp. Deswegen erregt es natürlich Misstrauen, wenn jemand hier einen neuen Job antritt. Ich habe behauptet, Sie hätten Kontakte zur Geschäftsleitung.«

»Gelungene Ausrede«, lobte Lukas Sommer.

»Wie lange ziehen wir das Schauspiel durch?«

»Bis wir ihn geschnappt haben. Oder Sie bereit sind, ins Zeugenschutzprogramm aufgenommen zu werden.«

»Niemals«, widersprach sie energisch. »Wilhelm macht mir kein zweites Mal mein Leben kaputt. Das ist eh Quatsch!«

»Was?«

»Das ganze Land sucht ihn. Die Polizei, die Medien. Jeden Tag berichtet der Boulevard über ihn. Er hat Wichtigeres zu tun, als mich aufzuspüren.«

»Vielleicht haben Sie recht. Vielleicht aber auch nicht«, gab Sommer zu bedenken. »Wollen Sie dieses

Risiko eingehen? Sie haben ihn als extrem rachsüchtig beschrieben. Diese Charakterisierung hatte maßgeblichen Einfluss auf unsere Entscheidung.«

Franziska stützte ihre Ellenbogen auf und legte die Stirn auf ihre gefalteten Hände. »Ich weiß es nicht. Manchmal denke ich, er ist mittlerweile weit weg, dann fürchte ich, dass er direkt hinter mir steht.«

»Insofern ist es wichtig, Sie und Ihren Sohn zu schützen.«

»Hoffentlich gefällt es Maximilian in dem Internat«, seufzte die Mutter.

»Bestimmt.«

***

Mit halbem Ohr hörte Lukas zu, wie Kochs Exfrau ihm zur Wahrung des Scheins den Job erklärte. Eine Woche hatte sie sich freigenommen, dann jedoch darauf bestanden, zur Arbeit zurückzukehren. Für Maximilian hatten sie eine sichere Lösung gefunden. Zumal Lukas nicht glaubte, dass Koch seinem Sohn etwas antun würde. Simon hatte er vergleichsweise gut behandelt. Ganz im Gegensatz zu Carla. Kochs Hass schien sich gegen Frauen zu richten.

Hatte er sich ins Ausland abgesetzt? Niemand im Präsidium schloss das aus. Auch Lukas nicht. Die Kladde, die ihnen Franziska Ritsche nach Kochs Flucht zur Verfügung gestellt hatte, war hilfreich gewesen. Sein Vermögen hatte zum Zeitpunkt der Trennung bereits im sechsstelligen Bereich gelegen. Doch sie fanden keine deutschen oder europäischen Konten, auf denen er das Geld lagerte. Inzwischen dürfte er noch ganz andere Summen angehäuft haben.

Trotzdem fürchtete Lukas, dass der ehemalige Polizeirat alles daransetzen würde, offene Rechnungen zu begleichen. Mit seiner Exfrau und wahrscheinlich auch mit ihm. Da er ohnehin nun enttarnt war, hatte er nichts mehr zu verlieren.

Carla hatte ein bisschen von ihrem Martyrium im Keller von Kochs Haus erzählt. Die sadistischen Züge, die ihr Entführer in den drei Jahren offenbart hatte, deuteten nicht darauf hin, dass er am Ende einfach verschwand, um seine Haut zu retten.

Der Polizeipräsident hatte zunächst Bedenken wegen Lukas' Beteiligung an der Aktion gehabt. Franziska hatte allerdings darauf beharrt, von dem einzigen ihr bekannten Polizisten geschützt zu werden, und so war Lukas bei ihr eingezogen. Momentan schlief er in Maximilians Zimmer. Die erzwungene räumliche Nähe zu einem anderen Menschen half ihm, in ein normales Leben zurückzufinden. Seine Vorgesetzten hatten noch nicht entschieden, wie es mit ihm weitergehen sollte. Die Idee, ihn weiterhin für verdeckte Ermittlungen einzusetzen, reizte den Polizeipräsidenten. Lukas selbst hingegen ...

Ein schriller Alarmton riss ihn aus seinen Gedanken.

»Was ist das?«, fragte er besorgt.

»Der Feueralarm«, antwortete Franziska.

Um sie herum standen die ersten Mitarbeiter auf und wechselten ratlose Blicke.

»Eine Übung?«, wollte Lukas wissen.

»Zumindest keine, die sie im Vorfeld angekündigt haben.«

Die Teamleiterin erhob sich von ihrem Platz. »Leute, ihr kennt das Prozedere. Wir verlassen jetzt ruhig und gesittet den Raum. Niemand nimmt seine Sachen mit. Alle Handtaschen, Rucksäcke und sonstigen größeren Gegenstände verbleiben an euren Arbeitsplätzen.«

Lukas eilte zu ihr, da sie zu den wenigen Personen gehörte, die über seine wahre Identität informiert war.

»Ist das eine Übung?«, erkundigte er sich flüsternd. »Dann würde ich es vorziehen, mit Frau Ritsche das Ende im Büro abzuwarten.«

»Nein«, raunte sie ihm zu. »In der Zentrale ist eine Bombendrohung eingegangen.«

Er drehte sich um und lief zu Franziska zurück. Offenbar sah sie ihm den Ernst der Lage an.

»Ab sofort bleiben Sie in meiner Nähe«, wies er sie an.

»Steckt Wilhelm dahinter?«

»Ich fürchte es.« Er wartete, bis die Teamleiterin zu ihnen kam. »Wo sammeln wir uns?«

»Wir müssen durch die kleine Grünanlage bis zu dem öffentlichen Parkplatz. Dort versammelt sich der komplette Standort.«

Lukas ahnte, welch schwierige Aufgabe ihm nun bevorstand.

***

Der ungefähr vierhundert Meter lange Parkplatz war zu beiden Seiten mit Fahrzeugen vollgestellt. Koch hatte trotzdem Glück gehabt und eine freie Lücke gefunden, von der aus er schnell die Zufahrtsstraße erreichen würde. Seit seiner anonymen Drohung waren sieben Minuten vergangen. Die ersten Mitarbeiter des Unternehmens näherten sich dem Sammelpunkt. Einige wirkten panisch, andere schienen eher den unerwarteten Spaziergang bei schönem Sommerwetter zu genießen.

Er warf einen letzten Blick in den Spiegel der Sonnenblende. Sie würde ihn garantiert nicht erkennen, bis es zu spät wäre.

Er stieg aus und ging langsam in Richtung der Wartenden. Sein dünner Trenchcoat, die grauen Haare, die Schiebermütze und der Gehstock ließen ihn wie einen harmlosen alten Mann aussehen.

Immer mehr Menschen strömten zu der Sammelstelle. Doch Franziska war nicht zu sehen. Fünfzig Meter von der ersten kleineren Angestelltengruppe entfernt blieb er stehen. Irgendwann würde er sie entdecken und zu ihr hinüberschlendern. Vollkommen unauffällig. Das Messer steckte griffbereit in der rechten Tasche seines Trenchcoats. Mit dem Stock würde er sich verteidigen, falls jemand versuchen sollte, ihn aufzuhalten.

»Komm schon!«, flüsterte er ungeduldig.

***

»Es könnte Zufall sein«, sagte Franziska hoffnungsvoll.

»Vielleicht«, brummte Lukas. »Oder ein ganz perfider Plan.«

Im Erdgeschoss reihten sie sich in die kleine Schlange ein, die das Gebäude verließ.

»Bleiben Sie hinter mir«, zischte er.

»Alles klar.«

Lukas trat vor die Tür und scannte die Umgebung. Ihm fiel niemand auf, der einen Hinterhalt vorzubereiten schien.

Zwei Mitarbeiter in orangefarbenen Schutzwesten dirigierten ihre Kollegen wie Flugzeugeinweiser in Richtung Grünanlage.

»Bitte ohne Verzögerung am Sammelpunkt einfinden«, rief einer von ihnen. »Dort werdet ihr informiert, sobald es Entwarnung gibt.«

Seit Auslösung des Bombenalarms waren acht Minuten vergangen. Wie lange würde es dauern, bis die ersten Streifenwagen eintrafen? Sollte er hier auf die Polizei warten, oder gefährdete er dadurch Franziskas Leben, falls tatsächlich jemand irgendwo eine Bombe deponiert hatte?

Einer der Schutzwestenträger bemerkte sein Zögern.

»Schneller!«, trieb er ihn an.

Lukas beschloss, der Menge zu folgen. Sie bot in gewisser Weise Schutz, weil er gemeinsam mit Franziska darin untertauchen konnte.

»Kommen Sie!«

Er griff nach ihrem Arm. Um die angespannten Nerven der Meute zu schonen, verzichtete er darauf, die Waffe aus dem Schulterpolster zu ziehen, das von seinem Jackett verdeckt wurde.

»Franzi, warte!«, rief ein Mann hinter ihnen.

Lukas drehte sich ruckartig um und musterte den jungen Mann, der zu ihnen aufschloss.

»Hi«, sagte der freundlich. »Dich kenne ich gar nicht. Bist du neu?«

»Verschwinden Sie!«, zischte Lukas.

»Bitte?« Der rüde Ton verwirrte den Mann sichtlich.

»Entschuldige, Markus. Ich erkläre es dir ein anderes Mal«, mischte sich Franziska ein.

»O-kaaaay«, erwiderte der Typ langgezogen und entfernte sich kopfschüttelnd.

»Musste das sein?«, schimpfte Kochs Exfrau. »Das ist ein sehr lieber Kollege, mit dem ich ab und zu in der Kantine esse.«

»Ihr Wohlergehen hat Priorität vor den Befindlichkeiten irgendwelcher Kerle. Weitergehen!«

»Sie übertreiben!«

***

Mittlerweile hatten gut zweihundert Menschen die Sammelstelle erreicht. Das Stimmengewirr schwoll an, und langsam verbreitete sich die Nachricht, dass eine Bombendrohung eingegangen war, was der zunächst recht unbekümmerten Stimmung einen Dämpfer versetzte.

Soweit Koch es mitbekam, vermuteten die meisten einen Fehlalarm. Er überlegte, ob er Gerüchte streuen sollte, entschied sich jedoch dagegen. Sollte er für seine Flucht eine Panik benötigen, reichte es, wenn er irgendwann *Allahu Akbar* schrie. Den Rest würden die kopflosen Idioten schon allein besorgen.

Von seinem Standort zwischen den geparkten Autos musterte er die Neuankömmlinge. Franziska war bislang nicht unter ihnen. Wo blieb sie nur?

***

Als sie keine fünfzig Meter mehr vom Sammelpunkt entfernt waren, klingelte Lukas' Handy und übertrug Tobias Mühlenbergs Nummer.

»Hallo, Tobias!«

»Was ist bei dir los?«, fragte der Hauptkommissar.

»Hast du davon gehört?« Lukas drückte sich absichtlich vage aus.

»Gerade eben. Angeblich islamistischer Hintergrund. Ein Bombenkommando ist auf dem Weg.«

»Ernsthaft?« Die Entwicklung überraschte ihn.

»Die Firma hat vor einigen Wochen einen Standort in Afrika geschlossen, weil sie kein Schutzgeld zahlen wollten, und damit die dortige Terrormiliz verärgert. Es könnte einen Zusammenhang geben.«

»Du klingst nicht überzeugt«, stellte Lukas fest.

»Großer Zufall, oder?«

»So ist es.«

»Ich habe einen Streifenwagen losgeschickt, um euch da rauszuholen. Der müsste in weniger als zehn Minuten eintreffen.«

»Wo?«

»Am Sammelpunkt.«

»Okay«, bestätigte Lukas. »Dann warten wir hier.«

»Wir treffen uns im Präsidium. Ich hoffe, Frau Ritsche sieht nach den aktuellen Ereignissen ein, dass wir eine andere Strategie fahren sollten.«

»Das hoffe ich auch.« Lukas beendete das Gespräch.

»Steckt wirklich Wilhelm dahinter?«, erkundigte Franziska sich flüsternd.

»Wissen wir noch nicht.«

Sie passierten die ersten Kollegen, die direkt am Rand des Parkplatzes stehengeblieben waren. Lukas schaute sich um. Falls Koch dieses Chaos verursacht hatte, begann nun die kritischste Phase.

»Lassen Sie uns in Richtung Zufahrtsstraße gehen. Gleich kommt ein Streifenwagen und bringt uns in Sicherheit.«

***

Obwohl Sommer den Bart abrasiert hatte, erkannte Koch ihn sofort. Im ersten Moment erschrak er. Hatten sie also seine Pläne durchschaut. Doch dann gewann ein anderer Gedanke die Oberhand. Ihm bot sich jetzt die einmalige Gelegenheit, an beiden Menschen Rache zu nehmen, denen er sein Unglück verdankte.

Wobei Sommers Anwesenheit natürlich das Risiko für ihn erhöhte. Andererseits, wie sollte er an Franziska herankommen, wenn die Polizei sie beschützte? Entweder jetzt oder nie.

Koch verfluchte sich. Für einen leisen Mord, wie er ihn geplant hatte, war ein Messer die beste Wahl. Im Kampf gegen zwei Gegner wäre eine Pistole jedoch die deutlich geeignetere Waffe gewesen.

Mit leicht gesenktem Kopf ging er auf Franziska und Lukas zu. Wen sollte er zuerst erledigen?

***

Lukas überwachte die Umgebung. Einigen von Franziskas Kollegen war der Schreck deutlich anzusehen. Andere diskutierten über das Gerücht, das sich inzwischen wie ein Lauffeuer verbreitete. Eine Bombendrohung wegen irgendwelcher Vorkommnisse in einem fernen Land. Konnte das wahr sein?

Die meisten standen in Grüppchen zusammen. Einige wenige telefonierten. Ob sie zu Hause anriefen, um ihre Angehörigen zu beruhigen?

Plötzlich registrierte Lukas eine Gestalt, die so gar nicht ins Gesamtbild passte. Ein alter Mann, der sich zwischen den Evakuierten hindurchschob und langsam näherkam. Der Grauhaarige schaute einen kurzen Moment hoch, senkte den Blick dann aber schnell wieder.

Er hatte keinerlei Ähnlichkeit mit Koch.

Trotzdem klingelten bei Lukas die Alarmglocken. Vorsorglich knöpfte er sein Jackett auf.

»Was war eigentlich eben los mit dir«, ertönte eine Stimme rechts von ihm.

Automatisch wandte er sich um. Der Arbeitskollege, der Franziska Minuten zuvor angesprochen hatte, pochte auf eine Erklärung.

»Markus, das war nicht persönlich gemeint«, beschwichtigte Franziska ihn.

»Wie denn sonst?«

Für den Augenblick musste sich Kochs Exfrau allein um das Problem kümmern. Lukas sah wieder nach vorn und erschrak. Der unbekannte Alte stand keinen Meter mehr von ihm entfernt.

Die Schnelligkeit, mit der der Mann den Stock hob, überrumpelte Lukas. In letzter Sekunde brachte er schützend einen Arm vor sein Gesicht. Die Wucht des geschwungenen Gehstocks schleuderte ihn zurück. Statt seines Gesichts wurde lediglich sein rechter Unterarm getroffen. Lukas schrie vor Schmerz auf. Erst jetzt bemerkten die Umstehenden, was in ihrer Nähe passierte. Manche brüllten panisch, andere flüchteten. Niemand mischte sich in die Auseinandersetzung ein.

Der Gegner schlug ein zweites Mal zu und traf Lukas im Nacken. Der Polizist stürzte zu Boden. Erneute Schmerzwellen jagten durch seinen Arm.

»Franziska, laufen Sie weg!«, presste er mühsam hervor. Er drehte sich im Liegen um und versuchte umständlich, mit der unverletzten linken Hand an seine Pistole zu gelangen. Der gebrochene Arm machte jedoch jede Bewegung zur Qual.

Hilflos musste er zusehen, wie der Alte ein Messer aus seinem Trenchcoat zog.

Endlich bekam Lukas die Dienstwaffe zu greifen und zog sie aus dem Holster.

Franziska überwand ihre Schockstarre und taumelte rückwärts. Ihr Kollege Markus folgte ihr und bildete unabsichtlich eine Barriere, die Koch aus dem Weg schaffen musste.

Der ehemalige Polizeirat stach zu und erwischte den Mann an der Schulter. Der stieß einen Schmerzensschrei aus und stürzte zu Boden. Blut tränkte sein hellblaues Hemd dunkelrot.

»Stopp!«, warnte Lukas. »Ich schieße!«

Koch blickte kurz über die Schulter. Er sah, dass Lukas nicht bluffte.

Aber sah er auch, dass dem verletzten Polizisten schwarz vor Augen wurde und er im Begriff war, das Bewusstsein zu verlieren?

Tatsächlich schien Koch seine Chancen abzuwägen. Dann traf er eine Entscheidung.

Er wich zur Seite aus und lief davon.
»Halten Sie ihn auf!«, rief Lukas verzweifelt.
Leider wagte es keiner der Zeugen, sich dem Bewaffneten in den Weg zu stellen.
Als Koch bereits gut hundert Meter entfernt war, bog ein Streifenwagen auf den Parkplatz ein. Die reaktionsschnellen Beamten stellten ihr Auto quer und blockierten die Zufahrt. Der Beifahrer sprang heraus, dicht gefolgt von seinem Partner. Offenbar hatte er bemerkt, dass das Lauftempo des Verkleideten nicht zu dessen Äußerem passte.
»Stehenbleiben!«
Lukas verlor den Kampf gegen die Ohnmacht.

***

Koch trudelte aus und schaute zurück. Die Herde der verängstigten Angestellten war auseinandergestoben. Es gab niemanden, den er als Geisel benutzen konnte. Und dass er es mit zwei Polizisten aufnahm, war ausgeschlossen. Er ließ Stock und Messer fallen und hob langsam die Hände.
Die Polizisten behielten ihn im Visier, während sie näherkamen.
»Ich will Polizeipräsident Berlinger sprechen«, forderte Koch. »Ansonsten werden Sie es alle bereuen.«
Einer der Beamten erreichte ihn und riss ihm den rechten Arm hinter den Rücken.
»Sie haben gar nichts zu melden!«, spie er verächtlich aus.

»Berlinger«, wiederholte Koch. »Je schneller, desto besser.«

29

Drei Stunden nach seiner Verhaftung öffnete sich die Tür zum Vernehmungsraum.

Koch triumphierte innerlich, zeigte nach außen jedoch keine Regung. Es hätte ihn auch sehr gewundert, wenn sie ihm den Wunsch abgeschlagen hätten.

»Du wolltest mich sprechen«, sagte der sechzigjährige Polizeipräsident.

»Unter vier Augen«, betonte Koch und starrte den Beamten an, der ihn bislang bewacht hatte.

»Lassen Sie uns kurz allein«, wies Berlinger den jungen Polizisten an.

»Wollen Sie mir nicht die Handschellen abnehmen?«, rief Koch ihm hinterher und hob die gefesselten Hände.

»Treib es nicht zu weit. Sonst bin ich gleich wieder weg.«

Der Inhaftierte senkte die Arme.

»Was willst du?«, erkundigte sich Berlinger.

»Einen Deal.«

Der Polizeipräsident blickte Koch übertrieben verwundert an. »Ich kann mir kaum vorstellen, dass du mir irgendwas Interessantes anzubieten hast. Simon und Carla sind frei, deine illegalen Kontakte zu der russischen Gang und deine Verwicklung in die Schießereien weitgehend aufgeklärt. Inwiefern sollte ich an einem Deal mit dir interessiert sein?«

»Ich werde es im Knast nicht leicht haben. Ehemaliger Polizist ...«

»Kinderficker«, führte Berlinger die Aufzählung fort.

»Die Hübsche war siebzehn«, korrigierte Koch. »Und den Kleinen habe ich nie angerührt.«

»Solche Einzelheiten interessieren im Gefängnis niemanden. Außerdem könnte durchsickern, dass du für den Tod einiger Rocker und Polizeibeamter verantwortlich bist. Du hast recht. Es wird dir dort nicht gut ergehen. Weder die Insassen, noch die Wärter werden dich leiden können.« Schadenfreude lag in Berlingers Stimme.

»Also gibt es für mich nur zwei Möglichkeiten«, meinte Koch.

»Ich sehe überhaupt keine Alternativen.«

»Vielleicht irrst du dich. Ich könnte mir mein Wohlergehen erkaufen.«

»Was willst du den Mithäftlingen anbieten? Geld? Zigaretten? Drogen?«

»Informationen.«

Zum ersten Mal fiel ein Stück Selbstgefälligkeit von Berlinger ab.

»Informationen?«, wiederholte er.

»Polizeiinterna«, konkretisierte Koch. »Zum Beispiel über den verdeckten Ermittler Lukas Sommer. Herrje, was für ein genialer Spitzel. Man könnte ihn wunderbar einsetzen, um tiefer ins Dickicht der organisierten Kriminalität vorzustoßen. Ein einziger Hinweis von mir, und seine Tarnung wäre dahin. Welche Verschwendung.«

»Pech«, brummte Berlinger wenig überzeugend. »Wir haben noch keine Entscheidung getroffen, was sein zukünftiges Einsatzgebiet anbelangt. Deine Drohung ist also nicht sehr schwerwiegend.«

»Ich würde vollumfänglich aussagen. Er müsste nicht vor Gericht erscheinen.«

»Ist das alles?«

»Nein, ich habe noch andere Sachen anzubieten. Also den Häftlingen, die mich beschützen sollen. Nicht dir.«

»Lass dir nicht alle Würmer einzeln aus der Nase ziehen.«

»Ich kenne so viele Details über laufende Ermittlungen. Jahrelange Arbeit in Sekundenschnelle zerstört. Zack. Zack. Zack. Ein paar Namen genannt, einige Hinweise gestreut, und ihr seid im Arsch. Ich denke da zum Beispiel an den Prozess gegen die linksradikale Terrorzelle. Der zieht sich seit Jahren. Die Verteidiger wären bestimmt interessiert daran, welche

Informationen wir aus den Akten spurlos gestrichen haben.«

»Spürst du keine Polizistenehre in dir?«, zischte Berlinger wütend.

»Doch, natürlich. Sonst würde ich ja nicht kooperieren.«

»Was erwartest du im Gegenzug? Glaub ja nicht, du ...«

»Kleinigkeiten«, unterbrach Koch ihn. »Keine Sorge, ich verlange kein unrealistisches Strafmaß. Dass ihr mich zu lebenslänglich verurteilt, steht außer Frage.«

»Allerdings.«

»Mir geht es um Hafterleichterungen. Beispielsweise eine geräumige Einzelzelle.«

»Andauernde Einzelhaft?«, wunderte sich Berlinger. »Das ist dein Wunsch?«

»Ich weiß, Isolation ist im Vollzug normalerweise eine Zwangsmaßnahme. Jedoch nicht unter den Bedingungen, wie sie mir vorschweben.«

»Ich höre.«

»Eine mindestens dreißig Quadratmeter große Zelle mit zwei Räumen. Vernünftige Sanitäreinrichtungen. Internetanschluss. Smart-TV, damit ich meine Langeweile mit Streaming-Diensten bekämpfen kann. Unbegrenzter Zugang zu den verschiedenen Streaming-Angeboten.«

Berlinger lachte höhnisch. »Und dreimal die Woche eine Nutte auf Staatskosten?«

»Interessante Idee«, erwiderte Koch spöttisch. »Vielleicht eine, die sich so gern schlagen lässt wie Carla.«

»Du bist widerlich.«

»Okay. Den letzten Punkt streichen wir. Alles andere sind unumstößliche Forderungen, damit ich im Knast nicht wie ein Vögelchen singe.«

»Schäm dich!« Berlinger sprang empört auf.

»Scham ist ein Luxus, den ich mir nicht leisten kann. Wie lautet deine Entscheidung?«

»Glaubst du wirklich, ich könnte das allein entscheiden? Ich muss den Justizminister hinzuziehen.«

»Ihr wisst ja, wo ihr mich findet.«

Berlinger schritt zur Tür und klopfte zornig dagegen.

***

Mitten in der Nacht wurde Koch von einem seltsamen Geräusch geweckt. Sie hatten ihn in eine Einzelzelle gesteckt – was allerdings in der Untersuchungshaft nicht ungewöhnlich war. Der ehemalige Polizeirat war zuversichtlich, dass die Gegenseite seine Forderungen erfüllen würde. Eventuell mit kleinen Abstrichen.

Was war das?

Koch richtete sich auf. Hatte er sich das Atemgeräusch bloß eingebildet?

Im nächsten Moment blendete ihn ein greller Scheinwerfer. Überrascht japste er und drehte den

Kopf weg. Jemand zerrte ihn brutal von der Liege und hielt ihn fest, ein anderer zog ihm die Hose aus.

»Hil...«

Ein Schlag in den Solarplexus ließ ihn verstummen. Plötzlich lag die Hose um seinen Hals.

Nein!, dachte er. *Das wagen sie nicht!*

Verzweifelt strampelte er um sein Leben. Der Druck um seinen Hals verstärkte sich.

***

Die Moderatorin der Nachrichtensendung schaute betroffen in die Kamera.

»Wilhelm Koch, Hauptverdächtiger im Entführungsfall der Holtzmann-Kinder, wurde heute Morgen an den Gitterstäben seiner Gefängniszelle erhängt aufgefunden. Dem ersten Erkenntnisstand zufolge hat er Selbstmord begangen. Wir schalten nun zu unserem Kollegen Eike Klose, der sich live vor Ort befindet. Eike, gibt es bereits eine Stellungnahme der JVA-Leitung, warum ein solch wichtiger Häftling nicht lückenlos überwacht wurde?«

Epilog

»Du nimmst mich überhaupt nicht ernst«, beschwerte sich Jeremias und starrte seine Mutter grimmig an.

»Wie soll ich dich ernst nehmen, wenn du dich so aufführst?«, erwiderte Jennifer Sommer. »Wegen eines überteuerten Sporttrikots, das ich dir nicht einfach so kaufe.«

»Die neue Saison fängt bald an, und das bringt ihnen Glück, wenn ich es an Spieltagen trage.«

»Unfug!«

»Wenn Papa noch leben würde, wäre alles anders.«

Jennifers Miene verfinsterte sich. »Wieso?«

»Mit ihm könnte ich wenigstens reden.«

»Und mit mir nicht?«

»Du verstehst mich halt nicht.«

»Dein Vater hätte dir noch ganz andere Sachen erzählt. Und ganz sicher nichts, was dir gefallen hätte.«

»Du lügst!«

»Junger Mann, pass auf, was du sagst. Es wäre wohl besser, wenn du in dein Zimmer gehst und dich abkühlst.«

Wortlos stand Jeremias vom Esstisch auf. Kurz darauf fiel seine Tür krachend ins Schloss.

»Du weißt, wie ich das hasse«, schrie ihm seine Mutter hinterher.

»Mir egal«, flüsterte er in seinem Zimmer, den Tränen nahe.

Sie behandelte ihn immer so ungerecht! Dabei war er mittlerweile dreizehn und kein Baby mehr. Jeremias betrachtete das *Guardians-of-the-Galaxy*-Poster über seinem Bett. Wenn ihn doch nur ein Raumschiff von der Erde abholen würde, mit dem er faszinierende Abenteuer erleben könnte.

Leider gab es solche Geschichten nur im Kino.

Im wirklichen Leben starben Polizistenväter durch die Kugel aus der Pistole eines Mädchens.

In den letzten sechs Wochen waren die schrecklichen Ereignisse wegen der Befreiung von Carla und Simon Holtzmann wieder in ihm hochgekocht. Ständig sprachen ihn Klassenkameraden darauf an. Ob er sich an seinen Vater erinnere. Ob er Carla hasse. Manche ärgerten ihn, manche sahen in ihm einen Helden, weil sein Vater einen tragischen Tod gestorben war.

Seine Mutter hingegen versuchte, das Thema zu verdrängen. Sobald er etwas über Lukas wissen wollte, blockte sie ab. Sein Vater war wie *Voldemort*. Der Name durfte in der Wohnung nicht genannt werden.

Gestern hatte ihm sein Freund Yannick einen Zettel zugesteckt.

»Was ist das?«, hatte Jeremias neugierig gefragt.

»Carla Holtzmanns E-Mail-Adresse. Ich an deiner Stelle würde ihr schreiben. Wie doof es ist, ihretwegen ohne Vater aufzuwachsen.«

»Woher hast du die?«

»Ich finde alles raus«, hatte Yannick zwinkernd erwidert.

Tatsächlich hatte er für sein Alter beeindruckende Computerfähigkeiten. Was nicht zuletzt daran lag, dass seine Eltern Informatiker waren und ihrem Sohn stets die modernste Computerausrüstung zur Verfügung stellten. Und seine eigene Mutter regte sich über ein Fußballtrikot auf.

Jeremias betrachtete den linierten Zettel. Sollte er Carla wirklich eine Nachricht schicken? Unsicher schaltete er den Computer ein und startete sein E-Mail-Programm. Er öffnete eine neue Mail.

Hallo Carla,

ich heiße Jeremias und bin der Sohn von Lukas Sommer.

Als ich gelesen habe, dass ihr gerettet wurdet, habe ich mich für dich und deinen Bruder gefreut. Durftet ihr wirklich drei Jahre lang nicht nach draußen? Das stelle ich mir schrecklich vor. Hoffentlich hattet ihr wenigstens einen Fernseher oder einen Computer, um euch die Zeit zu vertreiben. Stimmt es, dass Simon eine Playstation hatte?

Ich lebe allein mit meiner Mutter. Sie ist Krankenschwester, und meistens verstehen wir uns gut. Trotzdem vermisse ich meinen Vater sehr.

Meine Lehrerin hat mir erklärt, wieso du ihn und seine Kollegin erschossen hast. Der böse Mann hat dich dazu gezwungen. Aber hättest du denn nicht einfach danebenschießen können?

Dann würde er noch leben, und ich könnte bei ihm übernachten, wenn Mama Nachtschicht hat. Allein in der Wohnung zu sein, mag ich nämlich gar nicht.

Ich will nicht sauer auf dich sein. Vielleicht hat Frau Nelle recht, und du musstest es tun.

Trotzdem habe ich deinetwegen keinen Vater mehr.

Und das macht mich halt traurig. Ich finde, du solltest das wissen.

Jeremias

Er schickte die Mail ab.

***

War er wirklich bereit für diesen Schritt?

Lukas atmete tief durch. Sein Instinkt riet ihm, den Motor zu starten und abzuhauen. Doch war das tatsächlich noch eine Option, nachdem Carla Jeremias' Nachricht an ihn weitergeleitet hatte?

Sein Junge vermisste ihn und hatte es verdient, zu erfahren, dass sein Vater lebte. Selbst wenn Lukas weiter als verdeckter Ermittler arbeitete – was sich seine Vorgesetzten wünschten – oder seine Bewerbung beim BKA Erfolg hätte – worauf er spekulierte –, konnte er Jeremias unmöglich die Wahrheit vorenthalten. Seine Hoffnung, dass der Junge den Tod des Vaters verwinden würde, war nicht aufgegangen. Das hatte ihm die E-Mail deutlich vor Augen geführt.

Lukas betrachtete die Operationswunde an seinem rechten Arm. Der Gips war vorgestern entfernt worden, und morgen stand eine Besprechung mit dem Polizeipräsidenten und einem Gewerkschaftsvertreter an, denn die Krankmeldung lief nun aus. Daher war es sinnvoll, die Sache nicht länger hinauszuzögern.

Er schaute zu den Fenstern in der ersten Etage hoch, rieb sich übers Gesicht und schluckte schwer. Dann fand er endlich den Mut, auszusteigen und langsam auf die Haustür zuzugehen.

Oh Gott! Hoffentlich entwickelte sich das Ganze nicht zu einem Desaster.

Jennifer hatte in den vergangenen Jahren ihren Geburtsnamen nicht wieder angenommen und auch nicht neu geheiratet. Zitternd drückte er den Klingelknopf.

»Hallo?«, fragte sie kurz darauf.

»UPS«, antwortete er, denn er wollte ihr von Angesicht zu Angesicht gegenübertreten und ihr keine Chance geben, ihn an der Gegensprechanlage abzuwimmeln.

Der Türsummer ertönte. Unsicher ging Lukas die Stufen hoch. Sie registrierte wahrscheinlich als Erstes, dass er keine braune Zustelleruniform trug und kein Paket dabeihatte. Verwundert sah sie ihm ins Gesicht.

»Oh mein Gott«, flüsterte sie.

»Hallo, Jen.«

»Ich fasse es nicht!« Sie hielt sich am Türrahmen fest.

Ihre Reaktion war nicht so schlimm, wie er erwartet hatte. Weder knallte sie ihm die Tür vor der Nase zu, noch kratzte sie ihm die Augen aus.

»Unverhofft kommt oft«, versuchte er mit krächzender Stimme einen Scherz, der jedoch verpuffte.

»Das kann nicht sein! Jeremias bekommt seit damals Halbwaisenrente.«

»Das war eine meiner Bedingungen.«

»Wofür?«

»Undercover zu ermitteln. Um die Entführer zu finden.«

»Carla hat Lisa und dich erschossen.«

»Ich habe dank einer Not-OP überlebt. Bauchtreffer. Wahnsinniges Glück gehabt. Genau das haben wir ausgenutzt. Allerdings habe ich viel zu spät kapiert, dass Koch dahintersteckte.«

»Und jetzt bist du hier.«

»Um Jeremias zu sehen. Er hat Carla Holtzmann eine E-Mail geschickt und ihr vorgeworfen, sie sei schuld an seinem Unglück. Außerdem freue ich mich, dich wiederzusehen. Du siehst gut aus.«

Jennifer winkte ab. Lukas vermutete, dass sie wegen ihres Jobs so abgeklärt auf sein Auftauchen reagierte. Wer täglich mit dem Kampf um Leben und Tod konfrontiert war, ließ sich von der Auferstehung des eigenen Exmanns anscheinend nicht aus der Bahn werfen.

»Wann war das mit der Mail? Davon hat er mir nicht erzählt.«

»Vor vier Tagen. Carla hat mich daraufhin angerufen und mich gebeten, die Sache zu klären, bevor sie es tut.«

»Komm rein! Jeremias ist in seinem Zimmer. Oh Gott. Ich war gerade in der Küche. Willst du zum Essen bleiben? Oder ...« Sie hielt inne und lachte. »Sorry, aber das überfordert mich.«

»Du wirkst total cool«, widersprach er.

»Lass dich drücken.« Sie nahm ihn vorsichtig in den Arm. »Seit deinem ... nun ja, wie soll ich es eigentlich nennen?«

»Sommers Tod?«, schlug er vor und lächelte traurig.

»Klingt wie eine Wettervorhersage im Juli.«

Beide lachten, und Lukas spürte plötzlich wieder einen Anflug der Verbundenheit, wie sie in den Anfangsjahren ihrer Ehe bestanden hatte.

»Jedenfalls habe ich mich gefragt, ob es wirklich nötig war, dass ich dir den Umgang mit Jeremias damals komplett untersagt habe. Vielleicht habe ich übertrieben reagiert und ...«

»Nein, das war in der Situation das einzig Richtige. Nur so konnte ich mein Leben in den Griff bekommen.«

»Sein Zimmer ist hinten links. Ich lasse euch erst mal allein.« Sie schloss die Wohnungstür, zwinkerte ihm aufmunternd zu und ging in Richtung Küche. »Wenn du willst, koche ich ein paar Spaghetti mehr.«

»Wirklich?«

»Jeremias wird mir sowieso keine andere Wahl lassen.«

Langsam ging Lukas auf das Kinderzimmer zu und klopfte an.

»Ja«, kam die knappe Antwort.

Lukas' Herz pochte wie verrückt, als er die Tür öffnete. Als Erstes sah er den dunkelblonden Haarschopf seines Sohnes, der am PC saß und ein Computerspiel spielte.

»Hallo, Jeremias«, sagte er.

Der Junge drehte sich abrupt um, als er eine Männerstimme hörte, und starrte Lukas mit offenem Mund an.

»Ich bin's, Papa.«

Jeremias sprang vom Stuhl auf, rannte Lukas entgegen und warf sich in seine Arme.

Wie groß der Junge geworden war. Er reichte ihm mittlerweile bis über die Schulter.

»Du lebst ja doch noch«, flüsterte Jeremias vollkommen verwirrt.

»Und jetzt durfte ich endlich zu dir zurückkehren«, erwiderte Lukas glücklich.

Er drückte seinen Sohn an sich. Diesen Moment wollte er für immer festhalten. Ganz gleich, was die Zukunft brachte.

Nachwort

Liebe Leserinnen und Leser,

mit diesen Zeilen möchte ich Ihnen in aller Kürze von der Vorgeschichte zu *Sommers Tod* erzählen. Bei einem wundervollen zweiwöchigen Urlaub auf Gran Canaria, der vor allem dazu dienen sollte, die leeren Akkus aufzuladen, lag ich entspannt am Pool, als mir ein Geschwisterpaar auffiel. Die Schwester war um einige Jahre älter als der Bruder, und beide spielten so innig miteinander, wie es aufgrund des Altersunterschieds nicht selbstverständlich war. Große Schwester, kleiner Bruder – ich weiß aus eigener Erfahrung, dass das nicht immer ganz einfach ist. Doch diese Geschwister zeigten, dass es auch anders sein kann. Und während ich ihnen innerlich lächelnd zusah, hatte ich plötzlich eine Idee im Kopf. Das war im Herbst 2016. Kein ganzes Jahr später haben Sie nun gelesen, was daraus geworden ist. Ich hoffe, es hat Ihnen gefallen, und möchte mich bei Ihnen für den Kauf des Buchs bedanken.
Ich spiele mit dem Gedanken, Lukas Sommer weitere Romane zu widmen – vorausgesetzt, er findet Anklang bei Ihnen. Aber vorher werde ich zu Robert Drosten und seinem Ex-Kollegen Johannes Haupt zurückkehren. Wer meine Thriller *Die Namen des*

Todes und *Schuld vergibt man nie* gelesen hat, weiß, wovon ich spreche. Falls Sie die Robert-Drosten-Reihe noch nicht kennen, würden Sie mir eine große Freude bereiten, wenn Sie dies nachholen. Ganz hinten in meinem Kopf erklingt übrigens seit einiger Zeit eine leise Stimme, die mich drängt, Robert Drosten und Lukas Sommer aufeinandertreffen zu lassen. Ob die Stimme Gehör findet?

Sie wollen wissen, wann genau ich die Bücher veröffentliche? Dann tragen Sie sich doch bitte in meinen Newsletter ein. So verpassen Sie garantiert nichts:
www.huennebeck.eu/newsletter

Auch diesmal freue ich mich über Ihre Rückmeldungen. Teilen Sie mir bitte mit, wie Ihnen *Sommers Tod* gefallen hat. Am liebsten in Form einer Rezension. Gern aber auch als E-Mail oder Facebook-Nachricht. Besonders interessiert es mich natürlich, ob Sie Lukas Sommer wiederbegegnen möchten.

marcushuennebeck@outlook.de
www.facebook.com/MarcusHuennebeck

Herzliche Grüße

Ihr Marcus Hünnebeck

Lesetipps

Die Namen des Todes (Robert Drosten 1)

Ein Hacker spielt dem BKA brisante Informationen zu: Internetpseudonyme, Bilder und Chatnachrichten. Das Material stammt angeblich von Serienmördern, die sich über ein Forum im Darknet austauschen. Als ein im Internet angekündigter Doppelmord tatsächlich verübt werden soll, gerät das BKA unter Zeitdruck.

Hauptkommissar Robert Drosten leitet die zuständige Sonderkommission, die den Killer rechtzeitig verhaftet. Doch als der Mann seinen Anwalt ins Vertrauen zieht, schreckt er damit die Nutzer des geheimen Darknet-Forums auf. Einer von ihnen verfolgt fortan ein ganz besonderes Ziel: Drosten ein für allemal zu brechen.

Schuld vergibt man nie (Robert Drosten 2)

»Schuld vergibt man nie.« Oberkommissarin Katharina Rosenberg kann sich keinen Reim auf diese Botschaft machen, die sie am Tatort eines Mordes entdeckt. Als sich Robert Drosten vom BKA einschaltet, gelingt es ihnen, die Hintergründe aufzudecken. Der Mörder will den grausamen Tod eines Kindes rächen. Die Polizisten kommen dem Täter auf die Spur, doch jemand warnt ihn. Wer ist der unbekannte Verräter, der alles daran setzt, Drosten zu schaden? Während der Hauptkommissar den Mörder jagt, holt sein Gegenspieler zum vernichtenden Schlag aus.

Die Katharina-Rosenberg-Trilogie:

Kainsmal (Katharina Rosenberg 1)

Nach einigen Arbeitsjahren hat sich der erfolgreiche Kriminalpsychologe Christian Moll aus dem Polizeidienst zurückgezogen. Als zwei Kommissare kurz hintereinander ermordet werden, kommt ein furchtbarer Verdacht auf: Tötet jemand die Ermittler, mit denen Christian Fälle gelöst hat?

Oberkommissarin Katharina Rosenberg versucht mit seiner Unterstützung, den Täter zu fassen. Ein Wettlauf gegen die Zeit beginnt, denn auch zusammen mit Katharina hat er früher sehr eng an der Aufklärung einer Mordserie gearbeitet.

Die Drahtzieherin (Katharina-Rosenberg 2)

Oberkommissarin Katharina Rosenberg steckt mitten in einem Entführungsfall, als sie der Profiler Mark Gruber kontaktiert. Er untersucht eine bundesweite Mordserie und hält eine ehemalige BKA-Beamtin für verdächtig. Im Rahmen seiner Nachforschungen ist er auf Hinweise gestoßen, dass diese Polizistin den Autounfall, bei dem Katharinas Tochter Sarah gestorben ist, herbeigeführt haben könnte. Während die Oberkommissarin die Suche nach dem verschleppten Opfer vorantreibt, versucht sie gemeinsam mit Mark, die Hintergründe der zurückliegenden Ereignisse aufzudecken. Als eine unerwartete Wendung eintritt, verlässt sie den Pfad der konventionellen Polizeiarbeit und bringt sich dabei selbst in große Gefahr.

Tödlicher Komplize (Katharina Rosenberg 3)

Nachdem Oberkommissarin Katharina Rosenberg ihre Tochter aus den Fängen einer Serienmörderin befreit hat, findet das BKA Hinweise darauf, dass die Täterin von einem Komplizen unterstützt wurde. Monate später tauchen schwerwiegende Vorwürfe auf, die zu Katharinas Suspendierung führen. Der Kriminalpsychologe Mark Gruber setzt alles daran, ihre Unschuld zu beweisen, wodurch er sich gemeinsam mit der Polizistin in ein tödliches Komplott verstrickt.

Weitere Bücher:

Verräterisches Profil
Die Rache des Stalkers
In jedem Fall Moll
Im Auge des Mörders
Abschaum
Bruderlos
Opferraum

Printed in Poland
by Amazon Fulfillment
Poland Sp. z o.o., Wrocław

70947396R00190